CORAÇÃO ENVENENADO

S. B. HAYES

CORAÇÃO ENVENENADO

Tradução
Petrucia Finkler

BERTRAND BRASIL

Rio de Janeiro | 2014

Copyright © S.B. Hayes, 2012

Título original: *Poison Heart*

Capa: Silvana Mattievich

Imagem de capa: Ebru Sidar/Trevillon Images

Editoração: FA Studio

Texto revisado segundo o novo
Acordo Ortográfico da Língua Portuguesa

2014
Impresso no Brasil
Printed in Brazil

Cip-Brasil. Catalogação na publicação
Sindicato Nacional dos Editores de Livros. RJ

H331c	Hayes, S. B.
	Coração envenenado / S. B. Hayes; tradução Petrucia Finkler. – 1. ed. – Rio de Janeiro: Bertrand Brasil, 2014.
	350 p.; 23 cm.
	Tradução de: Poison Heart
	ISBN 978-85-286-1654-5
	1. Ficção inglesa. I. Finkler, Petrucia. II. Título.
	CDD: 823
13-07328	CDU: 821.111-3

Todos os direitos reservados pela:
EDITORA BERTRAND BRASIL LTDA.
Rua Argentina, 171 — 2º andar — São Cristóvão
20921-380 — Rio de Janeiro — RJ
Tel.: (0xx21) 2585-2070 — Fax: (0xx21) 2585-2087

Não é permitida a reprodução total ou parcial desta obra, por quaisquer meios, sem a prévia autorização por escrito da Editora.

Atendimento e venda direta ao leitor:
mdireto@record.com.br ou (0xx21) 2585-2002

Para meu marido, Peter, e meus filhos,
Michael, Christopher e Mark.

PRÓLOGO

Estávamos no ônibus da linha 57 quando aconteceu — o instante que mudaria minha vida para sempre. O dia em si não tinha nada de especial; era meados de setembro, fim de tarde, com o sol baixo batendo e o cheiro de óleo diesel permeando o ar. Fui ficando arrepiada, aos poucos, e tive a *certeza* de que alguém estava olhando fixo para mim. Não conseguia ver quem era, mas podia sentir e — por impulso — decidi olhar para trás. Devagar, fui virando o pescoço para a esquerda na direção de outro ônibus, que acabara de encostar junto ao nosso. Uma garota estava com o nariz encostado na janela. Tinha o rosto em formato de coração, lábios carnudos e cabelos lisos e castanhos, mas eram os olhos que chamavam mais atenção. Eram grandes e de um verde brilhante, como o olhar de um gato quando está prestes a dar o bote. Pus a mão contra o vidro, e ela fez o mesmo, num mapa perfeito dos meus dedos.

Por algum motivo, aquilo me lembrou de um sonho que se repete desde que eu era pequena. Estou entrando sozinha em uma casa horripilante e enorme. Sigo adiante, passando por uma porta gigantesca com tinta descascando e um vitral colorido, atravesso uma varanda tomada por um pungente cheiro de folhas úmidas e depois o hall, revestido de azulejos geométricos azuis e terracota, até chegar ao pé de uma escadaria sinuosa esculpida em madeira de carvalho. Sei que vou subir a escada e não conseguirei acordar por mais que me esforce. Todos os meus sentidos estão alertas; escuto cada rangido, sinto cada um dos nós e reentrâncias do corrimão e sinto o cheiro frutado da terra em decomposição. Então chego ao topo, e a porta à minha frente está aberta, mas o corredor subitamente duplica de comprimento, e começo a caminhar mais e mais depressa, como quem corre para subir uma escada rolante que está descendo. Demoro um bom tempo para alcançar a porta ao final do corredor, mas por fim consigo chegar, ofegante de curiosidade.

Há uma menina sentada diante de uma penteadeira, de frente para o conjunto de três espelhos com entalhes rebuscados. Está de costas para mim, e estou desesperada para ver seu rosto, mas a imagem dela não aparece no reflexo. Os três espelhos refletem a sala como se ela não estivesse ali. Vou chegando mais perto, quase tocando na menina; pouso uma das mãos sobre as suas costas e quero que se volte para mim, mas ela não se vira. Agarro seus ombros, e ela resiste com toda força, mas pouco a pouco vai se virando e, por fim, consigo vê-la, mas o rosto dela é o meu próprio rosto, e está rindo de mim, um riso de escárnio... Então eu acordo.

Retorno à Terra com o solavanco do ônibus passando sobre um buraco na rua. Estava tentando esquecer o rosto que vi na janela. Vou me perguntar eternamente se as coisas não teriam sido diferentes se ao menos eu não tivesse olhado para trás naquele dia.

CAPÍTULO UM

— Katy? Parece que você viu um fantasma.

Fui ficando arrepiada.

— Não foi nada, Nat. É que vi alguém... uma estranha... e ela me olhou como se me reconhecesse.

— Quem sabe vocês se conhecem de alguma vida passada? — Brincou.

Hannah decidiu implicar:

— Ou têm uma conexão telepática?

— Todo mundo tem — respondi, séria. — Mas esquecemos como acessar essas habilidades.

Nat balançou os braços por cima da cabeça fazendo uma imitação grosseira de um fantasma.

— Katy recebe mensagens do outro mundo.

— Não recebo nada.

Ela me cutucou nas costelas.

— Lembra a sra. Murphy, a nova professora de religião? Você tinha certeza de que a aura dela era do mal e depois ela se revelou mesmo uma tremenda vaca.

— Eu acertei em *cheio* no caso dela. — Abri um sorriso.

— E o que é isso? Uma espécie de dom?

— Não... apenas intuição.

Hannah e eu estávamos dividindo o mesmo assento, e ela se espremeu ainda mais para perto.

— E sua intuição já avisou quando Merlin vai tomar a iniciativa?

Meu estômago se revirou como se eu estivesse numa montanha-russa, logo antes de o carrinho despencar descida abaixo.

— Achei que não ia dar em nada, mas daí hoje... é estranho... algo mudou.

— O quê? — perguntaram as duas em uníssono.

Enlacei a mim mesma com os braços, abraçando a memória como se fosse um cobertor.

— Ele me olhou de um jeito incrível. Como se eu fosse a única pessoa que existisse no mundo.

Hannah bateu palmas, animadíssima.

— Acha que vai rolar alguma coisa entre vocês?

— Acho que sim — respondi, tímida.

— Logo?

— Hmm. A sensação é a mesma de quando raios e trovões estão se aproximando, e o ar fica bem carregado e... elétrico.

— Mais uma das suas mensagens sensitivas?

Já estava acostumada com elas pegando no meu pé dessa maneira e mostrei a língua.

— Não preciso delas com o Merlin.

— E que tal a aura dele? — perguntou Nat.

— É superlímpida, forte e muito pura.

Hannah ficou me examinando com o olhar e torceu o nariz.

— Você deveria estar pulando de alegria, Katy, mas parece quase... deprimida.

Precisei me agarrar na barra metálica enquanto o ônibus dava uma freada brusca.

— E se eu dissesse que está parecendo bom demais para ser verdade?

Uma delas estendeu a mão para verificar a temperatura da minha testa, mas não deixei.

— Parece meio patético. Não sou o tipo de garota que atrai um cara como o Merlin... alguém da lista VIP.

— E que tipo de garota atrai um cara assim? — perguntou Nat, indulgente.

— O tipo que tem bronzeado artificial, luzes nos cabelos, corpo malhado e vive depilada... dos pés à cabeça.

Nat e Hannah riram, e fiquei muito agradecida pelo apoio das duas. Elas eram melhores amigas, daquelas que sempre seguram a barra uma da outra, um tipo de amizade que nunca tive, mas minha presença periférica parecia estar funcionando para nós três.

— Você *poderia* fazer parte da lista VIP — disse Hannah, sendo gentil.

— Não com meu excesso de cachos, meus quadris e a mãe irresponsável que tenho — insisti.

Sempre me antecipava em fazer o comentário sobre a minha mãe antes que alguém dissesse alguma coisa, e minha beleza jamais poderia ser descrita como convencional.

— E por que alguém como o Merlin não poderia se interessar por você? — perguntou Nat, de repente.

Virei o rosto e mirei ao longe.

— Alguma vez já sonharam em fazer uma espécie de feitiço para encontrar o cara perfeito? Bem... eu já, e esse cara é o Merlin.

— A vida *pode* ser mágica. — Nat suspirou. — Jurava que você acreditasse mais nessas coisas.

Olhei para Nat com carinho e baguncei os cabelos doidos e cor-de-rosa dela.

— Mas está tudo acontecendo tão rápido. Eu me sinto na iminência de viver algo novo e incrível e estou completamente... aterrorizada.

Hannah puxou um estojo de pó compacto e retocou a maquiagem, que já estava perfeita.

— Este é um novo começo para *todas nós* — declarou. — Adeus uniformes escolares, adeus nojenta srta. Owens, com seu bigode e suas blusas de poliéster pegajosas, e toda aquela gente com seus grupinhos ridículos.

— Você está certa — concordei. — Fazer faculdade é maravilhoso. Temos muito mais liberdade, e todo mundo é tão mais simpático.

Fechei os olhos por um instante para sussurrar meu desejo secreto.

E este é o ano em que finalmente vou encontrar meu chão e me destacar. Uma vida extraordinária está logo ali, esperando por mim... sei disso.

Levantei e puxei a campainha ao ver meu ponto se aproximando.

— Passe lá em casa mais tarde. — Convidou Hannah. — Vamos pesquisar viagens de férias na internet.

— Minha mãe odeia quando não estou em casa, mesmo que seja apenas por uma noite — resmunguei. — Não vai ter jeito de ela deixar.

— Ela vai ter que deixar um dia, Katy. Você tem a sua própria vida.

Balancei a cabeça e franzi a testa.

— Ela depende de mim para tudo. Vamos acabar nos vestindo iguaizinhas e completando as frases uma da outra.

— Já assistiu ao filme *Psicose*? — gritou Nat enquanto eu saía.

Desci do ônibus tropeçando, mergulhada em pensamentos, e, do nada, surgiu um sentimento súbito de esperança. Hannah tinha razão: eu *deveria* estar pulando de alegria. Estava tudo dando certo para mim: a faculdade, os amigos, o Merlin; tinha até esperanças de que minha mãe fosse melhorar. Eu me agarrei ao poste de luz e dei várias voltas nele até ficar tonta, enquanto Nat e Hannah batiam no vidro da janela e me acenavam enlouquecidamente. Demorei alguns instantes para conseguir clarear minha visão e pus a mão sobre os olhos. Havia caído uma chuva, e o calor estava levantando do asfalto, deixando tudo turvo. Olhei de novo — a garota dos olhos verdes estava parada na outra esquina. Pisquei várias vezes com força. Ela continuava lá, só que igual fumaça, que dura um breve segundo antes de se dissipar. Era como uma centelha de memória que se evaporou, mas fez com que, mais uma vez, eu me sentisse perturbada. Meus olhos deveriam estar me pregando peças.

Era inevitável que eu tivesse que voltar à realidade. Meu coração afundou assim que abri a porta da frente. As cortinas da sala estavam fechadas em plena tarde.

— Olá, Katy.

Mamãe sempre disse meu nome como quem pede desculpas. A sala estava morrinhenta e fedia a bolor. Ela ainda estava de camisola e apertou os olhos para me enxergar na penumbra.

— Dor de cabeça?

Ela fez uma careta e se reclinou sobre a almofada, assentindo. Larguei minha bolsa no tapete, pensando em como seria bom fugir para o andar de cima e trabalhar na criação de uma nova estampa para tecido. Aquilo era como uma droga, a única chance que eu tinha de escapar de tudo, mas minha mãe passara o dia sozinha e precisava de companhia. Eu me esforcei para parecer compreensiva.

— Posso fazer algo para ajudar?

Ela tossiu.

— Não comi nada, e a geladeira está quase vazia.

—Vou procurar nos armários — falei —, ver se invento alguma coisa.

A cozinha estava deprimente; roupas sujas no chão, a pia cheia de pratos, e os meus pés grudavam nas lajotas de cerâmica. Mamãe sempre fora desorganizada, mas, quanto mais eu crescia, pior ela parecia ficar. Limpei tudo, tentando conter os crescentes ataques de ressentimento, e coloquei uma torta de carne moída congelada no micro-ondas para ela. Como sou vegetariana, o cheiro da carne esquentando me deixou enjoada. Aqueci uma lata de sopa de tomate para mim e mergulhei nela uma casca de pão dormido.

— Minha garganta dói como se tivesse vidro cortando-a, e as dores na cabeça chegam a me ofuscar...

Os doentes às vezes são tão egoístas. Onde foi que eu li isso?

— Seria bom se você conseguisse chegar em casa mais cedo. Sei que adora sua faculdade, mas o dia se arrasta tanto...

Se ao menos você tentasse se ajudar e frequentasse o grupo de apoio ou se desse ao trabalho de conversar com alguém sobre os seus problemas...

— Não está pensando em viajar nas férias, não é, Katy? Eu realmente não conseguiria me virar sozinha.

Minha casa está começando a parecer uma prisão, sem direito a pena reduzida por bom comportamento. E você nunca me deixou tirar um passaporte, então como é que eu iria sair do país?

—Talvez você pudesse trancar a faculdade por um ano... até que eu começasse a me sentir melhor?

Dei a desculpa de que tinha uma tonelada de lição para fazer e fugi para o meu quarto, desesperada por um pouco de espaço. Fiquei lá até ela me chamar aos gritos mais à noitinha. O tom de voz deixava escapar uma alegria fora do comum, e, quando cheguei ao pé da escada, reparei que ela estava com as bochechas coradas e a expressão vívida.

— Por pouco você não encontrou a menina aqui, Katy. Recebi uma visita, uma mocinha vendendo bijuterias. Olha só o que comprei para você.

Mamãe balançou alguma coisa verde e prateada na minha frente, como se estivesse tentando me hipnotizar. Estendi a mão e ela me entregou uma espécie de pingente. O formigamento recomeçou, e a sensação foi tão forte que a minha pele parecia estar coberta de insetos. O pingente era de vidro cor de esmeralda, no tom exato daquele par de olhos verdes que me fitaram com tanta intensidade naquele dia. Mamãe não precisou descrever a visita. Meu instinto já me dizia quem era.

CAPÍTULO
DOIS

`Katy — Seja a primeira a conhecer meu novo estúdio. Bjs.`

 Em minha ânsia por responder logo, estiquei demais o braço e derrubei o telefone da mesinha de cabeceira. Ouvi uma batida alta e seca seguida de uma série de reverberações menores, isso porque arranquei o carpete do meu quarto no ano passado e pintei o piso de madeira com um incrível tom índigo, minha cor favorita. Quase não tive coragem de olhar, temendo que o telefone estivesse quebrado, e, quando o fiz, minhas mãos estavam trêmulas. A mensagem de texto de Merlin continha a promessa de algo que me apavorava só de pensar, mas deixar de ir não era uma opção.

 Fiquei pronta em menos de quinze minutos, mas não era legal parecer tão ansiosa, então me debati, roí as unhas e troquei de roupa seis vezes antes de ir para a casa dele. Minha mãe ficou me olhando partir com aquela cara de abandono que ela faz, mas nada me faria sentir culpada naquele dia. Apertei o passo, não queria falar com Luke, meu vizinho de porta, porque ele sempre implicava comigo, e eu não conseguiria lidar com aquilo naquele momento. Estava tão tensa com a expectativa que todos os meus sentidos ficaram superalertas. Tivemos um verão chuvoso, e meus olhos quase doíam com a exuberância verde da paisagem. Podia ouvir criaturas se movimentando na grama, as folhas sussurrando com a brisa e o silvo de um pássaro distante. Um tênue arco-íris se formando logo atrás da casa vitoriana de Merlin me impelia. Nunca fiz muita questão de acreditar que, mesmo que eu corresse longe e rápido o suficiente, ainda assim, não conseguiria alcançá-lo.

— Oi, Katy... Vou levar você até lá.

A mãe de Merlin sorriu ao abrir a porta da frente. Ela era alta e esguia, com cabelos longos e brilhantes enrolados no topo da cabeça. Estava usando um robe parecido com um quimono e ficava linda mesmo sem o menor vestígio de maquiagem. Sabia que era uma escultora que recebia encomendas de gente famosa, o que me deixava um pouco intimidada diante dela. Eu a segui até o sótão, que fora convertido em um estúdio para Merlin. Ela deu uma batidinha discreta na porta.

— Merlin, é a Katy.

Ele não ouviu porque estava absorto com a pintura: a pontinha da língua um pouco para fora, as sobrancelhas unidas, e os olhos acinzentados e penetrantes estavam ao mesmo tempo focados e distantes. Os traços do rosto dele eram intensos e interessantes, cheios de ângulos, com as maçãs do rosto marcadas e uma covinha funda no queixo. A pele parecia excepcionalmente pálida, contrastando com os cabelos escuros e despenteados que lhe caíam nos olhos e eram enxotados com o movimento impaciente da mão. Eu poderia passar o dia inteiro olhando para ele, mas um toque na minha cintura me estimulou a entrar, e uma voz disse baixinho:

— Vou deixar vocês dois a sós.

Não queria quebrar o encanto, porque Merlin estava voltado demais para os próprios pensamentos, mas depois de um tempo achei que não era certo, era como se eu o estivesse espionando.

— Merlin... sua mãe abriu a porta para mim.

— Katy? Você chegou.

Levantou depressa e cobriu a tela com um lençol.

— Posso ver?

— Não antes de ficar pronto — insistiu. — Então... gostou do espaço?

— É demais — falei, sabendo que, mesmo que fosse um barraco nos fundos de um jardim fedendo a gatos, eu teria dito a mesma coisa. — As janelas são imensas e a vista é incrível.

Fomos até as janelas anguladas do telhado, meus sapatos ecoavam no piso salpicado de tinta.

— A luz é perfeita — admitiu Merlin. — Eu poderia passar o dia inteiro aqui.

Era a primeira vez que estávamos assim tão próximos. Nossos braços estavam se encostando, e não arrisquei me mexer para não estragar o momento. Algumas vezes em que estava com Merlin, sentia dificuldade para respirar. Nenhum de nós disse nada. Se fosse no século passado, provavelmente eu teria desfalecido, porque meu espartilho seria apertado demais, e Merlin — que parecia um daqueles heróis românticos melancólicos — teria me levantado em seus braços, como se eu fosse tão leve quanto uma pena. Porém, não tem mais cabimento as garotas desmaiarem apenas por estarem perto de alguém do sexo oposto.

Merlin começou a passar um dos dedos na palma da minha mão e depois outro. Meu coração estava batendo desesperadamente. Minha mão encontrou o conforto da mão dele, mas permanecemos olhando fixo pela janela, estáticos.

Por que sempre acontecia assim? Não suportei por muito tempo e precisei dizer alguma coisa.

— Por que você não me beija? — falei de repente.

Não pude acreditar que tinha dito aquilo, mas tive a impressão de ter quebrado o gelo. Ele se virou e baixou a cabeça devagar, diminuindo a distância entre a altura dele, de 1,82m, e a minha, de 1,64m, até nossos lábios se tocarem e a sala se transformar em um caleidoscópio multicolorido.

— Valeu a pena esperar, Katy.

O rosto lindo de Merlin se iluminou no mesmo instante com um sorriso, como se o sol tivesse rompido a barreira das nuvens.

— Você estava esperando que isso acontecesse?

Merlin pronunciou uma única e gloriosa palavra.

— Desesperadamente.

Eu ainda precisava de mais garantias.

— Quando foi que começou a pensar em mim desse jeito?

Ele suspirou.

— A primeira vez que vi você passando, senti um negócio estranho. Como se estivesse sendo puxado na sua direção, como se você fosse um ímã.

Tentei não abrir um sorriso enorme e bobo, mas fracassei terrivelmente e, melhor ainda, Merlin não havia concluído sua lista de elogios.

— Você quase irradiava um brilho. Acha isso muita tolice?

— Acho fantástico. — Mas essa afirmação era um eufemismo; na verdade, eu era capaz de morrer fulminada de tanta felicidade. Nervosa, fiquei observando os meus pés. — Isso significa que estamos... sabe... juntos?

Ele apertou minha mão e olhou direto nos meus olhos.

— Estamos juntos. — Não desviou o olhar nem por um segundo, e fui sugada pela intensidade com que me fitava, reparando no arco perfeito das sobrancelhas e nos cílios de uma espessura absurda. — Tem algo que preciso dizer a você.

— O que é? — Fiquei preocupada no mesmo instante.

Os lábios dele se curvaram para cima.

— A pintura... é você.

Levei as mãos ao rosto.

— Quando vou poder vê-la?

— Só depois de ficar pronta... estou pintando de memória.

A ideia de que ele conhecia detalhes suficientes do meu rosto para retratá-lo era demais para a minha cabeça. Queria ficar saboreando aquele momento, mas Merlin fez uma sugestão brusca que soou mais como uma ordem.

— Vamos sair.

Mal tive tempo de pegar minha bolsa e senti-me sendo arrastada para fora do estúdio e três andares escada abaixo.

— Para onde? — perguntei ofegante.

— Qualquer lugar.

Vi a mãe de Merlin apenas de relance em sua aula de artes no conservatório, a sala de estar com mobília descombinada, pinturas em telas de cores vibrantes e tapetes orientais, a sala de jantar com uma mesa enorme apoiada sobre cavaletes e a cozinha com um fogão antigo original, lajotas e um aparador gigante. Em alguns cantos, vi armadilhas para ratos em vez de ratoeiras que torturariam o animal, e não pude deixar de pensar que até as pragas da casa de Merlin eram inevitavelmente legais.

Finalmente chegamos à rua, respirando os últimos resquícios do verão, o que parecia ainda mais especial, de certa forma, por sabermos que seria a despedida do sol, antes de o inverno acabar com tudo. Demoramo-nos ao longo do canal e, depois, passando pelo arco da estrada de ferro que vai até o centro da cidade. Merlin se destacava na multidão, as pessoas olhavam para ele e depois para mim, por estar com ele. Eu ria e chegava o mais perto possível dele. Chegamos a um café, La Tasse, um lugar moderno que serve espresso, sempre lotado de executivos com seus laptops e senhoras almoçando.

Sentamos em uma mesa junto à janela, com estofados de couro claro posicionados no estilo cabine de trem. Estávamos juntos havia pouco tempo, e acredito que emanávamos alguma espécie de energia. Até a garçonete chegou a olhar duas vezes quando chegamos, e apoiei uma das mãos no braço de Merlin enquanto ele fazia o pedido.

Então era essa a sensação de ser uma daquelas garotas radiantes, que têm o mundo a seus pés, daquele tipo que conta com a felicidade em vez de ficar o tempo todo se desculpando por ocupar espaço no universo. Certa vez, em uma festa, algo estranho aconteceu — eu de fato brilhei. Todo mundo ria das minhas piadas, as meninas conversavam comigo como se eu fosse alguém, e os meninos me chamavam para dançar. Sabia que havia alguma magia no ar e eu não era de fato a mesma pessoa naquela noite, a Katy sempre invisível. Essa outra ainda morava dentro de mim, mas nunca mais apareceu. Quando eu estava com Merlin, quase me atrevia a sonhar em me tornar essa outra garota, essa versão melhorada de mim mesma.

Ele ficou me observando tomar meu latte e beijou a espuma que ficara no meu lábio superior. Ruborizados e com sorrisos felizes, sentamo-nos lado a lado e fizemos planos para o futuro. Ficamos imaginando a primeira exposição de arte de Merlin, o meu primeiro desfile em um evento de moda. Falamos sobre Roma, Veneza e Paris como se essas cidades incríveis estivessem esperando ser conquistadas por nós. Merlin baixou o olhar para a mesa e ficou brincando distraído com a colher.

— Tem outra coisa, Katy. — Por um momento ponderou se deveria ou não continuar, e o rosto dele ficou tão atraente, os olhos arregalados e suplicantes, a boca generosa levemente aberta e a voz rouca. — Não sou muito bom com relacionamentos... as meninas esperam que eu telefone quando estou pintando e daí parecem ficar muito ciumentas a troco de nada...

— Não tenho ciúme — interrompi, apressada. — Sou a pessoa menos ciumenta do mundo.

— Pressenti isso — respondeu ele, aliviado. — Senti que você era diferente... e totalmente especial.

Estava nas nuvens, sorvendo cada palavra dele, feliz por Merlin parecer estar baixando a guarda, mas algo me distraiu — um súbito brilho esverdeado —, embora, pensando bem, o verde deva ter aparecido apenas dentro da minha cabeça. Passando do lado de lá da vidraça, do meu lado, estava aquela garota, toda vestida de jeans. Ela girou o corpo para me encarar.

— Você viu? — perguntei a Merlin. — Aquela garota de olhos verdes.

Ele não tirara os olhos de mim por um segundo.

— Estou olhando para ela agora. Você tem olhos verdes lindos.

— Não como aqueles — protestei —, os dela são bastante... impenetráveis e aterrorizantes.

Ele riu, beijou a minha mão e foi até o balcão pagar por nossos cafés. Tive um calafrio ao cogitar que ela teria estado no café ao mesmo tempo que nós.

— Por favor — pedi à garçonete. — Minha... amiga estava aqui, mas acho que nos desencontramos. Ela tem cabelos escuros, lisos e estava usando jeans e...

— Estava sentada logo ali — respondeu a mulher, apontando para a mesa ao fundo. Ela me olhou de um jeito esquisito e comecei a tossir para esconder meu constrangimento.

Mais uma vez fiquei assustada ao pensar *nela* sentada tão perto de nós, embora, para o meu alívio, não tão perto a ponto de escutar nossa conversa. Merlin me acompanhou até em casa, e tentei tirar a lembrança dela dos meus pensamentos. Não foi difícil — com ele ao meu lado, eu praticamente flutuava. Quando chegamos à minha rua, puxei Merlin para uma viela estreita que passava nos fundos da minha casa, a entrada era ladeada por uma parede de dois metros, a altura perfeita para nos manter protegidos dos olhares curiosos. Levamos séculos até finalmente nos despedirmos. Sempre que tentava me soltar, Merlin me puxava de volta para ele. Meu rosto e meu pescoço ardiam como se estivessem em chamas. Esfreguei as bochechas, preocupada, pensando na explicação que daria para o vermelhão deixado pelos beijos, mas, quando finalmente entrei em casa, mamãe não pareceu notar nada. Sorriu corajosa para mim quando perguntei como fora o seu dia, mas pude detectar uma ponta de censura apesar das aparências.

Cantarolei por toda a casa, delirando de felicidade, revivendo cada minuto do dia e enviando mensagens de texto para Nat e Hannah, contando tudo para elas. No meio de uma sequência de pontos de exclamação, minha mãe chamou meu nome. Desci correndo para a sala e dei de cara com ela sacudindo um maço de cigarros no ar, com uma expressão enfurecida.

— Estou muito decepcionada, Katy — disse ela, baixando a voz para um sussurro que, de alguma forma, conseguia ser pior do que se estivesse berrando comigo. — Você sempre jurou que não se deixaria apanhar por vício tão nojento.

— Não são meus — respondi, incrédula. — Fumar é uma coisa horrível.

— Caíram da sua bolsa — continuou, os olhos cravados nos meus. — Suponho que Merlin a convenceu de que é uma atitude cheia de estilo ou qualquer coisa do tipo, e você quer agradá-lo.

— Merlin odeia cigarros — insisti, cada vez mais indignada. — Todos os meus amigos odeiam... não faço ideia de como foram parar aí.

Mamãe fez um gesto de quem corta uma linha imaginária no ar.

— Acabou a discussão, Katy. Se Merlin *estiver* envolvido, não vou hesitar em impedir que você saia com ele. Pode apostar nisso.

Não fazia sentido dizer mais nada a partir dali. Ela sempre tinha a última palavra. Era um mistério como aqueles cigarros foram parar na minha bolsa para azedar o fim de um dia tão perfeito, e fiquei ofendida por ter sido acusada de maneira tão injusta, mas minha mãe deixara claro que o assunto estava terminado. Tive a nítida impressão de que ela não estava feliz por eu estar saindo com Merlin, e aquilo era a desculpa de que precisava para expressar sua desaprovação.

Levei séculos até pegar no sono e tive uma noite bem agitada. Aquele sonho sempre ressurgia quando eu estava estressada e nunca mudara... até aquela noite. Dessa vez, quando eu agarrava a figura sentada diante do espelho, forçando-a a olhar para mim, o rosto não era meu, pertencia à garota do ônibus. Dessa vez, os olhos dela eram verdes e insondáveis. Dei um passo para trás, afogando-me no ódio dela.

CAPÍTULO
TRÊS

Não importava o quanto me mantivesse ocupada, uma sensação chata de mau presságio estava sempre à espreita, porém eu tentava reprimi-la, concentrando-me em Merlin. Estava oficializado: éramos um casal de namorados. Não havia necessidade de anunciar nada na faculdade, a notícia logo se espalhou, e minha popularidade alçou voo. Passávamos cada minuto que podíamos juntos, e Nat e Hannah brincavam que estavam enjoadas de nos ver babando e olhando no fundo dos olhos um do outro.

Merlin marcou de passar lá em casa no sábado, o que me deixou nervosa, pois minha mãe já tinha formado uma opinião a respeito dele. Eu estava uma pilha de nervos a manhã inteira e, quando espiei pela porta da frente pela vigésima vez para ver se ele estava chegando, foi impossível não enxergar Luke descarregando do carro antiguíssimo dele todas as tralhas que trouxera de seu apartamento. Estava repleto de caixas, sacolas plásticas, montanhas de roupas amassadas e havia também pratos, xícaras e uma chaleira chacoalhando no banco de trás.

— Por onde anda minha Kat favorita? — gritou ele.

Sorri ao ouvir o apelido com que costumava me chamar e fui até lá.

— Acabou a vida de estudante — falei de gozação, recuando ao ver um vidro se espatifar na calçada. — Agora você virou gente grande de verdade.

— Nem em um milhão de anos — zombou. — Você está falando com o cara que costumava jogar lesmas nas suas costas e enfiar aranhas dentro do seu nariz.

Luke Cassidy era cinco anos mais velho que eu e tinha passado os últimos dez me aterrorizando de todas as maneiras possíveis. Passei minha infância correndo atrás dele e de seus amigos, mas eles sempre achavam um jeito de me jogar para escanteio. Mais tarde, quando foi para a faculdade, fiquei surpresa com o quanto eu sentia falta de tê-lo por perto. No entanto, ele estava de volta e continuava implicando comigo.

— A pequena Kat também cresceu — disse ele, recolhendo com cuidado os cacos de vidro do chão. — Vi você com seu namorado e acenei, mas estava meio ocupada.

Corei, sabendo o quanto devo ter aparentado estar aérea segurando a mão de Merlin. Rapidamente mudei de assunto.

— Então, que tal a vida de jornalista?

— Até agora, cobri três festas de igreja, uma feira de cachorros e a história de um velho que dorme em uma casa na árvore com um esquilo.

— Nenhuma ligação dos jornais grandes?

Luke ergueu o olhar para o céu.

— Quem sabe ano que vem.

Ele parecia me espiar de canto de olho.

— Alguma coisa errada? Minha maquiagem está borrada?

— Você está diferente, só isso — balbuciou e baixou os olhos mais que depressa.

Estiquei o dedo para tocar no queixo dele e abri um sorriso.

— Você também. Luke finalmente tem barba para fazer.

— Faço a barba há anos — protestou, e eu apertei os lábios para evitar cair na risada. Luke tinha rostinho de bebê e cabelos cor de milho, que faziam com que aparentasse ter menos idade do que tinha. Deixando as portas do carro abertas, adentrou nossa casa sem ser convidado. Tentei chegar na frente, mas ele alcançou a cozinha, puxou uma cadeira e pediu, preguiçoso:

— Ponha a chaleira no fogo, Kat.

Minhas mãos colaram na minha cintura.

— Não pode mais entrar na nossa casa como se fosse a sua.

Luke deu de ombros:

— Por que não?

Enquanto eu tentava encontrar uma boa resposta, mamãe apareceu do nada e estragou tudo. Ela puxou do armário a caneca "especial" de Luke, que tinha o nome dele, e abriu a lata de biscoitos. Eu me recusei a sentar e olhei de relance para o relógio.

—Você está arisca, Kat.

— Merlin vem me visitar — anunciei, tentando parecer impassível e experiente. — Depois, vamos para a casa dele. Ele é um pintor talentoso e tem o seu próprio estúdio.

Luke não riu ao escutar o nome de Merlin, mas eu sabia que ele sentira vontade.

— Onde ele mora?

— Lá na estrada Victoria, perto da escola de hipismo.

— É um garoto rico, então.

Minha boca se abriu e fechou como a de um peixinho dourado.

— Não, não é. Merlin é um cara comum, mesmo com uma casa tão grandiosa. E a mãe dele dedica um tempo enorme dando aulas para quem não tem condições de pagar e deixa que trabalhem no estúdio dela.

— Quanta nobreza — comentou, sarcástico.

— Não seja tão crítico, Luke. A mamãe já está convencida de que ele me encoraja a fumar, e agora você acha que ele é mimado.

Luke se recostou na cadeira, tomando um longo e satisfatório gole de café.

— Você não está se deixando levar pela imagem glamorosa do artista conturbado, está? Esse... Merlin provavelmente tem uma fila de garotas cujo retrato ele está pintando.

Apertei os olhos de um jeito perigoso, pronta para dar uma resposta ácida, quando a campainha tocou. Merlin ficou pairando no degrau da porta com seu ar confiante habitual, mas suspeitei de que talvez tivesse se vestido especialmente para a ocasião, porque a calça jeans não era desbotada e a camisa fora passada. Puxei-o para o hall e gaguejei uma apresentação para a mamãe, torcendo para que Luke ficasse na cozinha, mas ele decidiu aparecer bem naquele instante. Ele e Merlin se examinaram de cima a baixo. Não fosse a situação desconfortável, eu poderia ter caído na gargalhada de tão diferentes que eles eram: Luke, atarracado, loiro, com uma expressão aberta e simpática; Merlin, alto e moreno de traços circunspectos. Resmunguei qualquer coisa sobre Luke morar na casa ao lado, peguei meu casaco e saí correndo. Merlin segurou a minha mão. A unha do dedão dele se enterrou na minha pele; estava doendo, mas eu não disse nada.

— O que é tão importante? — perguntei, finalmente recuperando o fôlego ao ver minha casa sumir do nosso campo de visão.

— Você disse que eu precisava ir até a sua casa com urgência.

Merlin hesitou.

— É o retrato, Katy, não consigo acertar as cores. — Ele se inclinou e esfregou o nariz na minha bochecha. — Não consigo me concentrar. Não sei por quê.

— Como posso ajudar?

— Você pode posar para mim. A melhor luz é nesta hora do dia. Se posar, então, pode ser que eu encontre a solução.

— Ok, tudo bem, Merlin.

Percorremos a extensão da larga avenida da casa dele, e fiquei me culpando por ter soado tão desinteressada.

— Quer dizer, é claro que posso. É o mínimo que posso fazer.

Fiquei estirada sobre o sofá gasto de chenile, tentando minimizar meus quadris e não pensar nas pinturas de Rubens, com seus nus femininos de vastas proporções e carnes macias e onduladas.

— Preciso trocar de roupa — disse ele.

Sem avisar, com um único movimento, abriu todos os botões de pressão da camisa e jogou-a sobre a cadeira. Apanhou uma camiseta velha de um gancho e vestiu por cima da cabeça. Desviei o olhar, mas não antes de entrever o peito nu e a linha de pelos negros serpenteando e passando do umbigo.

Meu rosto ardia de vergonha, e fiquei preocupada em acabar imortalizada na pintura com bochechas gigantescas e rosadas. Tentei pôr a culpa no sol.

— É bem... quente aqui, não é?

Merlin resmungou algo sobre o ar quente subir e abriu uma das janelas do telhado. Formou um quadrado com os dedos da mão esquerda, olhou para mim e depois olhou de volta para a tela. Balançou a cabeça.

— Seus cabelos são impossíveis de reproduzir... não são reais... lembram uma mistura de fios de ouro com castanhas quentes, e sua pele diria que é de... sardas de alabastro.

Ele sorriu e eu me derreti por dentro. A maioria dos caras sofreria para inventar o mais simples dos elogios, mas Merlin era capaz de fazer uma única frase parecer um soneto inteiro. Tentei não me mexer, mas era torturante ficar tão exposta, e a temperatura do estúdio estava subindo. Precisei tirar meu cardigã, torcendo para que não fosse parecer uma tentativa brega de striptease. Merlin trabalhou por horas a fio e permaneci calada, porque ele estava envolvido demais no que estava fazendo. Mesmo me pintando, ele parecia distante, quase como se me visse de forma abstrata. Pestanejei com o aumento da intensidade do sol e pude ver uma gota de suor brilhando na testa dele.

— Hora do intervalo? — sugeri.

Merlin assentiu. Limpou as mãos em um pedaço de pano e foi se chegando.

— Tem lugar para mais um aí, Katy?

Eu me endireitei no sofá rapidamente e encolhi as pernas.

— Como estão as suas... cores?

— Bem melhores.

Eu me agitei e fitei a porta.

— Não há para onde fugir — disse ele, com suavidade.

Esfreguei o nariz, ajeitei os cabelos com as mãos e olhei ao redor da sala enquanto Merlin continuava perfeitamente imóvel, me observando. Esfreguei meus braços, tremendo, apesar do calor.

— Quero olhar para você, Katy.

Tentei desconversar fazendo graça.

— Está olhando para mim há horas.

— Não assim.

Ele pôs uma das mãos sob o meu queixo, e fui forçada a retribuir o olhar dele. Seus olhos eram penetrantes, intensos e de um cinza rochoso.

Merlin inclinou a cabeça na minha direção enquanto uma das mãos deslizava a alça da minha blusa, fazendo-a descer pelo ombro, e seus lábios me beijavam subindo pelo pescoço.

— Sua mãe pode entrar a qualquer instante — murmurei, tensa.

— Mas não vai.

Percorreu o caminho até minha bochecha, nariz e pálpebras antes de voltar sua atenção para minha boca, quando ficou impossível dizer qualquer coisa. Ele me envolveu nos braços de um jeito tão apertado que eu mal podia respirar. Correspondi com tamanha naturalidade que fiquei chocada comigo quando coloquei a mão sob a camiseta dele, contando cada uma das costelas com os dedos. Senti que ele estava ficando arrepiado.

— Estou com a mão fria? — Eu ri, sabendo não ser esse o motivo. Tive uma sensação inesperada de poder.

Eu enfim descobria o porquê de toda a excitação quando o assunto era beijar. Estávamos tão espremidos um contra o outro que não sabia onde terminava o meu corpo e começava o dele, e ambos escorregamos no sofá até ficarmos na horizontal. Era como se estivesse me afogando nele. Foi então que escutei vozes falando mais alto, e elas me fizeram hesitar.

— O barulho vem do jardim — garantiu-me Merlin. — Minha mãe está reunindo sua coleção de artistas de rua.

Ouvimos um estrondo, e a porta do estúdio se escancarou de repente, fazendo voar papéis para todo lado. Consegui me desvencilhar do abraço dele e sentei de novo.

— É só o vento. Minha mãe é maníaca por ar fresco.

— Desculpe — resmunguei. — Não sei o que está acontecendo comigo. — Olhei para o chão. — Não sei se... se estou preparada para algo... forte.

— Forte? — Merlin passou a mão nos cabelos e soprou o ar devagar. — Katy, já estou envolvido demais... Se você quer apenas ir ao cinema uma vez por mês e andar por aí de mãos dadas, não sei dizer se consigo.

Mordi o lábio, envergonhada. Ele alisou meu braço, mas me mantive rígida.

—Talvez seja só um pouco... cedo demais.

A voz dele estava áspera de emoção.

— Bastaram sete segundos para eu descobrir o que sentia por você, mas se ainda precisa esperar para sentir o mesmo por mim...

O nó na minha garganta aumentou.

— Sinto o mesmo por você, mas talvez a gente apenas precise de algum lugar com mais... privacidade.

Merlin sorriu, cheio de intenções.

— Estou pensando em trancar você aqui na minha torre para afastá-la do restante do mundo.

Estava prestes a responder quando reparei no horário. A tarde se esvaíra e precisava voltar para a minha mãe. Sempre que estava com Merlin as horas voavam. Espiei a tela quando ele saiu do quarto. Não passava de uma série de belas pinceladas, mas meu rosto estava começando a ganhar forma, brilhando pálido e etéreo, as cores eram suaves, totalmente diferentes do estilo usual e ousado de Merlin. Escutei passos retornando e, mais que depressa, afastei-me do quadro. Relutantes, saímos da casa dele de mãos dadas e atravessamos o jardim. Ao chegarmos no portão, olhei de relance para trás, apertando os olhos mesmo com o sol já se pondo. Vi uma silhueta se mexendo entre as árvores, tão veloz e tão leve que poderia ter sido um espírito, mas algo nela me inquietou. Olhei para Merlin, e ele não demonstrou ter percebido coisa alguma; eu estava começando a achar que aquela garota havia me jogado um feitiço. Ela não poderia estar em todos os lugares desse jeito, não era possível. Acelerei o ritmo porque sentia como se centenas de olhos estivessem nos vigiando. Dei um beijo de despedida em Merlin com um estranho desespero que eu não saberia explicar.

Sonhei novamente com ela naquela noite. Desta vez, estava deitada de costas sobre o sofá velho de Merlin, lânguida, comprazendo-se com sua própria beleza. O olhar não me largava, e ela levantou-se de um jeito muito gracioso, atravessou a sala, como que desfilando, e virou o cavalete para mim, forçando-me a ver. O retrato não era meu, era dela, os lábios cor de carmim estavam curvados para cima, com um sorriso triunfal disfarçado. Acordei em um susto e, com o sobressalto, sentei na cama. O pingente verde ainda estava na minha penteadeira e parecia brilhar no escuro. Dei um pulo da cama e enfiei aquele negócio na bolsa.

CAPÍTULO
QUATRO

— Tem alguém me perseguindo.

Hannah parou de bocejar por um instante para expressar sua surpresa.

— Você já tem Merlin, o cara mais gato da faculdade, e agora ainda tem um perseguidor só seu? Que injustiça! Quem é ele?

— Não tem nada de engraçado — insisti, desejando que o pai de Nat dirigisse mais devagar ao passar pelos quebra-molas, pois minha cabeça estava batendo no teto do carro toda vez que ele passava por um. — E não é um cara... é uma garota. Já a avistei do ônibus, na rua, em um café, e, *além disso*, ela chegou a aparecer na minha casa vendendo bijuterias.

Procurei na bolsa e passei o pingente para Nat.

Ela o examinou dos dois lados e depois o segurou contra a luz.

— É bem legal. É feito de quê?

— Acho que é de vidro marinho — resmunguei. — Vidro marinho cor de esmeralda... mesmo tom dos olhos dela. Pode ser legal, mas acho que é um aviso.

— O que é vidro marinho?

— É um vidro qualquer, mas que passou muito tempo no oceano até todas as bordas ficarem lisas e o vidro em si, opaco.

Hannah olhou o relógio de relance.

— E por que ela estaria enviando um aviso? Tem certeza de que você não está meio que dormindo ainda? Afinal, *são só seis e meia da manhã*.

Baixei a voz para me certificar de que o pai de Nat não estava ouvindo.

— Acho que ela fez algum tipo de magia... pois sempre sabe onde eu estou.

A gargalhada foi tão alta que precisei tapar os ouvidos.

— Você não existe — disse Nat, repreendendo-me.

Fiquei contemplando a janela, mordendo o lábio.

— Ela está em todos os lugares aonde vou, fica me vigiando, escutando e ainda por cima sabe onde moro.

— Você acredita mesmo nessa... bruxaria?

— Não chamaria exatamente assim — respondi, sendo pega de surpresa. — Mas há alguma coisa fora do normal nela. Naquele dia do ônibus... algo aconteceu entre nós duas, e me sinto diferente desde então.

Elas estavam me olhando de um jeito esquisito.

— Então... por que você comprou o pingente? — perguntou Hannah.

— Não fui eu. Foi minha mãe que comprou para mim.

— E o que sua mãe disse da menina?

— Disse que ela era simpática, talentosa e muito persuasiva, mas agora me digam se não é estranho... quando minha mãe foi buscar a bolsa, ela... a menina... desapareceu sem cobrar nada pelo pingente.

Hannah balançou a cabeça.

— Não entendo. Uma desconhecida aparece na sua casa e deixa um pingente maravilhoso, quase como um presente?

— Não tenho a sensação de que seja um presente — murmurei.

— Chegamos, meninas — avisou o pai de Nat assim que cruzou os portões imensos do parque. Uma empolgação tomou conta de mim quando vi todos os carros e furgões espalhados pela grama e a maioria das barracas já montada. Era a maior feira de artesanato e artigos usados da região, e nós três poderíamos passear horas a fio à procura de pechinchas. Definitivamente valia a pena acordar às cinco da manhã para isso. Estávamos com tanta pressa que saímos do carro aos tropeços, e Nat deu um berro ao quase afundar os pés em bosta de vaca.

Hannah seguiu direto para a barraca mais próxima e agarrou um vaso largo com desenhos de flores azuis e brancas.

— Parece bem antigo — anunciou toda importante —, provavelmente é do período eduardiano. Ficaria muito bonito com uma planta dentro. Vou comprar para a minha mãe.

— É um urinol. — Nat riu baixinho em meu ouvido. — É feito para urinar dentro. Não conte até chegarmos em casa.

Meu ânimo melhorou enquanto caminhávamos por ali. A grama estava molhada de orvalho e a barra da minha calça logo ficou ensopada e pesada; meus sapatos de lona, encharcados. Hannah não estava em melhores condições, pisava com todo cuidado enquanto atravessava o campo com seu vestido estilo bata e as pernas de fora; a grama roçava, irritando sua pele. Nat era a única que se vestira com mais sensatez, calçando galochas verde e rosa fluorescente sobre uma meia-calça preta e short jeans. Assim que a neblina da manhã se dissipou, o céu se abriu num azul surpreendente, e nós três arrancamos as jaquetas e os cardigãs. Ninguém havia se preocupado em tomar café da manhã, e o cheiro do café, das rosquinhas e croissants se espalhava pelo ar. Meus pés começaram a andar por conta própria na direção da barraquinha de comida, mas quatro mãos me seguraram pelo braço.

— Não podemos parar ainda, senão vamos deixar de comprar as melhores coisas.

Elas tinham razão; em dez minutos de buscas frenéticas, eu encontrara um chapéu de tecido com risca de giz que Merlin iria amar e um vestido estilo anos 1950, com saia evasê, estampado com rosas imensas. Sabia que não era vintage de verdade e consegui convencer a vendedora a baixar o preço de oito para cinco libras. Nat se atracou a um gato de pelúcia, porque fazia coleção, e a uma bolsa de sair à noite, toda bordada, da década de 1920, que custou apenas quinze libras. O café da manhã não podia mais ser adiado; com todas as cadeiras plásticas ocupadas, sentamos na grama, saboreando nosso café e comendo rosquinhas polvilhadas de açúcar, tão doces que chegavam a doer os dentes.

A sensação de estar ali com Nat e Hannah era ótima, absorvendo os primeiros raios da manhã e observando a multidão chegar. Longe de ser um empecilho, a aglomeração de pessoas dava ares de desafio, e a gente também gostava de observá-las. De vez em quando, Nat suspirava por causa de um amigo de Merlin — Adam — por quem estava irremediavelmente apaixonada desde que o conhecera em uma festa. Hannah levantou para jogar o lixo na cesta, e me debrucei na direção de Nat.

— Por que você não usa o poder da sua mente para conquistá-lo? — sussurrei.

Os olhos de Nat se arregalaram maliciosamente.

— Então você também mexe com magia?

— Não... não com magia — tentei explicar —, só com energia positiva para tentar dar um empurrão em certas coisas. Qualquer um pode exercitar isso, mas algumas pessoas têm mais... facilidade.

— Que tipo de pessoa?

— Bem... precisa ter a mente aberta, mas quando queremos algo de verdade, de verdade mesmo, acredito que somos capazes de... manifestar aquilo.

— Está parecendo um feitiço de amor — debochou Nat. — Talvez eu devesse tentar. Foi assim que você seduziu Merlin?

Pressionei os lábios e me recusei a revelar a resposta. Hannah reapareceu e olhou para nós duas sem entender, mas bati na lateral do meu nariz e disse que era uma piada particular. Ela fez uma careta, mas não pareceu ter se incomodado. Arranquei algumas margaridas do chão e espalhei as pétalas no gramado.

— Hannah? Você conhece Merlin há mais tempo — comecei, como quem não quer nada. — Ele teve muitas namoradas?

— Por mais estranho que pareça, não — respondeu ela, devagar. — Embora um bom número de garotas tenha tentado, ele é bem... intenso e envolvido com o trabalho. Acho que estava se guardando para você.

Fiquei de pé, tentando disfarçar o prazer que senti com aquelas palavras, e espanei o açúcar da minha calça. Foi então que a avistei, mais tranquila do que nunca, arrumando o mostruário de bijuterias sobre uma mesinha de madeira instável e dando um sorriso de canto de boca para mim. A rosquinha entalou na garganta, e meu estômago se revirou no mesmo instante. O copo descartável escorregou da minha mão, caindo na grama.

— Estou vendo a menina — rosnei. — Estou cheia dessa história, vou até lá confrontá-la.

Sem esperar pela resposta de Nat ou Hannah, marchei em direção à barraca dela, mantendo os olhos fixos na garota. Um homem se intrometeu na minha frente de modo grosseiro e me distraiu. Foi apenas um segundo, mas naquela fração de tempo ela evaporou. Uma mulher mais velha, com a expressão irritada, estava agora parada em seu lugar.

— Para onde foi a garota?

— Nunca a vi antes — resmungou a voz. — Ela pediu que eu ficasse de olho em sua barraca, mas tenho a minha para cuidar.

Notei um vulto no meu campo de visão. Não passava de um movimento de tecido desaparecendo na multidão, mas sabia que era ela e precisava segui-la. Mas tinha gente para todos os lados, e eu tentando abrir caminho para passar. Eu era lenta e desajeitada se comparada a ela, que era leve como um fio de seda, uma pena flutuando e dançando no ar, um balão fugitivo subindo ou uma bailarina dando piruetas. Sempre que a perdia de vista, reaparecia algum fragmento de algo: o vislumbre de um brinco, uma mecha de cabelos ou mesmo o canto da boca quando ela virava de costas... Eu quase podia ouvir gargalhadas ao meu redor.

O mais sensato seria parar e voltar para perto das minhas amigas, mas eu não conseguiria fazer isso, e ela sabia muito bem. Estava ficando cada vez mais difícil forçar minha passagem por entre as pessoas, e já não me importava mais se pisava no pé ou dava alguma cotovelada nas costelas de alguém. De repente, derrubei uma barraca, e os livros e as louças foram parar no gramado. Os gritos de indignação não me detiveram. Havia uma clareira em que a multidão diminuía, e pude entrever o asfalto, o que indicava o início do estacionamento. Corri mais rápido e, ao chegar ao fim do campo, consegui voltar a respirar livremente. Por poucos segundos, olhei para as nuvens, ofegante, desorientada pela amplidão do espaço. Uma rápida olhada para os dois lados não revelou nada; era como se ela tivesse sido engolida pela atmosfera. Não podia ser real, pelo jeito com que se movia, pela sua velocidade e pelo fato de sempre desaparecer diante dos meus olhos.

Um ruído súbito me assustou. Alguém estava pigarreando. Dei meia-volta devagar e congelei. A garota estava a menos de dois metros de distância, enchendo um galão de água em uma torneira do parque. Fiquei enraizada no lugar. Ela definitivamente era de carne e osso, não um fantasma qualquer da minha imaginação. Fiquei encarando-a por uns trinta segundos, até que finalmente ela levantou os olhos e me examinou sem piscar.

Recobrei os sentidos. Com o braço estendido, levando o pingente no meio da palma da mão, fui até ela.

— Acho que isso é seu.

— Ah, é? — perguntou, com ar jocoso. — Não deixei cair nada.

— Você foi até a minha casa, mas não esperou pelo pagamento...

Os olhos ovais dela quase se fecharam.

— Nós chegamos a conversar?

Aquilo era ridículo. Senti como se minha língua estivesse amarrada, como se ela fosse um adulto, e eu, uma criança.

— Eu não estava... não, não conversamos. Minha mãe atendeu a porta. Você falou com ela.

A água transbordou do galão e derramou nos seus pés, mas ela não fechou a torneira.

— Então como sabe que fui eu?

— A bar... a barraca — gaguejei. — Reconheci o pingente por causa da sua barraca de bijuterias.

Os lábios dela se curvaram num leve sorriso.

— Não tenho nenhuma peça desse tipo.

Meu rosto ficou vermelho como tijolo.

— Bem... minha mãe descreveu você, depois a vi por aqui e juntei as duas coisas e...

— Decidiu me seguir — completou ela.

Aquilo era loucura. Estava começando a parecer que eu era a perseguidora em vez dela. E era impossível avaliar o tom que ela estava usando, se havia ou não alguma aresta.

— Então não é seu? — perguntei em tom de desafio.

— Deixe-me ver.

Quando ela pegou o pingente, seus dedos tocaram os meus, e senti como se um choque elétrico percorresse meu corpo. Na verdade, dei um passo para trás, o coração disparado, mas ela parecia totalmente impassível. Franziu a testa e jogou o pingente de volta para mim.

— Não sei dizer.

Aquilo não daria em nada, mas me recusei a rastejar de volta até Nat e Hannah me sentindo derrotada. Tentei disfarçar a hesitação na voz e encarei a garota com determinação.

— Você esteve na rua Hillside semana passada?

Finalmente ela cortou o fluxo de água, jogou longe as sapatilhas que estava usando e, toda graciosa, roçou os dedos dos pés na grama.

— Não me lembro.

— Tem que se lembrar.

Ela deu de ombros.

— Não entendo, qual é o problema? Você pode ficar com o pingente.

— Não quero ficar com ele. — Bufei e tentei entregá-lo de volta, mas desta vez ela se recusou a pegar.

Encarei a garota com rebeldia, mas sua expressão se suavizou e ela começou a rir baixinho. Passado um minuto de perplexidade, também comecei a rir, percebendo, de repente, a impressão ridícula que eu devia estar causando ao disparar atrás dela com todo tipo de acusações estranhas.

— Sinto muito se estamos começando assim de maneira péssima. — Desculpei-me. — Não queria que você saísse prejudicada de uma venda, apenas isso.

— Gosta do pingente?

— É um graça — admiti.

Ela inclinou a cabeça para o lado e me observou sob a camada de cílios.

— Então deveria ficar com ele, Katy.

— Você sabe meu nome?

Ela parecia continuar rindo.

— Sei muito sobre você.

Franzi a testa.

— Mas eu não sei nada de você.

Ela chegou mais perto e pude sentir sua respiração no meu rosto. Os lábios se entreabriram e se moveram inaudíveis. Não saía nenhum som e, no entanto, eu a escutava. Ela repetia a mesma frase uma porção de vezes, e eu não conseguia me afastar.

Um toque no meu ombro fez o meu corpo inteiro se contrair.

— Katy! — exclamou Nat. — Procuramos você por toda parte.

Hannah se intrometeu.

— Por que sumiu desse jeito?

Deparei-me com as duas olhando para mim e depois me voltei para a garota. Ela sorriu, piscou e acenou para mim de um jeito amigável.

— Está tudo bem? — perguntou Hannah.

Assenti e, enganchada nos braços das duas, andamos em direção às barracas. Virei-me apenas uma vez e vi a garota me observando de longe, estranhamente petrificada. Balancei a cabeça, brava comigo mesma porque deveria estar fantasiando. Porém, não importava o quanto me esforçasse para esquecer, ainda podia ouvir a voz dela retumbando dentro da minha cabeça e repetindo mil vezes: "*Eu sou o pior pesadelo da sua vida.*"

CAPÍTULO
CINCO

O novo café na rua principal fora decorado com cores napolitanas: baunilha, chocolate e morango. Havia fotos gigantes de grãos de café nas paredes e pessoas bonitas com dentes perfeitos rindo juntas sobre as poltronas de couro, segurando xícaras de tamanho fora do comum. Nat, Hannah e eu decidíramos conhecer o lugar antes de irmos para a faculdade participar da primeira exposição de alunos do ano. Eu estava nervosa com relação ao meu trabalho, mas a ansiedade me impedia de focar no verdadeiro motivo da minha inquietação.

Hannah tomou um gole da vitamina de banana e franziu a testa de preocupação.

— Somos as três mosqueteiras, lembram? Uma por todas e todas por uma. O que está aborrecendo você, Katy?

Nat, com ar culpado, mandava ver em uma fatia de bolo de cenoura e perguntou de boca cheia.

— É o Merlin?

— Não, está tudo ótimo com ele.

— Sua mãe?

— Também não — respondi, derrubando o pimenteiro e fazendo desenhos com a pimenta na mesa.

— Você andou quieta a semana inteira — Hannah insistiu.

Olhei para uma e depois para a outra. Elas tinham razão eu precisava tirar aquele peso de mim.

— Olha, sei que isso vai parecer bobagem, mas é... a garota que vimos na feira de artesanato.

— Ah... a sua perseguidora. — Nat deu uma piscadela.

— A questão é... acho que ela falou uma coisa, algo em que não consigo parar de pensar.

Dois pares de olhos se fixaram em mim, carregados de expectativa, mas minha boca secou e senti um frio no estômago. Voltei a soprar o meu café.

— Não é nada importante...

— Você vai falar mesmo assim — pressionou Nat, fazendo uma careta idiota que me obrigou a sorrir.

Examinei as formas hexagonais do chão, tentando evitar o olhar das duas. Mordi o lábio, ajustei a posição da cadeira e dei um longo suspiro.

— Ela disse "Eu sou o pior pesadelo da sua vida", assim, desse jeito.

Eu me contorci um pouco. Era horrível ter que me justificar daquela maneira.

— E ainda me chamou de Katy; perguntei como sabia meu nome, então ela disse que sabia muita coisa sobre mim e depois falou...

— Sou o pior pesadelo da sua vida — interrompeu Nat. — Tem certeza absoluta de que foi isso o que ela disse?

— *Achei* que estava imaginando coisas — respondi, na defensiva —, mas agora não tenho tanta certeza. Os lábios dela se abriram, mas ela não parecia estar falando nada...

— Ela não falou nada? — repetiu Hannah.

Meus punhos se cerraram embaixo da mesa e tentei manter a voz controlada.

— Não estou segura disso... é tudo muito confuso.

Houve outro silêncio desconfortável, e quase me arrependi de ter confiado isso a elas.

— Por que não nos contou nada na hora? — perguntou Nat.

— Não parecia real — resmunguei.

O tom de Hannah era constrangido:

— Mas foi você quem correu atrás dela naquele dia. Ela não veio atrás de você.

— Ela queria que eu fizesse isso — respondi, percebendo o quanto aquilo soava bizarro. Nem eu mesma conseguia entender. — Digo... fui atrás porque ela deixara o pingente na minha casa.

Nat tomou um gole da bebida e lambeu os lábios.

— Isso não é algo que uma pessoa em sã consciência diria — comentou com um jeito maroto. — Ela parecia normal, em sã consciência?

— Perfeitamente normal — rosnei, minha dúvida anterior retornando com uma forte onda de constrangimento. — E você tem razão, claro. Minha cabeça estava uma confusão naquele dia... é bem provável que eu estivesse um tanto... nervosa.

Nat bocejou.

— De qualquer maneira, é bobagem ficar chateada com isso. Digo, quanto estrago uma garota sozinha pode causar?

Não respondi e fiquei olhando para o chão. Uma moeda novinha de um centavo brilhou para mim, e me lembrei do versinho: "Ao ver um centavo, pegue logo, para ter sorte o dia todo." Mas estava muito acanhada para apalpar o chão e pegá-la.

— Esta é a melhor época das nossas vidas — lembrou-me Hannah. — Nada deveria ser levado tão a sério.

Eu consegui abrir um sorriso sem graça.

— Ok. Vou tentar me acalmar. Tem razão. Quanto estrago uma garota *sozinha* seria capaz de causar?

Terminamos nossas bebidas e saímos do café, as três se esforçando para caber embaixo de um único guarda-chuva. A chuva não costumava me incomodar, mas Hannah estava com medo de que pudesse ficar com os cabelos arrepiados e se espremeu ainda mais debaixo da sombrinha, me empurrando para fora do meio-fio. O céu escureceu e ouvimos uma trovoada ao longe, então apertamos o passo.

— Ela aparece nos meus sonhos também — anunciei com ar distraído, como se nunca tivéssemos mudado de assunto.

Hannah deu um gritinho ao pisar numa poça.

— Esqueça qualquer coisa que tenha a ver com... essa fulana... a garota sinistra com olhos de gato. Provavelmente ela já deixou você de lado e decidiu perseguir alguma celebridade.

Eu estava pronta para responder quando a chuva aumentou. Em poucos segundos, estava ricochetando na calçada, derramando torrencialmente nas calhas e canaletas. Começamos a correr e chegamos à faculdade sem fôlego, sacudindo as gotas de nossas roupas e cabelos.

— Obrigada por me acompanharem — falei. — Não queria ficar sozinha.

A maioria dos alunos havia trazido seus pais, que ficavam parados ao lado dos trabalhos dos filhos sorrindo de orgulho. Senti uma pontada de remorso ao lembrar de minha mãe, mas Nat e Hannah estavam lá para me apoiar. A exposição tinha como objetivo aumentar a visibilidade do departamento de arte e design, e o jornal local fora convidado a cobrir o evento. Nem Nat nem Hannah tinham propensão criativa e achavam o máximo as minhas criações, como se fossem a coisa mais maravilhosa do mundo.

As duas chegaram mais perto do estande e ficaram maravilhadas com meus bordados e apliques, além do pedaço de tecido em que eu fiz a estampa à mão usando o desenho de uma folha. Podia enxergar Merlin mais alto do que todo mundo no salão e esperei a melhor oportunidade de ir até lá falar com ele. Senti mais uma vez uma ponta de orgulho ao lembrar como ele, de certo modo, agora pertencia a mim.

Então, uma sucessão de acontecimentos parece ter se dado em câmera lenta. A mãe de Merlin entrou, passando pelas portas de vidro; tinha o braço sobre os ombros de uma garota, como num gesto de proteção. A garota estava de costas para mim, mas pude ver a expressão admirada no rosto de Merlin, e meu estômago se contorceu de ciúmes. Tive vontade de caminhar até lá toda confiante e separar o grupo, mas algo me impediu e fiquei parada no lugar observando a garota. Tinha cabelos lisos, quase no mesmo tom de vermelho que os meus, e estava usando um casaco de veludo amassado parecido com o meu, uma peça totalmente original que eu mesma havia confeccionado. O modelo era quase idêntico, até no detalhe das bordas costuradas à mão. Não percebi que alguém estava falando comigo até a pessoa mover a mão para cima e para baixo diante dos meus olhos.

— Desculpe, eu estava a quilômetros de distância.

— Você está sempre em outro planeta quando vê Merlin — brincou Nat.

Tentei agir normalmente.

— Não é verdade. Nenhum namorado vai estragar nossa amizade... Certo?

— Você recebeu vários elogios legais — assegurou-me Hannah.

— Uma senhora disse que não via um bordado tão bem-feito desde que era menina.

— Jura? Imagino que seja um elogio, ainda mais se ela estiver perto dos 100 anos.

— As mocinhas sabiam como dar ponto naqueles tempos — debochou Nat. — E tocar piano, caminhar equilibrando livros em cima da cabeça e farfalhar as anáguas...

A garota definitivamente estava flertando agora. Entrando de sola, passando a mão nos cabelos brilhosos. Droga. Eu acabara de declarar para Nat e Hannah que elas eram mais importantes do que qualquer homem, mas Merlin praticamente estava sendo devorado vivo. Eu precisava tomar alguma atitude.

— Acho melhor dar uma passada lá e dar um oi para o Merlin. Obrigada por me darem todo esse apoio moral.

Hannah virou os olhos.

— Isso quer dizer que você está nos dispensando?

— Claro que não. É só que prometi...

Nat deu um apertão afetuoso no meu braço.

— Jamais seríamos obstáculo para o verdadeiro amor... Vá falar com ele.

Elas me empurraram na direção de Merlin, e rezei baixinho para que ele não me humilhasse. Ainda estávamos naquele estágio desajeitado, no qual nenhum dos dois sabe muito bem como o outro vai reagir. Minhas preces foram atendidas. Ele me viu antes que eu chegasse lá e até abriu os braços para me receber. Fui envolta por um abraço sufocante, que deixava tudo muito claro — ali era o meu lugar, Merlin era o meu namorado. Ele passou a mão no meu rosto e me beijou na frente de todo mundo. Cheguei a ficar na ponta dos pés e cochichei algo no ouvido dele, o que era bem patético, mas não pude evitar. Não havia necessidade nenhuma de me virar e olhar a cara da menina, podia sentir o olhar dela queimando minha alma e acho até que senti uma pontada de dor nas minhas costas.

Decidi me manter de costas para ela numa atitude esnobe, enquanto agarrava a mão de Merlin e lhe lançava um olhar furtivo que dizia: "Vamos para algum lugar onde possamos ficar a sós." Ele captou a mensagem e se desculpou com o grupo. Já estávamos na porta quando Merlin deu um tapa na própria testa, como quem acaba de se lembrar de algo, e deu meia-volta no piso macio.

— Katy, fui tão grosseiro, me esqueci de apresentar você. Katy, esta é Genevieve Paradis, a nova pupila da minha mãe. Ela começa a faculdade na semana que vem.

O sangue me subiu à cabeça e senti como se um trem tivesse passado zunindo pelo prédio. A garota dos olhos verdes. A voz dela ecoou por todo o hall, retumbou na arcada do teto e perfurou meu coração.

CAPÍTULO
SEIS

Merlin me segurou exatamente na hora em que as minhas pernas bambearam. Respirei fundo, sorri amarelo e fingi ter sido apenas uma brincadeira, irritada por aquela garota ter tanto efeito sobre mim.

Estendi a mão para ela.

— Oi, acho que já nos conhecemos.

Ela se voltou para mim com os olhos arregalados.

— Será mesmo?

— Sim, na feira de artesanatos. O pingente... lembra?

— É claro, *essa* Katy.

—Você estava com... uma aparência um pouco diferente naquele dia. — Não consegui evitar o comentário.

— Ah, é?

O sorriso dela era caloroso, mas por algum motivo me deixava desconfortável.

— Seus cabelos eram de outra cor, tenho certeza.

Os cabelos escuros deixaram a pele dela pálida demais; naquele instante estava fresca e orvalhada, como a de uma donzela campesina, contrastando com a minha, que estava opaca e sem vida. O mesmo valia para o casaco; o dela valorizava cada linha e curva do corpo, fazendo o meu parecer tosco e malcortado.

— Essa é minha cor natural — respondeu, e mexeu nos cabelos com uma expressão modesta. — Estava cansada de pintar o tempo todo e odeio ficar com a mesma cara.

— Mudar é bom — disparei, irritada —, mas gosto de manter meu próprio estilo e ser original.

— Nada é totalmente original — devolveu ela. — Na moda, na literatura, na arte... tudo já foi feito antes. Se você visitar o meu estande logo ali em frente, vou lhe mostrar quais artistas e designers me influenciaram.

Era impossível remover o tom de contrariedade da minha voz.

— Há uma diferença entre influência e imitação completa.

— Mas, Katy — foi dizendo ela, toda doce —, a imitação é a mais sincera forma de elogio.

Aquele bate-pronto estava começando a me cansar. Precisava de fato fugir dela e me agarrei à primeira oportunidade de tirar Merlin dali.

— Desculpe, mas Merlin e eu estamos de saída. Foi bom ver você de novo... Genevieve.

Nem respondi ao comentário de despedida que ela fez em seguida e que soou quase agourento.

— Espero que a gente se veja muitas vezes mais, Katy.

Merlin e eu andamos por um tempo em silêncio, mas sentia que o clima estava esquisito entre a gente sem saber por quê.

— Você está quieta — comentou Merlin.

— Estou apenas cansada.

Ele beijou o topo da minha cabeça.

— De mim?

— Claro que não.

Sentamos numa pequena cabana dentro de um parque local, ao lado de uma perfeita pista de boliche na grama. Os cabelos de Merlin ficavam ainda mais bonitos na chuva intensa, lembrando Heathcliff, personagem de Emily Brontë, com os cabelos varridos pelo vento. Já os meus começavam a parecer uma amoreira. Tentei domar as madeixas com os dedos e fracassei miseravelmente. A calça jeans dele tinha manchas de tinta e vários rasgos, mas não de um jeito artificial. Ele parecia um artista boêmio de outro século e, cada vez que eu fechava os olhos, vinha o pesadelo terrível com Genevieve deitada no sofá surrado, deleitando-se ao ser pintada por ele. *Ele está pintando VOCÊ*, fui forçada a me lembrar.

Minha cabeça repousou sobre o ombro dele enquanto eu pensava em como trazer à tona o assunto que tanto temia. Não havia alternativa a não ser encarar.

— Então... como sua mãe conheceu a Genevieve?

— É uma história bastante trágica — começou ele, baixinho, e precisei morder a língua para não disparar nada sarcástico. — Os pais dela morreram num acidente de carro na véspera de Natal, quando ela estava com apenas 7 anos de idade... Ela não se deu muito bem com os pais adotivos e passou por uma série de abrigos infantis desde então.

— Que horrível — murmurei, porque ele deu uma pausa, esperando alguma reação.

A voz dele foi ficando ainda mais preocupada.

— Ela acabou dormindo na rua por um tempo, até que uma das amigas da minha mãe a encontrou e a adotou.

— Onde ela mora?

— Em um celeiro improvisado, não fica muito longe da minha casa... perto dos estábulos.

— Hummm... Acho que sei onde é. Genevieve não tem idade demais para ser adotada?

— Ela já tem 16 anos — respondeu Merlin —, mas é para ajudá-la durante o período de transição.

— E foi assim que você a conheceu?

— Foi, minha mãe fez de tudo para conseguir que ela ingressasse na faculdade, porque a menina não completara todos os exames exigidos.

Mudei de posicionamento, inundada por uma raiva súbita.

— Ela ajudou a garota a conseguir uma vaga na faculdade? Mas nós tivemos que nos esforçar tanto para conseguir as notas necessárias.

A resposta áspera de Merlin me surpreendeu.

— Genevieve não tem culpa de ter ficado desabrigada. Ela não podia frequentar a escola, então minha mãe a encorajou a fazer um portfólio e apresentar para o conselho da faculdade. Eles concordaram que ela merecia uma vaga. Você já viu a coleção de trabalhos dela?

Cerrei os dentes com tanta força que chegaram a doer.

— Não, mas tenho certeza de que é impressionante.

— O mais incrível é que ela é muito completa mesmo... artes plásticas, design de moda, têxteis, bijuterias. A maioria das pessoas só consegue fazer bem uma dessas coisas.

— Bom para ela.

— E o trabalho dela é bem-embasado, não apenas experimental. Mas... Genevieve precisou vender a arte dela na rua ou não teria o que comer.

Eu respondia feito um robô.

— Claro.

— Conhecer a história de Genevieve faz a gente pensar no quanto a nossa vida é fácil.

— Com certeza.

— Não saia por aí repetindo nada do que contei, Katy. Não sei ao certo o quanto ela quer que as pessoas saibam.

— Não, claro que não.

Havia um buraco no teto da cabana e a chuva desabava sobre minha cabeça e escorria pelo meu nariz. Merlin nem sequer percebeu minhas respostas bruscas, pois seguia falando extasiado sobre Genevieve.

Ele fez uma pausa para respirar, e eu funguei.

— Você nunca a mencionou antes.

— Mamãe só a levou lá para casa muito recentemente.

— Você quer dizer na semana passada?

Ele me olhou esquisito.

— É, foi no... sábado, acho.

Então, enquanto Merlin estava pintando a minha figura, ela estava na casa dele, e pode ter sido ela a pessoa que vi entre as árvores.

— Isso é importante? — perguntou ele.

Fiz um leve aceno.

— Eu estava apenas curiosa para saber há quanto tempo ela está por aí.

— Não muito, mas vocês têm muita coisa em comum. Acho que podem se tornar amigas... Amigas de verdade.

Não era culpa de Merlin, mas ele parecia contaminado por ela. Ele fora meu e somente meu por um período tão curto. Já podia sentir como se ele estivesse me escapando por entre os dedos. Olhei ao redor. Não havia ninguém à vista, nem mesmo uma alma solitária e corajosa o suficiente para enfrentar a chuva e passear com o cachorro. Afundei meu rosto no pescoço de Merlin e passei a língua pelo contorno que sobe até o queixo. Ele tinha gosto de sal com um leve toque de suor. Escorreguei minhas pernas por cima das dele até ficar sentada no seu colo, e comecei a beijá-lo. Ele soltou um gemido involuntário.

— Katy... você não estava assim naquele dia.

Eu ri.

— Talvez estando ao ar livre... eu me torne mais... hã...

— Selvagem — completou ele, segurando-me a certa distância para estudar meu rosto com espanto. — Não contava que seria engolido vivo no banco de um parque.

Merlin segurou meu rosto enquanto eu o beijava ainda mais, tentando apagar qualquer resquício de Genevieve. Abri os três primeiros botões da camisa dele e apoiei meu rosto em seu peito, ouvindo o seu coração.

— Está batendo como louco, Katy, está escutando?

— O meu também está enlouquecendo.

A mão de Merlin, hesitante, foi passeando por debaixo da minha camiseta, com ele sempre observando as minhas reações. Depois, passou pela barriga até pressionar o meu coração. Nenhum dos dois se mexeu por um tempo que pareceu durar séculos.

— Não seria bom se estivéssemos completamente sozinhos? — cochichou ele. — Em algum lugar a quilômetros daqui.

— Onde? — suspirei.

— Podíamos armar uma barraca em algum dos campings.

— Seria ótimo — manifestei, convencida de que ele não estava falando sério.

— Mas pode ficar muito frio.

— Amo o frio — rebati, o que era verdade. Sempre me sentia feliz quando os dias estavam encurtando e o verão chegava ao fim.

— Que desculpa você daria para sua mãe?

Eu me afastei.

— Está falando sério então?

O sorriso de Merlin era largo.

— Por que não? Você não consegue relaxar na minha casa, e a sua é área proibida...

Não estava preparada para revelar a real extensão dos problemas da minha mãe porque não sabia se ele seria capaz de compreender.

— Minha mãe é um pouco... grudenta — falei por fim. — Pode ser complicado. Ela não gosta nem que eu vá dormir na casa de uma amiga, e você... você é homem.

— Que bom que percebeu. — Brincou ele. — Só uma noite, Katy. Eu adoraria ver o pôr do sol com você... contar estrelas... e acordar do seu lado.

Tentei não me arrepiar com a ideia e sorri, cheia de esperança.

— Nada é impossível. Vou pensar no assunto e tentar formular algum plano.

— Mas você quer? — pressionou.

— É claro que eu quero.

Não tinha absolutamente nada a ver comigo concordar com algo tão arriscado assim, mas eu estava determinada a ter Merlin só para mim e descobrir seus pensamentos mais secretos. Mesmo quando estávamos juntos, às vezes me sentia isolada e sabia que havia um lugar escondido para o qual seus pensamentos iam e eu não poderia acessar. Quem sabe ficando sozinhos, juntos, longe de tudo que fosse familiar, nos aproximássemos. Fomos caminhando para casa a passos de tartaruga, saboreando cada minuto, enquanto eu tentava obliterar todas as lembranças de Genevieve. O beijo de despedida foi no mesmo ponto perto da minha casa, mas não importava o quanto eu tentasse me convencer de que tudo estava exatamente igual, não estava: Merlin ainda exalava a presença dela.

CAPÍTULO SETE

Mamãe não estava na cama quando cheguei em casa, e suas bochechas estavam coradas como eu não via fazia muito tempo. A casa tinha um ar diferente — estava mais quente e quase aconchegante para variar. Era visível que ela estava se esforçando, e eu deveria ter ficado contente, mas as notícias sobre Genevieve estragaram tudo. Mamãe olhou para mim cheia de expectativas.

— Desculpe não ter podido ir, Katy. Como foi?

— Foi tudo bem — menti e inventei uma desculpa para subir direto.

Fui me trancar no banheiro, determinada a não chorar, e me olhei no espelho, alisando os cabelos e sugando minhas bochechas, tentando parecer com Genevieve. Mas minha aparência continuava lamentavelmente comum, como sempre. Em um frenesi, abri as portas do armário, arranquei as roupas que eu vestia e, sem pensar, fui puxando para fora dos cabides camisetas, vestidos, suéteres e camisas. Uma a uma, fui experimentando todas, criando combinações, tentando montar looks e ensaiar poses diferentes. Era patético, mas estava tentando imitar a atitude preguiçosa e nem aí de Genevieve, seu sorriso lânguido e seus movimentos descontraídos, pois acabara de comprovar que meu estilo de vestir não tinha nada de inusitado e descolado, eu mais parecia uma mendiga. Fechei os olhos em desespero, tentando banir sua imagem de minha cabeça, mas ela permanecia lá, como uma sombra. Assoei o nariz, passei um pente nos cabelos e desci para fazer companhia à minha mãe. Era tão raro ela ter um dia bom que me senti culpada por deixá-la sozinha e tentei fazer de conta que estava tudo bem.

— Então, como foi *de fato* lá hoje? — indagou baixinho.

Deveria estar tudo borbulhando muito perto da superfície, porque, sem pensar, botei tudo para fora.

— A exposição foi ótima, mas essa nova garota da faculdade... ela realmente me dá nos nervos.

Mamãe deu uma risada marota.

— Eu sabia. Consigo farejar inveja a um quilômetro de distância. Você está verde de ciúmes, sem tirar nem pôr.

— Isso também acontece comigo — comentei assombrada. — Vejo cores quando olho para as pessoas.

Ela se inclinou e deu uma palmadinha na minha mão.

— Não estava me referindo a esse tipo de percepção, mas é fácil identificar uma adolescente com crise de ciúmes. O monstro dos olhos verdes está mostrando a sua cara.

— Monstro dos olhos verdes?

— É uma citação de *Otelo*, de Shakespeare. Na tragédia, ele compara o ciúme a um monstro de olhos verdes.

Luke estava sempre citando Shakespeare para mim também, mas não estava disposta a fingir algum interesse. Apenas fiz uma careta.

— Você quer contar mais sobre ela, Katy?

Respirei profundamente.

— Esta garota, Genevieve, aparece em todos os lugares, fica me seguindo e, agora, está me copiando. Hoje descobri que ela tem uma história de vida trágica... passou por abrigos infantis e depois acabou dormindo na rua. Mas não consigo sentir um pingo de pena dela;

é como se algo tivesse extirpado toda a minha bondade e transformado meu coração em pedra.

— Isso não tem nada a ver com você — disse, franzindo a testa. — Mais alguma coisa?

É claro que havia mais alguma coisa; algo que eu não queria encarar. Engoli em seco, fechei os olhos e espremi o rosto de dor.

— Acho que ela está tentando roubar o Merlin de mim.

Engasguei. Não fora minha intenção dizer aquilo. Queria ter balbuciado qualquer coisa sobre ter visto Genevieve flertando. Admitir aquela possibilidade era o meu mais tenebroso medo, a pior coisa que poderia imaginar.

Mamãe riu com deboche e meu coração se partiu.

— As adolescentes são tão dramáticas. As duas gostam do mesmo rapaz e acham que é o fim do mundo.

— É mais do que isso — olhei para ela furiosa.

Mamãe se ajoelhou no carpete aos meus pés para se aquecer no fogo que havia na lareira, pois já começara a esfriar à noite. Sempre adorei fazer fogo de verdade com lenha, mas em geral dava um trabalho danado para acender, então a gente acabava plugando um aquecedor elétrico feio quando a temperatura caía. Fazia muito tempo que eu não olhava para as chamas, buscando formas, como costumava fazer quando era pequena. Porém, mesmo ali, não conseguia escapar de Genevieve, as centelhas me lembravam da sua cabeleira vermelha gloriosa.

— Se ele está assim tão interessado em você, Katy, não irá traí-la. Mas não o assuste com seus ciúmes. O ciúme é um veneno que vai destruir você, não ela.

Eu mal estava escutando.

— O mais estranho é que... ela é tudo o que eu poderia ser, mas não sou.

Mamãe deu um puxão no meu braço de leve.

— Como assim?

—Temos mais ou menos a mesma altura — falei, aborrecida —, mas ela parece mais graciosa, porque é bem magra, temos o mesmo tom de pele, sendo que a dela é de uma luminosidade que dá raiva, e nossos cabelos são da mesma cor, só que os dela são um deslumbre de tão sedosos...

—Você tem sua beleza própria, Katy, e as pessoas a apreciam por ser quem você é.

— Só quero que tudo permaneça igual — respondi, melancólica.

Não quis acrescentar que levei anos para sentir que, finalmente, pertencia a algum lugar. Sempre fui a forasteira, que não conseguia fazer amizades, mas, durante o último ano do colégio, aproximei-me de Nat e Hannah, e agora era inacreditável, Merlin fazia parte da minha vida também. Bem no fundo, eu suspeitava de que fosse bom demais para ser verdade. Minha mãe não havia concluído o sermão.

— Você sempre vai conhecer pessoas que talvez ache que estão acima de você; pense nisso como umas das pequenas lições da vida.

— Não quero — respondi, amuada. — Só quero que ela vá embora, para o mais longe possível... De preferência, para o outro lado do mundo.

Enfim ela perdeu a paciência comigo.

— Katy — repreendeu-me —, você sempre teve muita compaixão pelas pessoas, especialmente pelas que não tiveram as mesmas oportunidades na vida. Estou achando que é você quem está com problemas, não essa moça, Genevieve.

Fiquei sentada, quieta por um instante, digerindo aquela acusação desconfortável. Será que tinha razão? Genevieve não fizera nada, apenas deixara que eu ficasse com um pingente bonito, pelo qual ela poderia ter cobrado. Não tinha família e tivera que suportar coisas que eu nem podia imaginar. A vergonha tomou conta de mim, e percebi o quanto eu deveria estar aparentando ser ciumenta e vingativa.

— De fato, você não parece mais a mesma — acrescentou mamãe, porém com mais suavidade dessa vez. — Se namorar o Merlin vai fazer com que você se torne o tipo de menina que se esquiva de uma adolescente vulnerável, então... talvez ele não seja a pessoa certa para você.

— Ele é a pessoa certa para mim, mas... — mordi a língua e não me queixei de novo sobre Genevieve estar flertando com Merlin. Era provável que isso também fosse coisa da minha cabeça. E minha mãe tinha razão. Aquela insensibilidade não tinha *nada* a ver comigo, era como se eu fosse outra pessoa.

— Você precisa confiar no Merlin, Katy. Não pode aprisionar quem você ama.

Naquele momento, mamãe pareceu desmoronar diante dos meus olhos. Enlacei meus braços em torno dela e senti meu pescoço ficar molhado de lágrimas.

— Sinto muito — desculpou-se. — Não sei o que deu em mim.

Ela me abraçou mais forte e fiquei claustrofóbica, como se não conseguisse respirar. Fingi não ter notado que a pele ao redor das suas unhas estava vermelha e irritada. Mamãe tinha transtorno obsessivo-compulsivo e era capaz de roer os dedos até sangrarem. Em geral aquilo me deixava triste, mas naquele momento eu estava estranhamente incomodada. Esperava que ela me confortasse, e não o contrário.

— Se eu pensasse que um dia perderia você, Katy... isso partiria o meu coração.

— Por que você me perderia? — perguntei, perplexa.

Mamãe deu um sorriso pálido, tentando se recompor.

— Acontece... Coisas fortuitas podem mudar tudo.

— Mas não podem fazer com que deixe de ser minha mãe. — Ri.

Ela deslizou a mão pelos cabelos escorridos, uma expressão de dor lhe surgiu.

— Eu não queria que as coisas tivessem acontecido dessa forma — disse ela, por fim. — Queria ser a melhor mãe do mundo, estar sempre por perto para proteger você.

Tentei confortá-la.

— Você é a melhor... com toda a sinceridade.

A voz dela engasgou.

— Você merece uma vida linda... cheia de diversão e risadas, novas experiências, viagens. Não ficar sobrecarregada comigo, uma prisioneira nessa casa.

Por um segundo, vislumbrei outra mulher, uma da qual eu mal me lembrava, que era vibrante e vivia o momento. Não sei quando foi que tudo mudou, porque parecia que ela havia sido sempre desse jeito. Mas eu não podia perder aquela oportunidade. Era tão raro abrirmos nossos corações, que aquela poderia ser a chance que eu estava esperando.

— Os médicos dizem que apenas você pode mudar a si mesma — argumentei. — Existe ajuda disponível, você só precisa aceitar.

Mamãe falou tão baixinho que tive que aproximar meus ouvidos de sua boca.

— Já me esforcei tanto, mas algo fica me segurando... Uma nuvem negra estacionada em cima de mim.

— O que é?

Ela balançou a cabeça com pesar.

— Lembranças, acho...

— Talvez... se dividisse essas lembranças com alguém... elas não pareceriam tão difíceis.

Seus olhos se fecharam, e ela se debruçou abatida na poltrona.

— Algum dia vou lhe contar e sei que você vai entender... mas não nesse momento.

Fiquei desapontada, mas tentei não demonstrar. Vez ou outra uma fresta se abria e depois se fechava com a mesma rapidez.

— Vou me esforçar, Katy. Vou consultar o médico de novo e seguir os conselhos dele... prometo.

— É um começo — respondi, sem graça.

— Vamos assar uns muffins — sugeriu mamãe, um pouco alegre demais.

Fiz que sim com a cabeça e tentei parecer entusiasmada. Gemma, nossa gata, estava dormindo na sua cesta, e fui até lá acariciá-la. As unhas de uma de suas patas dianteiras esfolaram minha mão de leve e depois se retraíram. Eu sabia o que aquilo significava: Gemma estava me alertando que quem mandava ali era ela. Se quisesse, ela me arranharia sem nenhum remorso, pois não tinha a consciência pesada. Com total desdém, ela abriu seus lindos olhos claros, encarou-me e fechou-os novamente. Engoli em seco, tentando não me lembrar de outro par de olhos verdes que poderiam causar tamanha inquietude.

Mamãe veio da cozinha com um pacote de muffins, um deles já atravessado pelo antigo garfo de assar. Logo o aroma dos muffins assados preencheu a sala. Me senti levemente mais próxima dela naquela hora, mas com um pouco de frustração. Ela dera pistas dos medos, remorsos e nuvens negras que a oprimiam, mas não me disse o porquê. Parte de mim estava receosa de que aquela depressão fosse genética e de que eu acabasse enxergando o mundo através dos olhos de minha mãe.

No entanto, ela estava certa sobre uma coisa: eu precisava confiar em Merlin e me acalmar com relação a Genevieve. Merlin achava que tínhamos muito em comum e talvez tivesse razão. Mamãe conversava enquanto comíamos, a manteiga quente escorria por nossos queixos e, ao mesmo tempo, eu me perguntava o que teria lhe acontecido no passado para que parasse de viver.

O sonho ainda me perseguia, partes dele eram familiares, outras mudavam. Naquela noite, fui forçada a subir os degraus intermináveis, mas, quando enfim cheguei ao topo, Genevieve não estava lá, e procurei desesperadamente por ela, perguntando-me onde poderia estar se escondendo. Fui me aproximando devagar da penteadeira, e seu rosto estava dentro do espelho, os olhos muito aumentados e assistindo a tudo. Ela chamou por mim, e não pude resistir. Assim que meus dedos tocaram o vidro, ele se liquefez, e formaram-se círculos concêntricos que se multiplicavam, abrindo-se para fora. Eu estava sendo sugada para um fosso profundo e escuro. Gritava, pedindo ajuda a Genevieve, mas ela simplesmente assistia a tudo com uma terrível fascinação. Apenas quando a última bolha deixou a minha boca, ela sorriu.

CAPÍTULO
OITO

Resolução número um: Genevieve merecia uma chance, e eu tinha condições de ser generosa. Resolução número dois: eu garantiria que iria manter meu ciúme sob controle. Resolução número três: Merlin era inacreditavelmente especial e nada no mundo estragaria isso.

Esses eram meus pensamentos enquanto caminhava cheia de determinação para a faculdade na segunda-feira de manhã. O ciúme era um sentimento *destrutivo*, e eu precisava ficar acima disso. Apressei o passo ao notar Nat e Hannah esperando na esquina da avenida principal junto ao cruzamento. Ventava bem forte e Hannah estava desesperada tentando segurar a saia evasê, o que me fez rir. Sorri para Nat, já esperando comentários irônicos sobre Merlin, mas, sem nenhum motivo aparente, ela preferiu ficar examinando um bloco de concreto e mal conseguia me olhar nos olhos. Quando o fez, sua expressão era de culpa.

— Tem algo que você precisa saber...

Esperei que ela falasse, pressentindo que algo estava errado.

— N-não fizemos de propósito — gaguejou. — Quando você saiu com Merlin, ela veio falar com a gente. Acabamos fazendo um tour pelo prédio.

Hannah interveio.

— Foi embaraçoso. Não conseguíamos nos livrar, e ela ficava repetindo como era horrível não conhecer ninguém e não ter companhia para almoçar.

Não precisei perguntar de quem estavam falando; a resposta era óbvia.

— Então Genevieve se convidou para almoçar, com vocês?

Ambas assentiram. Subimos os degraus e fomos juntas ao banheiro feminino. Fiquei aliviada, pois ninguém poderia nos escutar ali.

— Teria sido grosseiro dizer não — desculpou-se Hannah. — Mas sabemos que você acha que ela tem algo de... bruxa.

Eu me apoiei na pia e tentei me controlar. De alguma forma, havia me imaginado sendo magnânima e convidando Genevieve para se juntar a nós vez ou outra, nunca o contrário. Aquilo dava uma sensação de golpe baixo. Ela esperou que eu estivesse longe para fazer sua investida com Hannah e Nat. A realidade da presença dela me pegou de jeito: arrumara uma forma de estudar na mesma faculdade, estava cursando as mesmas disciplinas que eu, a mãe de Merlin a adorava, e agora minhas melhores amigas estavam na sua mira.

— Ela pediu para vocês? — perguntei com curiosidade. — Ela se aproximou com a certeza de que a levariam para um tour?

As duas concordaram de novo.

— Isso vai soar um pouco paranoico — admiti —, mas me dá a sensação de que ela está meio que... invadindo a minha vida.

A voz de Hannah continha um nítido tom de reprovação.

— Isso é muito desagradável para nós, Katy. *Você* é nossa amiga, e acabamos envolvidas no meio.

Nat começou a ajeitar os cabelos no espelho, o que não passava de uma distração, porque, como sempre, estavam arrepiados, mais parecendo um ninho de pássaro.

— Ela sabe que você não gosta dela...

— O quê? — Explodi. — Eu não disse nada que a levasse a pensar uma coisa dessas.

Hannah remexeu na bolsinha de maquiagem e aplicou um pouco mais de rímel sobre os cílios grossos. Estavam tão caladas que pressenti que aquela conversa não estava indo bem. Mordi o lábio com tanta força que cheguei a sentir gosto de sangue.

Nat pigarreou, nervosa.

— Ela achou que você era um pouco... hostil e estava preocupada que talvez tivesse feito alguma coisa errada. Ela quer fazer as pazes.

Senti uma dor bem no ponto entre meus olhos e pus a mão na testa. Genevieve não estava enganada. Eu não fizera nada que pudesse deixá-la à vontade, e, sem dúvida, ela captara o meu antagonismo.

— Mas o que foi que você disse para ela? — perguntou Hannah, afável.

Fiquei andando de um lado para o outro no piso de azulejos, meus sapatos faziam um som bizarro e oco quando batiam no chão.

— Estava um pouco... incomodada com a aparência dela — confessei finalmente. — Vocês perceberam o quanto ela mudou?

Hannah deu de ombros.

— Sei lá. Mas e daí? Todo mundo muda a aparência de vez em quando e...

— Ela estava usando a *minha* jaqueta — interrompi. — A que eu mesma desenhei, costurei à mão e bordei.

— Mas, Katy — contestou Nat, devagar —, Genevieve acabou de chegar. Não há como ela ter copiado sua jaqueta em tão pouco tempo.

Fiquei estupefata, porque ela estava certa. Levei as férias de verão inteiras para fazer aquela jaqueta tão cheia de detalhes. Ninguém poderia ter reproduzido aquele trabalho todo tão rápido. Olhei para o rosto de uma e depois para o da outra, sentindo-me mortificada. Precisava mostrar que não tinha problema nenhum com

Genevieve. Tentei desacelerar minha respiração e demonstrar tranquilidade e sensatez.

— Olha, vou provar que não tenho nada contra Genevieve. Vamos esperar que ela venha almoçar conosco, e vou fazer com que se sinta muito bem-recebida.

A expressão de Hannah se iluminou de alívio.

—Você vai mudar de opinião quando puder conhecê-la melhor. Na verdade, ela é bem legal.

— Considerando tudo o que ela passou — acrescentou Nat, com empatia.

Então, Genevieve *também* havia contado para elas a história de sua vida. Longe de ser um segredo, queria que todo mundo soubesse de seu passado trágico. Tentei falar normalmente, mas minha boca parecia azedar.

— Estou sabendo da desoladora história de nossa órfã do musical *Annie*... Ela já contou para Merlin e provavelmente para a faculdade inteira.

Meu comentário foi recebido com um silêncio atônito. Nat conseguiu grasnar:

— Katy... você está soando tão rancorosa.

Meu rosto enrubesceu.

—Desculpe, não tive a intenção de ser maldosa, mas... ela parece ter o dom de estimular meu lado ruim.

Foi uma confissão terrível, e me senti totalmente envergonhada de novo. Sorri, sem graça.

— Sinto muito mais uma vez. Vamos tentar não brigar por causa de Genevieve. Nós somos as três mosqueteiras, lembram?

Fomos para nossas respectivas salas, e fingi não ter ouvido o comentário que Hannah fez baixinho:

—Tecnicamente falando, os mosqueteiros eram quatro.

CORAÇÃO ENVENENADO

* * *

Tentar me esquivar de Genevieve era como tentar fugir de um incêndio. Ela chegou ofegante, num turbilhão de cores e movimento, quando a aula já havia começado, e foi recebida apenas com um sorriso por nossa professora de inglês, que em geral era bastante austera. Foi um alívio quando se sentou do outro lado da sala, mas, não importava para onde eu olhasse, estava sempre no meu campo de visão. Eu ansiava por quietude, para poder acalmar a dor de cabeça que estava começando a latejar atrás do meu olho esquerdo, mas ela se oferecia para responder a quase todas as perguntas de um jeito tão irritante e desprendido que estava fazendo a sra. Hudson comer na mão dela. A voz da garota me perturbava. A terrível verdade foi se revelando, não só Genevieve era mais bonita, extrovertida e confiante do que eu, como também estava anos-luz à frente em todos os assuntos que eu amava. Comecei a me sentir fisicamente enjoada. Passados vinte minutos, minha visão ficou turva e vi luzes piscando na minha cabeça. Levantei trêmula, balbuciei um pedido de desculpas e retornei ao banheiro.

Mais tarde, curvada sobre a pia e jogando água fria no rosto, comecei a me sentir um pouco melhor. Quando me endireitei, quase gritei de susto, porque Genevieve estava logo atrás de mim, seu rosto refletido no espelho como nos meus sonhos. Minha bolsa caiu no piso, despejando todo o seu conteúdo, mas não senti vontade de me abaixar para recolher. Restou a ela se agachar, apoiada sobre um dos joelhos, para juntar tudo e jogar de volta na bolsa.

— Desculpe, não tive intenção de assustar você, Katy. A sra. Hudson ficou preocupada.

— Estou legal — resmunguei. — É só dor de cabeça e tontura...

— Está enjoada? Seus olhos doem?

Grunhi, concordando com ela.

— É enxaqueca. Também costumo ter. O melhor remédio é deitar em um quarto escuro com uma bolsa de gelo.

Senti outra onda de náusea e me curvei, mas não havia mais nada no meu estômago. Odiei ser vista daquele jeito, mas estava além do meu controle.

— Seria melhor você ir para casa — disse Genevieve, dando um tapinha no meu ombro e apanhando uns fios de cabelo que estavam caídos sobre meu cardigã. — Vou explicar para a sra. Hudson o que houve.

Ela pôs um braço ao redor da minha cintura e me amparou até a porta, perguntando se eu gostaria que chamasse um táxi. Apertei os olhos sentindo um remorso imenso por ela estar sendo tão gentil.

— Vou ficar bem — garanti, mas minhas pernas bambearam e precisei sentar.

Ela me conduziu até a cadeira mais próxima, que estava posicionada do lado de fora da secretaria, e então entrou para pedir um táxi.

— Vou lhe fazer companhia, caso você desmaie — falou com a voz firme.

— Obrigada por cuidar de mim — respondi, com gratidão.

— Tudo bem.

Decidi desfazer o mal-estar.

— Desculpe se fiz você sentir que não era bem-vinda aqui. Merlin acha que temos muita coisa em comum...

Ela se virou para mim e fiquei mais uma vez surpresa com a cor de seus olhos, que pareciam reagir à luz, suas pupilas brilhantes dilatando-se e depois tornando-se pequenas fendas. A expressão dela era de uma serenidade que desarmava qualquer um; a voz, quase uma carícia.

— Isso é parte do problema entre nós duas, Katy... sermos iguais.

— É mesmo?

— É claro. Simplesmente não há espaço.

— Espaço para quê?

— Não há espaço para nós duas, você precisa entender isso. E *eu* pretendo ficar.

Aquilo era surreal; Genevieve estava dizendo as coisas mais horríveis para mim, mas o sorriso do gato de Alice não deixava o seu rosto.

Fiquei enjoada de novo.

— Não sei do que você está falando e não quero fazer joguinhos ridículos. Apenas avise Nat e Hannah sobre o que aconteceu e explique por que não pude almoçar com vocês.

— Elas nem são suas amigas de verdade... Você é apenas um apêndice... Não se aproxima das pessoas... A chata e sensível Katy. Poderia abrir as asas e levantar voo, mas não sabe como...

— Como é...?

Seu tom de voz se alterou de maneira brusca, e fiquei chocada ao ouvir a malícia que lhe permeava a voz.

— Sou tudo aquilo que você não é, e vou tomar sua vida de você.

Assim que ouvi uma buzina, levantei e me lancei na direção do táxi. Percebi um movimento atrás de mim e ataquei, minha mão entrando em contato com a pele macia. Ouvi um gemido alto de dor e olhei para trás apenas uma vez, enquanto o táxi se afastava, para ver a expressão chocada de Nat e Hannah confortando a figura chorosa de Genevieve.

CAPÍTULO NOVE

Luke estava saindo do carro bem na hora em que eu deixava o táxi, mas tentei me esgueirar para dentro de casa sem que ele me visse.

— O gato comeu sua língua? — gritou ele.

Meus músculos faciais se recusaram a formar um sorriso. A expressão dele era de tamanha ternura que, quando dei por mim, aconteceu: derramei-me em lágrimas, com soluços intensos que estremeciam meu corpo inteiro. Num piscar de olhos, eu estava na cozinha de Luke, sentada à mesa grande de carvalho, contemplando o fundo de uma xícara com chá quente e doce.

— Estou atrapalhando seu trabalho — choraminguei.

Ele consultou o telefone.

— Preciso estar no tribunal daqui a uma hora, mas tenho tempo para uma conversa rápida. Agora me conte o que está acontecendo. Você está com uma cara péssima.

— Acabo de ser dispensada da aula com enxaqueca. Nada de mais.

— Kat Rivers, você sempre foi uma péssima mentirosa. Fale a verdade. Se for aquele seu namorado, vou...

— Não é ele — insisti, retraindo-me com a quantidade de açúcar no chá. — Só estou tendo problemas com uma garota na faculdade.

— Manda.

Luke era um bom ouvinte. Contei o que acontecera. Ele não interrompeu em nenhum momento nem ao menos defendeu Genevieve, como minha mãe havia feito com seus avisos sobre o monstro dos olhos verdes ou sobre o quanto eu mesma era culpada pela situação. Constatei que ele acreditou em mim completamente e fechei meus olhos em profundo agradecimento. Aquilo significava muito para mim.

— Você acha que as pessoas podem fazer coisas horríveis para a gente? — perguntei, hesitante. — Coisas, tipo... horríveis mesmo.

Luke torceu a boca.

— Acho que, se você é suscetível e acredita que está sendo vítima de... uma maldição, então coisas ruins podem acontecer, como uma espécie de profecia que se autorrealiza. Mas apenas porque sua mente espera que essas coisas aconteçam.

— O pingente de vidro que ela me deu está me assustando de verdade. Parece mudar de cor e... brilhar.

— Meio furta-cor?

— Talvez — respondi, em dúvida.

Luke balançou a cabeça, exasperado.

— Jamais vou curar sua obsessão com qualquer coisa vagamente ligada à magia, vou? Sempre que era Halloween, desde que você tinha 6 anos, eu precisava levá-la para pedir doces nas casas... nas primeiras vezes, eu tinha que carregar sua vassoura!

Ri e funguei ao mesmo tempo, meu nariz escorria sem parar. Luke me ofereceu um lenço de papel.

— Você não me assusta de jeito nenhum — brincou. — Pode me jogar um feitiço, azedar o leite ou conseguir que seu gato me faça levar um tombo.

— Genevieve é quem faz os feitiços — funguei. — Desde que apareceu, tudo na minha vida começou a dar errado. Um maço de cigarros apareceu misteriosamente dentro da minha bolsa, mamãe acha que fumo escondido e que a culpa é do Merlin. Depois, Merlin e eu tivemos nosso primeiro desentendimento, porque eu não estava demonstrando compaixão pela vida trágica de Genevieve, e agora Hannah e Nat acham que sou ciumenta, rancorosa e impiedosa com a... pobrezinha da Genevieve.

Luke começou a mover o braço num movimento circular, simulando mexer um caldeirão, e arriscou uma gargalhada hedionda.

Mantive minha expressão séria.

— Muito engraçado. Eu deveria ter dado ouvidos à minha primeira impressão. Sabia que havia alguma coisa sinistra com aquela garota.

— Ela sabe exatamente como irritar você, Kat. É provável que tenha descoberto que você não resiste a histórias de velhas medonhas, com chapéu pontudo e nariz comprido.

Eu sorri sem graça.

— Se ela aparecesse na minha frente com uma faca, ao menos eu saberia como me posicionar.

— Não diga isso. Você não vai permitir que ela continue incomodando tanto, vai?

— Não consigo impedi-la — afirmei com muita seriedade. — Ela é forte demais.

Luke encheu a xícara mais uma vez, a cafeteira sobre o fogão, a testa franzida, todo concentrado. Fiquei observando o entorno, admirando as superfícies brancas que refletiam e inundavam de luz o espaço e os eletrodomésticos de aço escovado modernos, tentando esquecer a decoração da nossa própria cozinha. Mamãe mantinha os armários de nó de pinho dos anos 1970 e um fogão tão antigo e marrom que até mesmo o mensageiro da caridade poderia recusar.

Quando Luke falou, pude sentir o cheiro de café no seu hálito.

— Mas esse é o ponto, não é? — disse Luke. — Essa garota, Genevieve, parece conhecer todas as suas fraquezas, quase como se...

— Fôssemos importantes uma para a outra — completei. — Embora eu nunca tivesse cruzado com ela até poucas semanas atrás.

A mãe de Luke entrou pela porta da frente exclamando uma saudação. Veio até a cozinha e me abraçou, falando sem parar enquanto guardava as compras. Pude vê-lo gesticulando em direção à porta sem a mãe perceber.

— Mãe, estou ajudando Kat com... um trabalho de inglês, então vamos precisar subir e usar meu computador. Ainda bem que você não é uma moça de família — debochou, ao subir os degraus de dois em dois. — Minha mãe não gosta que eu leve Laura para o meu quarto.

Não me importei com o comentário sobre ser "moça de família"; aos meus olhos, ele ainda era o menino bagunceiro de cabeleira loira que fazia aeromodelos e pintava soldadinhos de plástico. Laura era namorada de Luke havia quase três anos, mas a mãe dele ainda tratava os dois como se fossem adolescentes que precisavam de vigilância. Tentei demonstrar estar impressionada com o seu quarto, pois o carpete puído fora trocado por um piso laminado claro, e o velho guarda-roupa de pinho, por um armário embutido moderno com porta de correr. Luke agora tinha uma cama de casal com cabeceira de couro e paredes brancas e lisas, sem nenhum pôster à vista, mas ainda deixava as meias sujas no chão, os papéis jogados por cima da escrivaninha e o quarto continuava com o mesmo cheiro de quando ele tinha 14 anos.

Luke pegou uma caneta colorida e parou diante do quadro branco pendurado na parede. Tive a sensação de estar dentro de um seriado investigativo e senti um leve calafrio percorrer meu corpo. Ele limpou a garganta, com ar importante.

— Olha, uma vez fiz uma matéria sobre perseguição e aprendi sobre algumas das questões psicológicas. Vou levantar hipóteses.

— Ok.

— A primeira possibilidade é de que você tenha algo que ela quer, o que torna você uma ameaça para ela.

— Ela quer tudo — suspirei.

Luke começou a escrever.

— Ela também tem o impulso de fazê-la sofrer. Como uma vingança pessoal irracional, mas muito focada.

— Isso é certo — concordei, sombria.

— O que poderia ter contra você?

— Nada — choraminguei. — Não fiz nada para ela... exceto... olhar para trás.

— Olhar para trás?

Ao me lembrar daquele dia, novamente pude sentir o sol queimando meu rosto e os olhos dela cravados em mim.

— Eu estava em um ônibus, e ela estava em outro, olhando fixo pra mim... me encarando mesmo. Foi ali que tudo começou.

— Ninguém faz tudo isso por causa de uma olhada pela janela.

— Ela fez.

Luke coçou o queixo.

— Hum. Ela fez o que pôde para coletar informações a seu respeito, o que obviamente é importante para ela. Dá-lhe uma vantagem e torna você vulnerável. Prova que seu plano é muito bem-elaborado e que demandou tempo e esforço.

— Óbvio que ela não tem muita vida social — rosnei com sarcasmo.

— Há um elemento de poder no perseguidor. Ele quer sentir que tem controle sobre você.

— E de manipulação. Ela joga o tempo todo.

— Muito bem — elogiou Luke, e me senti muitíssimo satisfeita.

Com uma série de setas, ele foi unindo todos os pontos num círculo.

—Tudo isso confirma a minha convicção de que ela, Genevieve, conhece você de algum lugar...

— Impossível — interrompi.

— Ou — prosseguiu ele — escolheu você como alvo por algo que *acredita* ter acontecido entre vocês, num caso de confusão de identidade.

— Não pode ter me confundido com outra pessoa — afirmei, devagar. — Ela sabe demais a *meu* respeito.

Ele se sentou ao lado da escrivaninha, apanhou um peso de papel feito de vidro e ficou girando o objeto com os dedos.

— Pode ser uma fantasista completa, que tenha inventado a coisa toda na cabeça dela e deteste você sem motivo algum.

— Isso parece péssimo — respondi. — Pois, se enfiou isso na cabeça, mesmo que eu desminta ou negue qualquer coisa não vai adiantar nada, não posso argumentar com ela.

— Quer meu conselho, Kat?

— Claro que eu quero.

— Enquanto isso está acontecendo, você precisa ser corajosa e aguentar tudo o que ela jogar para cima de você. Não demonstre emoção nenhuma, porque ela está buscando o máximo de impacto.

Contraí o rosto.

— Então tenho que suportar tudo, os insultos e tudo mais?

— Jogue seu próprio jogo e seja sensata, calma e educada. Isso irá incomodá-la como nunca.

Pensei a respeito por um momento.

— Suponho que irá mesmo. Ela quer me atingir... mas vou fazer de conta que não consegue.

— E me prometa que não vai ficar encasquetando com essa besteira de história de bruxa. Se essa garota conseguir fazê-la acreditar que ela possui poderes inexplicáveis, você nunca vai tentar impedi-la de nada. Ela é real, tétrica, mas real, e vamos derrotá-la na base da lógica e da esperteza, nada mais.

— Lógica e esperteza — repeti.

Luke fez sinal de positivo com os polegares.

— E aqui está a melhor parte: ela sabe coisas sobre você, mas você não sabe nada sobre ela, então agora é a nossa vez.

— Qual é o seu plano?

Ele bateu de leve na lateral do nariz.

— Um jornalista jamais revela suas fontes, mas, como já disse, estarei sempre ao seu lado.

Sorri com tristeza. Quando Luke estava no ensino médio, e eu, no sétimo ano, ele impediu que eu fosse vítima de bullying e me assegurou que sempre poderia contar com ele; uma promessa que nunca esqueceu.

— O mais estranho de tudo, Luke... é que não sou o tipo de garota que causa inveja nas outras. Sou tão comum.

— Não se menospreze — respondeu ele, com ar casual. — Eu acho você especial.

Arregalei os olhos, surpresa com aquele elogio tão inusitado, mas ele imediatamente meteu o dedo dentro da boca e fez um ruído de ânsia de vômito.

— Enquanto Genevieve — continuei — é capaz de iluminar qualquer lugar aonde chegue. Tem um jeito cheio de... carisma, autoconfiança, magnetismo... Qualquer dessas características, ela tem de sobra.

Luke segurou minha mão para que eu me acalmasse. Suas mãos estavam quentes e transmitiam tranquilidade, mas eram surpreendentemente ásperas.

— Meu pai me intimou a ajudá-lo em umas coisas de casa — explicou-se, examinando os calos de sua palma da mão. — E ele tem talento para feitor.

Eu não queria ir embora, mas ele pegou as chaves do carro e balançou-as com impaciência. Levantei com cuidado, segurando-me na cadeira, porque o quarto ainda parecia girar.

— E Laura? — indaguei, preocupada. — Ela acaba de recebê-lo de volta ao lar, e logo você sai em uma corrida maluca por minha causa.

— Ela vai entender... Tenho certeza disso. Preste atenção no que você faz, Kat.

Caminhei de volta para casa me sentindo melhor e mais recomposta. Luke me ajudara a enxergar que havia uma saída para a situação. Lutaria pelo que era meu e não cairia mais na armadilha que me prepararam. Tomei alguns comprimidos para enxaqueca e subi para o quarto. Era tranquilizador estar sozinha. Eu pretendia trabalhar em alguns desenhos, mas minha cabeça doía ainda e me sentei olhando pela janela. A escrivaninha estava disposta de maneira que dava para ver o jardim, que não passava de um pequeno canteiro de grama rala pontilhado com arbustos bem crescidos, mas ainda assim me inspirava. As nuvens estavam lembrando destroços boiando na água, mas um avião deixara um risco no céu que parecia duas lanças se cruzando.

Eu estava ocupada estudando a estampa que surgia, quando o quarto escureceu e um pássaro apareceu do nada, pousando no parapeito e olhando fixo para mim. Parecia nitidamente ser um corvo, negro como azeviche, com uma envergadura enorme e os olhos tais quais duas contas amarelas. Bicou o vidro por alguns segundos e então pareceu cair. Desci correndo as escadas, temendo que o bicho estivesse machucado e se transformasse em vítima das garras afiadas de Gemma, mas tudo o que encontrei foi uma grande pena negra, do rabo da ave, solta no chão do quintal. Apanhei e passei os dedos nela. A textura oleosa me deu calafrios, então a joguei no lixo. Num impulso, subi para buscar o pingente e jogá-lo fora também, perguntando-me por que não tomara aquela atitude antes.

Meu ânimo despencou de novo quando remexi na bolsa e descobri que meu chaveiro havia sumido. Ele continha minha primeira foto de Merlin e, sem dúvida, era o meu bem mais precioso. Com certeza não fora esquecido no piso do banheiro quando tudo caíra para fora da bolsa, e me veio o pensamento desagradável de que Genevieve roubara o chaveiro de propósito.

Mamãe e eu passamos uma noite deprimente juntas assistindo à televisão. Na hora de dormir, dei-me conta de que ninguém se dera o trabalho de telefonar para saber se eu estava melhor.

CAPÍTULO DEZ

Já era hora do almoço quando tive a chance de confrontar Hannah e Nat. Eu me esgueirei até a mesa delas no refeitório, meus olhos ainda estavam vermelhos do dia anterior. Minha performance foi digna de um Oscar.

— Por favor, posso me explicar? — comecei, puxando a cadeira para sentar. As duas pareciam acanhadas, confusas e um pouco distantes. Minha voz falhou, o que não era fingimento, pois eu estava de fato nervosa. — Eu... deveria ter contado a vocês como as coisas andam ruins lá em casa. Não estou conseguindo lidar com a situação, e isso está me deixando... com um humor péssimo e meio esquisita.

A primeira lágrima escorreu pela minha bochecha e caiu na mesa de plástico feia. Muitas outras se seguiram, e sequei o rosto com as mãos.

A reação foi imediata. As duas se aproximaram e me abraçaram.

— Por que você não contou nada? — censurou Hannah. — Poderíamos ter ajudado em alguma coisa.

— Sabíamos que você estava estressada — acrescentou Nat. — Você tem suportado tanta coisa. Era certo que um dia acabaria explodindo.

O abraço em grupo durou alguns minutos até eu me desvencilhar.

— Minha mãe vai procurar ajuda, conversar com determinadas pessoas e tentar algum tipo de aconselhamento.

Nat deu soquinhos no meu braço até doer.

— Isso é ótimo. Vou pedir um latte duplo com chocolate granulado para você, para comemorar.

— Eu não mereço vocês duas — funguei mais um pouco. — Obrigada por serem tão compreensivas.

— É para isso que servem as amigas — declarou Hannah, no mesmo instante em que Genevieve passara pela porta. Nossos olhares se encontraram, e o tempo parou. Ela tentou se recompor ao ver a imagem de nossas três carinhas felizes e contentes, mas fracassou totalmente. Vi a fúria e a descrença lutando dentro dela. Ela deu um passo à frente, tentando sorrir, mas parecia mais uma careta.

E, então, foi o momento da verdadeira roubada de cena. Levantei-me, sequei minhas lágrimas e fui até lá. Meus braços enlaçaram o seu corpo esbelto, e ela se encolheu na mesma hora, mas segurei firme, impiedosa, deliciando-me com o desconforto dela. Estávamos entrelaçadas em um estranho abraço simbiótico, e quase cheguei a acreditar que um pouco do seu sangue corria nas minhas veias naquele instante.

Falei mais alto de propósito para que todo mundo escutasse.

— Desculpe se fiz você se sentir mal. Essa atitude não tem nada a ver comigo. Estou passando por algumas dificuldades em casa.

— Tudo bem — resmungou de um jeito indelicado. — Não me incomodei.

— De jeito nenhum. Foi péssimo da minha parte. Você me perdoa?

— Sim. Claro — respondeu ela, dura

— E podemos ser amigas?

Deixei que ela se soltasse e recuasse como se tivesse sido atingida. Nat dera as costas por um segundo, com a bolsa aberta, perguntando se Hannah tinha algum trocado. Genevieve se aproveitou da distração das duas.

— Só por cima do meu cadáver — sussurrou, cheia de maldade.

Joguei minha cabeça para trás e gargalhei fazendo troça.

— Genevieve, você tem um senso de humor bizarro.

Ela não contava com essa reação, e o rubor que se espalhou no seu rosto me deu um arrepio de poder. Eu encontrara a fenda na sua armadura e estava determinada a não afrouxar o ataque. No momento seguinte, eu ri, girei na cadeira e mantive o fluxo de bate-papo animado e alegre para mostrar a todos o quanto eu estava à vontade. Fiz questão de incluir Genevieve em todos os assuntos e usei seu nome constantemente, chegando mesmo a encurtá-lo para Gen. Os olhos verdes se arregalavam com mais e mais desgosto. As más vibrações entre nós duas eram tão fortes que pensei que todos estivessem sentindo, mas, quando olhei para Nat e Hannah, não vi nenhum sinal de suspeita.

Passado mais um tempo, aconteceu a coisa mais estranha do mundo: Genevieve começou a perder o viço diante dos meus olhos, como uma flor que vai murchando. Quanto mais eu agia, falava e fingia que ela não me atingia em nada, mais fraca ela ia ficando, como se estivéssemos num cabo de guerra e eu estivesse vencendo. Cheguei a pestanejar, questionando se estaria enxergando bem. Seus olhos se apagaram, o discurso secou a ponto de ela se expressar apenas em monossílabos, e até seus cabelos pareceram perder o brilho. Ela ficou invisível, enquanto eu brilhava.

Depois do almoço, Nat e Hannah foram para suas aulas, deixando-me a sós com Genevieve. Parte de mim estava se deliciando com aquilo, enquanto eu tentava impedir que o sorriso de gato da Alice preenchesse o meu rosto.

— Você está se achando esperta? — disse ela.

— Não, não estou.

— Não importa o que você esteja planejando, não vai dar certo...

— É você quem fica fazendo joguinho.

Ela chegou mais perto, os olhos quase me hipnotizando.

— Não me subestime. Não se trata de um jogo.

Fiquei cara a cara com ela, endireitando minhas costas e levantando o queixo.

— É óbvio que você quer atenção e faz de tudo para conseguir.

Ela falou num tom de séria ameaça:

— Não venha aplicar sua psicologia barata comigo. Você não sabe com o que está lidando.

Debochei, fingindo tremer de medo.

— Uuuh, você está me deixando aterrorizada.

Ela não moveu um músculo, conseguia me encarar por uma eternidade sem piscar. Por fim, precisei desviar o olhar.

— Não desgosto de você, Genevieve, nem guardo rancor.

— Obviamente, Katy, porque não estou me esforçando o suficiente. Quando tudo estiver terminado, você vai me detestar tanto que vai querer...

A garota não chegou a completar a frase. Dei meu sorriso mais benevolente, lembrando-me do conselho de Luke para manter a calma.

— Não somos iguais. Não tenho esse sentimento. Se quer mesmo saber, eu sinto pena de você... Todo esse ódio deve devorá-la por dentro.

Genevieve me examinou com desprezo e saiu dali, jogando a mochila nas costas.

— Você está enganada — disse ela, tranquila. — É o que me mantém viva e me dá forças.

Na saída, esbarrei em Merlin. Ele me olhou duas vezes, dando uns passos para trás e me examinando dos pés à cabeça.

— Tem algo diferente em você.

— Ah, é? — provoquei. Eu não precisava me olhar no espelho, sentia minha pele resplandecente e meus cabelos soltos e leves com a vitória.

— Você está tão maravilhosa... Não... Digo, você sempre foi maravilhosa, mas hoje tem um brilho especial. Seus olhos estão tão... luminosos.

Ele se inclinou para a frente e passou os dedos pelos meus cachos.

— Quando a pintura ficar pronta, quero que ela exprima seu rosto como está agora, neste exato momento.

Agarrei sua mão e puxei-o para o vão de uma porta, sem me preocupar se o diretor passaria do nosso lado e nos suspenderia por comportamento inadequado. Minhas bochechas queimavam com os beijos longos e intensos que ele me dava. Como pude chegar a pensar que Genevieve fosse tomá-lo de mim?

— Katy, vamos embora — disse ele com a voz rouca. — Vamos dar uma escapulida juntos... para algum lugar, qualquer lugar...

— Não posso. A srta. Clegg já me viu aqui.

— Diga que você está passando mal.

— Não posso deixar de fazer o trabalho.

— Depois da aula, então.

— Prometi à minha mãe que iria direto para casa.

Ele suspirou, desapontado.

— Você sempre está correndo para algum lugar ou está nervosa por causa de sua mãe.

Fiquei na ponta dos pés e segurei seu rosto entre as minhas mãos.

— Nós *vamos* ficar juntos... logo.

Ele fechou os olhos.

— Isso é uma promessa?

— É uma promessa.

— Katy Rivers... você é absolutamente incrível — disse Merlin, colando os lábios nos meus.

— Você não acreditaria em nada horrível a meu respeito, acreditaria? — perguntei, ofegante, quando finalmente nos separamos.

— Nunca. Por que acreditaria?

Um súbito sentimento de pânico tomou conta de mim.

— Alguém poderia fazer ou dizer coisas que manchassem a minha imagem.

— Isso não mudaria o que penso de você.

— Sério? — Sorri.

— Sério.

Ele sorriu de volta e beijou a ponta do meu nariz.

Toda acanhada, cheguei atrasada na aula seguinte, guardando só para mim a memória de cada toque, de cada palavra que trocamos. Ele enxergara a verdadeira Katy. Nat e Hannah poderiam vacilar, mas Genevieve nunca conseguiria envenenar a cabeça de Merlin e botá-lo contra mim. Sonhei acordada, relembrando todos os momentos, um delicioso formigamento de emoção percorrendo o meu corpo. Não durou muito. Voltei à realidade num terror repentino, me lembrando da promessa que fizera e percebendo com o que acabara de concordar. Eu precisava de conselhos, e rápido.

CAPÍTULO
ONZE

Hannah empurrou a porta do quarto com o pé, seus braços estavam carregados, e ela despejou tudo sobre a cama.

— Filmes de mulherzinha, pipoca, muffins, revistas, sucos, marshmallows, calda de chocolate, esmalte, prendedores de cabelo, caixa de maquiagem... Que ideia ótima você teve, Katy.

Nat estava recostada no travesseiro, lendo. Rasgou o pacote de pipocas e começou a comer freneticamente.

— Há séculos que não fazemos uma noite só das meninas.

Hannah pegou o bambolê e começou a girá-lo na cintura com velocidade. Até mesmo em casa de bobeira, usando moletom, sem maquiagem e com os cabelos caindo no rosto, Hannah era linda.

— Por onde começamos, Katy? Assistindo a um filme ou arrumando os cabelos? Quem gostaria de um coque banana?

— Na verdade, eu só queria conversar mesmo — balbuciei. — Sobre... coisas.

Nat imediatamente fechou a revista e colou em mim:

— Isso parece sério.

— Não, não. Não é — protestei, mansamente. — Mas alguns assuntos são mais... íntimos, e precisam de mais... privacidade.

Os olhos de Hannah se arregalaram no seu rosto delicado. Ela largou o bambolê e veio para a cama também, deixando-me espremida entre as duas. Deixei meu corpo cair para trás, mantendo os pés firmes no chão, e fiquei olhando para o lustre cor-de-rosa, indecisa se estava pronta para me abrir. O quarto dela era tão bacana, decorado em estilo provençal francês, com paredes pintadas num azul bebê, dossel sobre a cama e uma série de ampliações fotográficas de sua última viagem a Paris, todas com Hannah nos famosos pontos turísticos.

— O que você aprontou? — perguntou Nat, sem rodeios.

Inspirei profundamente.

— Hum... algo um pouco inesperado para mim.

Hannah estendeu os braços e tapou os ouvidos de Nat.

— Ela não deveria ouvir nada disso; desde os 7 anos de idade decidiu que seria freira.

Nat mostrou a língua.

— Não decidi nada.

— Ela assistiu a uma montagem do musical *A noviça rebelde* e passou a usar véu e chamar a si mesma de Irmã Natalie.

Nat atirou o sapato em Hannah, errando feio.

— Feche a matraca e deixe Katy continuar a história.

Comecei a rir e levei um tempão até conseguir falar.

— Bem... é o seguinte... Merlin me convidou para acampar com ele... só por uma noite... e concordei.

As mãos de Hannah foram ao rosto.

— Uau, nossa, isso é demais.

— É meio cedo — comentou Nat, num tom completamente diferente.

— Sei que é cedo — respondi na defensiva. — Quer dizer, não faz muito tempo que estamos juntos, mas é como se eu o conhecesse há uma eternidade, e ele confessou que queria ficar comigo desde a primeira vez em que me viu, mas que foi meio devagar em tomar a iniciativa...

— Foi devagar mesmo — concordou Hannah.
— Mas ele está compensando agora. — Enrubesci.
— Katy está *apaixonaaada*. — Debochou Nat, de leve.
Hannah sentou sobre os joelhos, seu rosto estava iluminado.
— Você está?
Eu entreguei os pontos.
— Acho que sim... mas nunca aconteceu antes, então não tenho certeza.
Ela me examinou com ar interrogativo.
— Quais são os seus sintomas?
— Bom... sinto um embrulho permanente no estômago... tenho palpitação, insônia, sonhos estranhos, febre, incapacidade de pensar com clareza... sinto como se estivesse doente.
— A paixão *é* uma doença — respondeu Hannah, com altivez intelectual. — Li em algum lugar que um cientista analisou todos os sintomas físicos e constatou que era idêntica a uma insanidade temporária.
— Isso ajuda muito — sorri.
Nat pôs seu cérebro matemático para funcionar.
— Estatisticamente falando, a chance de conhecer sua alma gêmea é de uma em 720 milhões.
— Isso é muito injusto — gritou Hannah. — Existe algum jeito de aumentar essa chance?
— Não. É totalmente aleatório.
— Isso torna o fato muito mais incrível — disse eu, em tom sonhador. — Merlin e eu estarmos no lugar certo na hora certa para nos encontrarmos assim. Era para ser.
— Você precisa ter certeza dos sentimentos dele — comentou Nat.

— Claro — respondi apressada, mas então precisei recuar um pouco. — Bem, tenho quase certeza. Merlin é incrível, mas às vezes... é como se eu ainda estivesse disputando a atenção dele, por ser tão... profundo e... preocupado.

— Tem certeza de que ele não está apenas se fazendo de difícil? — brincou Nat. Ela mexeu sua vitamina com o canudo e fez um ruído bem alto ao sugar o líquido. — Queremos todos os detalhes sórdidos.

Olhei alternadamente para o rosto das duas.

— Bem... a casa de Merlin parece uma estação ferroviária com todos aqueles *artistas* entrando e saindo, e queremos ficar a sós... só isso.

— Só isso?

— É, apenas pra ver o sol se pôr e depois acordar nos braços um do outro.

Nat começou a tocar um violino imaginário enquanto Hannah fazia cócegas no meu pescoço.

— Você é mesmo tão boba assim? Para acordarem juntos primeiro precisam dormir juntos.

— É uma barraca... Cada um vai ficar no seu saco de dormir.

Ela me segurou pelos ombros e falou exageradamente devagar como se eu fosse criança ou burra demais.

— Você sabe com o que concordou, Katy? Não é a mesma coisa que acampar com sua tropa de bandeirantes. Ele vai chegar lá com ideias *bem* diferentes.

Nat virou-se de lado e esperneou no ar, quase tendo uma convulsão de tanto rir. Em seguida, comecei a rir também, sentindo toda a tensão das últimas semanas se esvair de mim. A brincadeira seguiu por mais uma hora, entremeada de marshmallows passados na calda de chocolate. Conversamos sobre todos os garotos que havíamos namorado e tudo que havíamos feito, nos mínimos *detalhes* — o que, no meu caso, não demorou muito: apenas uns beijos mais nojentos com litros de saliva.

—Tem outra coisa que eu preciso confessar — comecei dizendo, com o queixo sujo de chocolate. — Não posso fazer isso sozinha, preciso de um álibi. Quem sabe se eu pudesse dizer que vou passar a noite aqui?

Hannah ficou um pouco desanimada.

— Minha mãe e meu pai são legais, mas odeiam que eu minta para eles. Se descobrirem...

— É só por uma noite, então eles não vão descobrir. Já preparei o terreno lá em casa, disse que seus pais vão viajar e que você não quer ficar sozinha.

— Mas e se sua mãe encontrar os dois por acaso?

— Sem chance. Ela quase nunca sai de casa e ligaria para o meu celular se quisesse falar comigo.

— Merlin não está pressionando você, Katy? — perguntou Nat, com um tom de preocupação na voz.

— Não, ele não é desse tipo.

— Você pode não estar percebendo que ele está fazendo isso.

Sorri de contentamento e nem me preocupei com o quanto poderia parecer nauseante aos olhos delas:

— Não, de alguma forma eu sinto que é o momento certo.

Nat pegou o laptop de Hannah.

— Vamos colocar isso no Facebook. Katy está amando e está pronta para...

Nat parou e ficou olhando fixamente para a tela. A cada segundo que passava seu rosto empalidecia mais. Ela abriu a boca, mas não saiu nenhuma palavra, e seu lábio inferior começou a tremer.

Eu nunca tinha visto Nat daquele jeito e foi horrível presenciar a cena, era como testemunhar um acidente de carro em câmera lenta e não poder fazer nada para ajudar. Ela levantou o rosto um pouco, e seu olhar recaiu sobre mim. Eu não tinha a menor ideia do motivo, mas havia algo na sua expressão que me fazia sentir imediatamente culpada. Olhei para Hannah à procura de explicação, mas ela apenas balançou a cabeça, perplexa. Nat, por fim, deu um soluço contido e fugiu do quarto, com Hannah indo logo atrás. Escutei a porta do banheiro sendo trancada e a maçaneta chacoalhar uma porção de vezes, enquanto Hannah tentava falar com ela do outro lado da porta. Fiquei sentada sozinha na cama, completamente confusa.

Não queria bisbilhotar, mas minha curiosidade foi mais forte e virei o laptop para ver o que ela havia acessado. Assim que comecei a ler, me encolhi toda. A página do Facebook da Nat estava cheia de coisas humilhantes como jamais tinha visto. Havia inúmeros comentários postados pelas pessoas da faculdade falando sobre Nat estar apaixonada por Adam; mas o pior eram os feitiços de amor. Era como se todo mundo houvesse se reunido e cada um redigido uma versão — alguns apenas causavam estremecimento, outros eram de uma brutalidade sem tamanho. Não, aquilo estava além de qualquer humilhação, e era claro que se espalharia — não era de se admirar que Nat tivesse ficado tão chateada. Fui comendo o restante das pipocas, distraída, tentando imaginar como me sentiria se fosse comigo, mas não consegui pensar em nada que pudesse dizer para consolá-la.

Uma figura lívida de olhos inchados e vermelhos por fim saiu do banheiro. Ela veio até mim, parou e disse apenas quatro palavrinhas:

— Para quem você contou?

Eu não estava esperando por aquilo.

— Ninguém — afirmei. — É claro que eu não contei. Definitivamente não fui eu. Não contaria para ninguém.

— Só você e eu sabíamos do feitiço, Katy. Foi você mesma quem sugeriu, lá na feira de artesanato.

Eu pus a mão no peito.

— Não toquei nesse assunto com ninguém, juro, e não chamei aquilo de feitiço... foi você quem usou essa expressão. Não consigo entender. Adam nem frequenta a mesma faculdade, e pouca gente o conhece.

As duas então me olharam, e uma sombra pareceu se interpor entre nós. Soube no mesmo instante o que aquilo significava: elas duvidavam de mim.

Nat arriscou um sorriso insosso.

— Se você jura que não falou nada, então acredito em você.

Mesmo em um momento assim, ela se recusava a ficar brava e estava se esforçando para confiar em mim. Era bem da personalidade de Nat ser tão compreensiva, e aquilo piorava tudo. Eu não fizera nada de errado, mas me *sentia* completamente culpada. Depois disso, não tinha mais clima, e eu precisava sumir dali. Dei um abraço em Nat e fui embora para casa. Eram oito da noite ainda e, no caminho, mandei uma mensagem de texto para Luke na esperança de que eu pudesse descarregar um pouco da minha angústia com ele.

Ele respondeu em seguida.

`Operação Genevieve — tenho algo que talvez interesse a você, bj!`

— Você está parecendo um daqueles personagens de desenho animado com uma nuvenzinha cinza em cima da cabeça — debochou Luke, ao se deparar com minha expressão sombria assim que abriu a porta.

Subi me arrastando logo atrás dele, sentia meu corpo todo desmoronando e meus pés pesados como chumbo. Deitei atravessada em sua cama e contei o que havia acontecido.

— Eu tenho certeza de que Genevieve tem algo a ver com isso — reclamei. — Mas não tenho provas. Atacar a mim é uma coisa, mas magoar a Nat me deixa em frangalhos. Se continuar nesse ritmo, logo ficarei sem amigo nenhum.

Luke concordou, compreensivo.

— Entendo... e é por isso que você precisa contra-atacar. — Retirou uma folha de papel da sacola e me entregou. — Não fique animada demais. Pode ser uma pista ou pode não ser nada...

Rapidamente, escaneei a página com os olhos. Era a xerox de uma notícia de jornal sobre um casal que morrera em um incêndio. Dei um suspiro cansado.

— Veja a data de quando isso aconteceu — insistiu ele. — Véspera de Natal, 2001. Você disse que os pais de Genevieve morreram numa véspera de Natal quando ela tinha 7 anos, então... faça as contas — vibrou ele.

— Mas ela contou para as pessoas que os pais morreram num acidente de carro — observei. — E o que dizer do nome? Essas pessoas aqui se chamavam Jane e Paul Morton, o sobrenome de Genevieve é Paradis.

Luke soprou diversas vezes e uniu as mãos, formando um arco e descansando o queixo nas pontas dos dedos.

— Eu apurei e cruzei as informações de todos os acidentes e incidentes envolvendo fatalidades num período de dois anos pelo país todo. Esse é o único em véspera de Natal no qual uma menina, filha única, sobreviveu e ficou órfã.

— Qual era o nome da menina?

— Grace.

Saltei da cama e levei as mãos à cabeça, tentando concatenar meus pensamentos.

— Isso quer dizer que Genevieve mudou de nome. E mentiu sobre o acidente de carro.

— Tudo é possível.

— Sendo assim... ela pode ter mentido sobre a data também.

— Com certeza — reconheceu Luke —, mas, de acordo com a minha experiência, quando as pessoas mentem, em geral há uma pitada de verdade... E essa data é específica demais.

Fui até o quadro branco, na esperança de que alguma inspiração me ocorresse.

— Ela é um mistério *absoluto*, porque não tem passado. Pode se passar por qualquer pessoa e contar qualquer história sobre a sua vida.

As sobrancelhas de Luke fizeram um movimento alarmante e quase alcançaram a linha dos cabelos.

— Mas... será que vale a pena ir atrás disso?

Eu concordei, com ansiedade:

— Ninguém que tivesse conhecido Genevieve a esqueceria com facilidade.

— O incêndio foi num pequeno vilarejo no interior, perto de York, chamado... espere... Lower Croxton. Vamos até lá amanhã para conversar com a população local. Vamos dar uma boa fuçada no assunto.

Eu fiz uma careta de leve.

— Amanhã eu deveria sair com Merlin... mas... ele não se importaria se eu furasse uma vez. Vou pensar numa desculpa.

Luke pareceu surpreso.

— Você não vai contar a verdade?

— Não... é só uma mentirinha boba, e isso é importante demais. Vou telefonar para ele mais tarde. Quando tudo estiver terminado, ele vai entender.

— Podemos partir logo cedo — sugeriu Luke.

Fechei os olhos de emoção:

— Será que deveríamos ir disfarçados?

— Você pode ficar com a barba postiça e os óculos escuros, Kat, que eu irei... como eu mesmo.

Comecei a bater com um travesseiro nele e não parei até que ele prometesse parar de tirar onda com a minha cara.

CAPÍTULO DOZE

A excitação de finalmente sentir-me capaz de revidar de algum jeito amenizou a terrível lembrança da expressão magoada de Nat me acusando com o olhar. Eu não dormi quase nada e acordei antes das sete, tensa e agitada como se tivesse tomado um espresso duplo antes do café da manhã. Abri a porta do guarda-roupa com força e revirei o armário. Os dias estavam mais frios, indicando que era melhor vestir algo quente, e, como nos embrenharíamos na mata, eu precisava de sapatos adequados, caso fosse necessário atravessar plantações, esquivar-me de um rebanho de vacas ou qualquer outra coisa que as pessoas fazem no campo. Optei por uma calça cargo e uma jaqueta impermeável que minha mãe comprara para minha excursão de geografia, acompanhadas de um par de botas utilitárias, do tipo que normalmente eu não usaria nem pintada de ouro. Talvez fosse vantajoso parecer mais velha. Então, joguei um pouco de maquiagem no rosto e tentei prender os cabelos, para aparentar mais sofisticação, mas fiquei com cara de estudante, então deixei os cabelos soltos. Eu não tinha condições de encarar um café da manhã, então enchi uma sacola com salgadinhos, biscoitos, chocolate e água mineral.

Luke parecia decididamente desalinhado, usando uma calça jeans velha e um suéter grosso, com os cabelos de quem acaba de cair da cama e a barba por fazer. Não pude evitar o sentimento do quanto era bom sair para um lugar diferente. Nossa cidade parecia ainda mais claustrofóbica agora que Genevieve estava em todo lugar.

— A Laura não se incomoda de você tirar o dia para fazer isso?

Ele deu um sorriso torto.

— Laura gosta de ir às compras no sábado. Na realidade, você me livrou de um destino pior do que a morte.

Fiquei aliviada. Temia que nosso passeio pudesse ser motivo de atrito entre os dois.

— E Merlin?

— Eu disse que minha mãe não estava bem... É só uma mentirazinha. Eu queria me encontrar com ele, claro, mas isso é importante demais para ser adiado.

— Ele não acha esquisito esse negócio com Genevieve?

— Não posso explicar tudo para ele — confessei. — Sua mãe acha que a garota é ótima e talentosa, e assim ela continua enganando todo mundo.

— Pobre Kat. Ela enredou todo mundo na teia dela, não foi?

— Tipo isso.

Virei o rosto e observei a paisagem passando pela janela, perguntando-me quando foi que a vida se tornara tão complicada.

— Você já esteve em Yorkshire? — perguntou Luke, bocejando.

Fiz que não com a cabeça.

— Passamos algumas férias lá quando eu era pequeno — começou Luke. — Tem uma atmosfera bem diferente; com pântanos varridos pelo vento, colinas e rochedos, poços, florestas, cachoeiras, vales, isso sem falar em todas as construções históricas e bizarras. Na verdade, York é a cidade mais mal-assombrada da Grã-Bretanha.

— Você está parecendo um anúncio da secretaria de turismo da região — ri.

Ele deu uma piscadinha.

— E eu ainda nem mencionei todas as bruxas famosas que moraram por lá.

— Não acredito mais em bruxas... está lembrado?

Luke se animou assim que pegamos a estrada e passou as duas horas seguintes me contando histórias engraçadas sobre seu trabalho e seu chefe. Pela primeira vez nas últimas semanas, voltei a me sentir eu mesma. Era quase como se o poder que Genevieve exercia sobre mim afrouxasse mais e mais à medida que viajávamos.

— Ui... definitivamente estamos na zona rural agora.

Fechei a janela, apressada, assim que o cheiro de esterco invadiu o carro.

Luke consultou o GPS.

— Estamos quase lá. Faltam só oito quilômetros.

Ele saiu para o acostamento para deixar passar o trator que vinha em sentido contrário, já que a estrada agora se reduzira a pista única. Até onde a vista alcançava, havia recortes de plantações diversas, com fileira atrás de fileira de cultivo de repolho e canola amarela brilhante. O vento soprava pelo terreno descampado, sacudindo as árvores recém-plantadas e remexendo as folhas caídas. Eu podia sentir a força das rajadas, mesmo estando segura e protegida dentro do veículo.

— Aqui estamos — anunciou Luke, encostando o carro em um canteiro de grama.

O vilarejo consistia em cinquenta e poucas propriedades pontilhadas ao redor de uma área verde. A maioria das construções lembrava cabanas de trabalhadores antigos, com pequenas janelas e molduras baixas nas portas. As poucas construções recentes compunham um contraste brutal com as casas antigas de telhado de ardósia e tijolos desgastados. Uma casa de fazenda estava situada, toda imponente, no alto do morro, cercada por celeiros. Demorei alguns instantes para entender o que eu achava estranho em Lower Croxton: o silêncio. Havia imaginado fazendeiros risonhos dirigindo tratores, crianças coradas de sol correndo pelo milharal e mulheres usando toucas de pano, carregando cestas de ovos frescos e leite morno, mas ali não havia ninguém à vista.

— Devem estar todos dentro de casa — disse Luke.

— Jamais passaremos despercebidos aqui — reclamei, reparando em uma cortina que acabara de se mover. — Não é o estilo de lugar onde alguém está apenas de passagem.

Luke se alongou ao sair do carro e observou o entorno:

— Deveríamos procurar a hospedaria ou o bar daqui; qualquer estabelecimento frequentado pelos locais.

Fiz uma careta ao ouvir a palavra "locais", e Luke baixou meu capuz sobre os meus olhos.

— Esta não é *A cidade dos amaldiçoados*, Kat.

Franzi a testa.

— Não parece haver nenhum bar por aqui.

Luke apontou mais adiante.

— E que tal aquela construção? Há uma placa na porta.

— Ali funcionava a leiteria — falei sem pensar, e ele me fitou assombrado.

— Você tem certeza?

— Não — ri, toda sem jeito, sem querer explicar a sensação de déjà-vu. — Digo, tem cara de que um dia foi a leiteria.

Fomos nos aproximando da placa que anunciava produtos coloniais, e Luke me deu o braço de um jeito estranho e bastante antiquado.

— Sou jovem demais para agir como uma velha casada — reclamei.

Ele parou e me olhou dos pés à cabeça.

— Quando saí de casa para estudar, você ainda era uma fedelha usando aparelho para deixar de ser dentuça.

— Você me visitou muitas vezes nos três últimos anos, Luke — falei —, mas estava ocupado demais curtindo a vida para reparar em mim.

— Estou reparando agora — falou, e, por algum motivo, senti algo estranho no estômago. — E você continua a mesma fedelha de sempre, Kat.

Dei um jeito de chutar a parte de trás da panturrilha dele enquanto caminhava. Ele saiu correndo atrás de mim no gramado, e nos engalfinhamos até eu cair no chão com um golpe de rúgbi enquanto gritava para ele me largar, preocupada com o que os habitantes pensariam de nós.

— Vamos começar pela mulher do fazendeiro — disse Luke, tirando a grama da calça jeans. — Ela deve pesar uns trezentos e vinte quilos, ter as bochechas rosadas e os braços de um lutador. Sem dúvida mora aqui há cinquenta anos e sabe, um por um, dos nascimentos e falecimentos num raio de quilômetros. As filhas têm cara de moças leiteiras, e os filhos usam macacões e mascam pedaços de palha.

Nem cheguei a achar graça, porque o pânico despontou em mim.

— Não podemos simplesmente chegar assim do nada. Primeiro temos que inventar uma história.

Luke me ignorou por completo e seguiu caminhando.

— Luke? Temos que combinar uma história...

Ele fez um sinal qualquer com a mão.

- Deixa comigo. Sou jornalista. Isso é o que fazemos melhor.

A garota sentada na banqueta alta tinha cabelos negros, rosto pálido, lábios arroxeados e olhos pintados com lápis kajal.

A minissaia de couro sobre as meias arrastão e os coturnos não combinavam muito bem com a imagem de moça leiteira, muito menos os piercings no nariz, sobrancelha e bochecha. Tive que morder o lábio para evitar cair na risada enquanto o queixo de Luke caía. Ela não demonstrou o menor interesse no motivo de estarmos ali nem fez quaisquer comentários sobre "forasteiros" e sobre "não sermos daquela região". A moça nos examinou de cima a baixo com uma expressão amuada, depois voltou a ler seu livro. Luke continuava boquiaberto apesar de minhas cotoveladas insistentes nas suas costelas. Reparei em uma mesinha redonda com duas cadeiras no canto.

— Vocês vendem lanches ou bebidas? — perguntei, esperançosa.

— Posso preparar um sanduíche e uma bebida quente — disse ela, virando a página.

— Dois sanduíches e chá, por favor. Fizemos uma longa viagem.

Ela não esboçou reação alguma. Desapareceu nos fundos do salão, enquanto Luke e eu ficamos olhando um para a cara do outro.

— Leiteira! — chiei, e Luke me chutou por debaixo da mesa.

— Ela mais parece saída de um filme de zumbi — cochichou ele.

Luke não compartilhava o meu amor por arquitetura antiga, então não me dei ao trabalho de fazer comentários animados sobre as paredes grossas e decadentes ou sobre a beleza das vigas antigas. Tudo fora deixado exposto como era originalmente, até mesmo as janelas minúsculas intercaladas. Ouvimos o ruído de tecido farfalhando e pus um dos dedos nos meus lábios, alertando Luke para não dizer nada. Uma mulher entrou de repente, carregando dois pratos, e evitei de propósito cruzar o olhar com o dele. Ela era uma caricatura de mulher de fazendeiro, ainda mais exagerada do que a descrição que ele fizera: o rosto vermelho, enorme e com covinhas, emoldurado por cabelos grisalhos, e o corpo redondo como uma maçã sob um avental imenso.

— Bem, bem — começou dizendo, servindo os pratos na nossa frente. — O que os traz para estes lados?

Segurei um sorriso.

— Estamos... só de passagem. Queríamos fazer a rota pitoresca, ver um pouco da paisagem do campo. Moramos na cidade... com fumaça, poluição e todo o resto.

— Mas nós já vimos vacas antes — gracejou Luke, à minha custa.

Fiz uma careta besta para ele sem que ela percebesse.

— A senhora mora aqui há muito tempo?

— Desde que me casei — respondeu com firmeza. — A fazenda pertence à família do meu marido há três gerações. Vocês estão sentados onde costumava funcionar a antiga leiteria.

Luke emitiu um ruído de surpresa, mas o ignorei.

— Então deve conhecer todo mundo do povoado...

Ela lançou um olhar suspeito para nós.

— Conheço.

Luke abriu a boca para falar, mas disparei na sua frente.

— É só que... estou tentando organizar uma reunião familiar, e há pessoas que moram neste povoado que podem ser... meio que meus parentes.

— Então, na realidade, vocês não vieram para admirar a paisagem rural — comentou a mulher do fazendeiro, mexendo vigorosamente no bule de chá. Eu estava morrendo de sede, mas ela não fez menção de trazer o bule para a mesa. — E como se chamam?

— O sobrenome deles é Morton; Jane e Paul Morton.

Uma sombra nítida encobriu seu rosto.

— São parentes próximos?

Um rubor familiar começou no meu pescoço e se espalhou até as bochechas.

— Não... apenas um primo em segundo grau, bem afastado, pelo lado da minha mãe. Perdemos o contato há muitos anos.

O seu olhar sagaz penetrou o meu.

— E você tem certeza de que moram aqui, em Lower Croxton?

Eu me contorci, porque ela não parecia disposta a nos dar nenhuma informação.

— Minha mãe guardou um antigo cartão de Natal — guinchei —, e esse era o último endereço conhecido deles.

A esposa do fazendeiro cruzou os braços carnudos e balançou a cabeça, lamentando-se.

— Bem, sinto muito ser portadora de más notícias. Jane e Paul moravam aqui, sim, mas morreram num incêndio em casa anos atrás.

Cobri o rosto com as mãos.

— Que horror!

Ela grunhiu em desaprovação.

— Todos no povoado ficaram chocados; foi um acontecimento terrível. Aconteceu na véspera de Natal. Nunca vou esquecer... ninguém aqui vai.

— E a casa...? Digo, ainda está de pé?

— Foi completamente destruída — respondeu sem rodeios.

Luke falou baixo, em tom adequado ao momento.

— Houve algum sobrevivente? Alguém que tenha escapado do incêndio?

A mulher se afastou da nossa mesa e se ocupou com afazeres atrás do balcão.

— Não. Agora preciso voltar ao trabalho. Ao sair, ponham o valor de duas libras no pote junto à porta e um bom dia para os dois.

Fiquei chocada com sua saída repentina e tentei perguntar mais:

— Mas e o que me diz da...?

Luke se debruçou sobre a mesa e tapou a minha boca. Irritada, desvencilhei-me.

— Ela não contou da filha deles. Deve ter conhecido a menina.

Luke se recusou a falar até sairmos do estabelecimento. Sentamos em silêncio enquanto eu o observava terminar seu sanduíche, tomar o último gole de chá, contar umas moedas e vestir de novo a jaqueta. Furiosa, caminhei atrás dele com a cabeça baixa, tentando escapar do vento.

— Sinto muito por ter feito aquilo — desculpou-se. — Não queria que ela nos ouvisse.

— Mas por que ela mentiria? Já lemos sobre Grace Morton no jornal. É impossível que ela não tenha conhecido a garota... É um povoado tão pequeno.

— Não podemos forçá-la a nos contar nada — respondeu Luke, resignado.

— Vamos perguntar para mais alguém — anunciei e, antes que Luke pudesse me impedir, acenei para um homem trabalhando em um dos casebres. Ele me viu, mas seguiu lixando a moldura de uma das janelas e não reagiu enquanto eu me aproximava.

— Estamos buscando informações sobre a família Morton que costumava morar aqui. Pensei que talvez o senhor os tivesse conhecido.

A resposta dele foi curta, beirando a grosseria.

— Não, não conheci.

— Quem sabe outra pessoa, então... Pode ser que algum morador do casebre se lembre deles.

— Tenho certeza de que ninguém se lembra de nada.

Luke me puxou pelo capuz na direção do carro.

— Aprendi uma coisa no meu ramo de trabalho.

— E o que é?

—Você pode deduzir coisas tanto do silêncio de alguém quanto das palavras que diz.

Fiquei feliz em voltar para o carro, mas chateada por nossa jornada parecer em vão, e agora Luke dera para falar por meio de charadas.

— Você está me dizendo que isso é importante... o fato de ninguém querer falar conosco? Como assim, Luke?

— Ainda não sei, mas vou ficar aliviado em dar o fora daqui. Este lugar está começando a me dar calafrios.

Ele enfiou o pé no acelerador, os pneus travaram e patinaram no cascalho. Depois de cantar pneu, enfim o carro andou.

— Entendo o que você quer dizer — resmunguei; falando mais para mim mesma do que para Luke.

Dei uma última olhada pela janela, admitindo a derrota, e minha mão voou para a boca, coberta de horror. Uma ciclista se aproximava pela esquerda, e não dava tempo de gritar e avisar. Ouviu-se uma pancada abafada, de revirar o estômago, quando ela se chocou contra o carro.

CAPÍTULO
TREZE

Luke estava pálido quando escancarou a porta do carro e saltou. Saí logo atrás e tentei impedir que a senhora idosa se levantasse sozinha, com pavor de que ela pudesse ter quebrado alguma coisa. Ficamos os dois embasbacados quando ela se endireitou saltitante e bateu a poeira das roupas, numa confusão de anáguas, meias grossas, saia longa de tweed e gabardine. Devia pesar uns 45 quilos e parecia sumir em meio a tantas camadas de roupas.

— A culpa é toda minha — insistiu ela. — Sofro de catarata, dá para ver como isso é ruim.

— Tem certeza de que a senhora está bem? — sussurrou Luke.

Fingi não perceber que ele havia se escorado em uma árvore para se equilibrar.

— Estou ótima, minhas compras amorteceram a queda.

De qualquer jeito, as muitas camadas de roupa a teriam protegido, mas ela aterrissou em cima de uma série de bolsas de lona que pareciam definitivamente esmagadas.

— Vamos pagar por tudo o que estragou — afirmei.

— É claro — repetiu Luke. — É o mínimo que podemos fazer.

— Não, vai ficar tudo bem, de verdade. — Ela deu um suspiro estoico. — Não havia nada quebrável, apenas um pedaço de queijo, um pouco de alho-poró, batatas e algumas fatias finas de bacon...

Assim que se certificou de que a velhinha não se machucara, Luke olhou, ansioso, para o interior quente do carro, mas eu dei um beliscão em seu braço, para lembrá-lo de que não poderíamos abandoná-la daquele jeito.

— Vamos acompanhá-la até a sua casa — sugeri —, para nos certificarmos de que a senhora não está nada... cambaleante.

A velhinha apontou para Luke e falou com ar malicioso:

— Seu amigo parece em pior estado do que eu.

Ela não me impediu de segurar seu braço enquanto caminhava. Relutante, Luke trancou o carro e nos seguiu. Pouco mais de cem metros adiante, ela parou do lado de fora de uma cabana com telhado de sapê e uma placa de madeira com os dizeres: "Snuff-in-the-Wind",[1] e vasculhou a bolsa procurando a chave.

— Então, ficam para tomar uma xícara de chá?

Luke recusou com educação.

— Sinto muito, mas temos uma longa estrada pela frente. Precisamos voltar para casa.

Eu me desculpei mais uma vez com a velhinha no mesmo instante em que uma mão agarrava meu capuz e me arrancava embora dali pela segunda vez no mesmo dia. Não tínhamos dado nem dez passos quando ouvimos sua voz logo atrás.

— Então não estão interessados na família Morton?

Nós paramos.

— Quem lhe contou? — perguntei, surpresa.

Ela sorriu com perspicácia.

— As notícias correm depressa por estes lados.

O interior da cabana era como uma máquina do tempo: as vigas baixas do teto tingidas de marrom escuro, mobiliário antigo

---

[1] "Rapé ao Vento", expressão que significa algo como fogo de palha, que não perdura. (N.T.)

e o piso irregular de lajotas coberto por um tapete imenso. Um gato preto estava embolado, aquecendo-se em frente ao fogão à lenha, que estalava de calor. Não se avistava a velha em lugar algum, mas se podia ouvir o som de água corrente no cômodo ao lado.

Luke apertou os olhos, tentando se ajustar à pouca luminosidade. Fez uma careta.

— Ela parece bem sinistra... o rosto magro, nariz grande, nos atraindo para cá. Vai ver está esquentando a água no caldeirão para nos cozinhar vivos.

— Psiu... ela está voltando.

— E não vou tomar chá de urtiga com baba de sapo.

A velha surgiu de um corredor estreito trazendo duas xícaras que tilintavam nos pires. Levantei-me em um salto e peguei as xícaras de sua mão.

— O chá sempre tem mais sabor em xícaras de porcelana. Não concorda, querida?

Luke contraiu o rosto ao aceitar uma xícara.

— Então... deixa ver o que eu posso dizer sobre Jane e Paul Morton.

Concordei com a cabeça.

— Se a senhora puder... tudo o que conseguir lembrar.

A velha esfregou as mãos em frente ao fogão e se acomodou melhor na poltrona gasta que fora remendada com quadrados de tecidos de cores diferentes. Deu a impressão de apreciar uma plateia e umedeceu os lábios para falar.

— Eles eram muito reservados, isso é certo. Acho que se mudaram para cá justamente buscando isso... se fechar para o mundo. Eram de uma religiosidade profunda, mas... tinham um discurso sobre arder no fogo do inferno que era um pouco demais para mim. Receio que não fossem muito alegres. Estavam mais preocupados em ver pecado em tudo.

Tentei não parecer entusiasmada demais.

— Eles se mudaram para cá quanto tempo antes do incêndio?

— Acho que... não, tenho certeza... foi quatro anos antes. Não recebemos muitas famílias novas, então gravamos bem essas coisas.

Pigarreou, nervosa.

— A senhora... digo... chegou a ver o incêndio naquela noite?

Ela balançou a cabeça com ar muito sério.

— Era uma noite de tempestade, e as chamas atingiram seis metros de altura... O vento balançava as labaredas de maneira enlouquecida... Detritos, fuligem e cinzas voavam por todo o lugar enquanto o vilarejo inteiro tentava impedir que o fogo se alastrasse... Foi então que nós a vimos...

— Quem? — perguntei, mas a velha parecia distante, como se houvesse esquecido que estávamos ali. Demorou ainda mais um minuto para tornar a falar.

— Saindo da casa, atravessando as chamas... quase como quem sai para um passeio, como se não precisasse se apressar.

— Quem saiu da casa? — repeti.

— Grace — suspirou ela. — Grace Morton olhou ao redor com aqueles olhos verdes enervantes dela. Chegou a me dar frio na espinha.

— Grace era filha deles? — perguntou Luke.

— Era. Tinha apenas 7 anos, mas um jeito que fazia você pensar que era muito mais velha.

A asa da xícara de porcelana branca era tão pequena que precisei apertar o polegar e o indicador juntos para segurá-la. Tentei imaginar como Luke estaria se virando e percebi que ele envolvia a xícara inteira com suas mãos grandes, ignorando a asa completamente.

— Então, Grace sobreviveu àquela noite? — comentei. — Pois a senhora na loja colonial disse que ninguém sobreviveu.

A velha fungou.

— As pessoas não gostam de contar. Aquela noite é algo que tentamos esquecer por aqui, e vocês deveriam fazer o mesmo.

Eu não estava segura do que ela tentava nos dizer.

— Deveríamos esquecer Grace? Por quê?

A velha respondeu com um grunhido evasivo, erguendo seus ombros ossudos.

— Talvez fosse melhor eu não dar minha opinião, mas acho que vocês deveriam deixar o passado onde está. Grace sempre nos deixou um pouco... desconfortáveis. O olhar dela era capaz de transformar alguém em pedra.

Luke deu uma tossidinha cética.

— Era apenas uma criança.

A velha cruzou os braços, e seu tom ficou mais defensivo.

— Ela não falava como uma, e é certo que as outras crianças do povoado desconfiavam dela. Acho que isso era conveniente para os pais; não acreditavam no sistema escolar e educavam a menina em casa mesmo.

Nós três sucumbimos ao silêncio, exceto pelo ronronar satisfeito do gato; mas receei estarmos perdendo tempo.

— E a senhora não sabe como Grace escapou do fogo?

A expressão da velha ficou sombria.

— Não era deste mundo o jeito como ela deslizou no ar daquela noite fria.

Luke cerrou os punhos.

— Então... essa garotinha conseguiu atravessar labaredas de seis metros de altura como se fosse uma espécie de... milagre.

— Eu não chamaria assim — sua resposta foi ácida. — Já vivi tempo suficiente para saber que há coisas neste mundo que não podem ser explicadas e as quais eu não gostaria de confrontar. Grace é uma delas, e não preciso de um rapazote ensebado me dizendo o contrário.

Luke se reclinou na cadeira, pego de surpresa pelo ataque. O calor do fogão era tão grande que eu estava com dificuldade para respirar.

— E onde ela está agora?

— Ela tem uma tia e um tio que moram nos arredores de York. Ele é pároco na igreja de St. John. Deram acolhida para ela, foi a última notícia que tivemos.

Luke estava ficando impaciente. Seu pé martelava no tapete, e ele parecia se contorcer todo. Terminei o chá e me levantei para me despedir, agradecendo à velhinha. Assim que alcançamos a porta, ela ficou mais animada.

— Nosso vilarejo pode ser pequeno, mas temos uma história famosa.

— E qual é? — sorri.

— O tribunal das bruxas, querida. Aconteceu na cidade, naturalmente, mas a acusada era deste povoado aqui.

— Sério? — Senti Luke se aproximar, cutucando-me nas costas e rindo baixinho de escárnio.

— E o caso era ainda mais arrepiante, porque a mulher enforcada fora condenada pela própria filha... que era apenas uma criança na época.

De propósito, recusei-me a olhar para Luke.

— Então... ela fez com que executassem a própria mãe?

— É, e o boato era de que *ela* era a verdadeira bruxa, mas que era esperta demais para ser apanhada. Seu disfarce era perfeito, entende, habitando o corpo de uma linda criança; mas o mal sempre se revela no fim.

Era impossível pensar em uma resposta à altura.

— Hã... ok. Mais uma vez, obrigada... pelo chá e por tudo.

Luke saiu na frente a passos largos, e um braço me alcançou e me puxou de repente. A pele que tocou a minha tinha cor e textura de pergaminho, e os lábios cochicharam no meu ouvido:

— Você tem o dom, mas ainda não percebeu. Precisa descobrir o ponto fraco dela.

Eu me soltei com medo e alcancei Luke, que, enfim, dava vazão à sua raiva:

— Que diabos ela faz andando de bicicleta se não consegue enxergar? Obviamente é uma doida varrida. Sabe onde ela quer chegar com isso, não sabe? Pintando essa Grace como se ela fosse algum tipo de bruxa reencarnada.

— Eu não fiz essa conexão — brinquei. — Além do mais, isso não passa de uma história.

— Eles achavam que todo mundo era bruxa naqueles tempos. Digo, olhe para você, Katy: tem cabelos ruivos, olhos verdes e um gato. Você teria sido uma das primeiras a serem jogadas na fogueira.

— Obrigada pela parte que me toca — falei pausadamente.

— E a outra história então? — reclamou Luke. — Uma menina de 7 anos não poderia atravessar labaredas sem se queimar.

— Ela comentou várias vezes sobre os olhos da criança — falei com suavidade. — Ninguém que tenha conhecido Genevieve se esqueceria daqueles olhos.

— Então você acha que é ela?

— Não sei dizer.

— A mulher falou que a menina tinha familiares fora da cidade. Se Genevieve era mesmo Grace, então não acabaria como moradora de rua tendo parentes que podiam tomar conta dela.

— Quem sabe ela metia medo neles também.

— Você reparou se ela tem alguma cicatriz?

— Não — respondi com amargura. — Genevieve tem pele de pêssego.

A boca de Luke se contraiu em linha reta, e logo reconheci.

— Acho que é uma pista falsa... forçada demais.

Ao entrarmos no carro, mordi a bochecha, decidida a não contar a ele as últimas palavras que a mulher tinha dito.

— Ainda tem outra coisa estranha nisso tudo, Luke. Ela nos advertiu para mantermos distância de Grace, como se tivesse medo ou houvesse algo que não estava nos dizendo.

— Provavelmente ela é muito solitária e excêntrica e apenas queria conversar com alguém.

Fiquei arrasada e não pude disfarçar.

— Você não acredita que seja Genevieve?

Luke sorriu, tristonho.

— Não, é fantástico demais... os moradores desconfiados, o fogo que não queimou a menina e a velha esquisita com seus avisos supersticiosos.

Eu estendi a mão para impedir que saísse com o carro e, num impulso, abri a porta.

— Esqueci meu cachecol... volto num segundo.

Corri de volta à cabana, o coração disparado, tomada de um ímpeto irrefreável de perguntar à velha sobre aquele estranho conselho. Bati à porta, mas ninguém atendeu, e espiei pelas janelas pequeninas imaginando que ela devia ter dificuldades auditivas. Olhei de novo, esfreguei os olhos e espiei pela terceira vez, mas não estava imaginando: a sala quente e aconchegante, que acabáramos de visitar, parecia fria e despida de tudo, não havia nenhum fogão à lenha nem gato preguiçoso se aquecendo diante dele. Bati mais uma vez e então desisti quando Luke buzinou. Tomei cuidado para que minha expressão não entregasse nada ao entrar no carro.

Luke deu a partida.

— Pronta para ir embora?

Concordei, e partimos, ambos aliviados por seguir na única estrada que levava embora dali

CAPÍTULO
QUATORZE

Era a criança mais linda que eu já vira; os cabelos pareciam fios de ouro, e a pele era igual à porcelana, irradiando inocência. Ela deslizou ao subir a escadaria em caracol, sem os pés tocarem a madeira, e flutuou pelo corredor até o quarto com a penteadeira. Eu a segui, pela primeira vez sem qualquer medo ou apreensão. Era Genevieve, imaculada e pura. Chamou-me para que sentasse junto dela e estendeu a mão para segurar a minha. Nossos dedos se entrelaçaram. Mas algo estava errado: suas unhas diminutas, perfeitamente rosadas e arredondadas, estavam aguilhoando a palma da minha mão; tentei afrouxar o aperto, mas não consegui, e a dor estava ficando cada vez pior. Olhei para baixo, e agora suas unhas eram garras amarelas e curvas furando a minha pele; gotas de sangue escarlate manchavam o chão. Ela não soltaria; ela jamais me soltaria. Eu não queria erguer a cabeça, mas precisava olhar no espelho, e o reflexo de Genevieve era o de uma anciã encarquilhada, de nariz adunco, dentes pretos e olhar penetrante. Ela debochava de mim, balançando para a frente e para trás, e sua risada era aguda e histérica. Acordei tremendo violentamente.

Assim que o terror do sonho se dissipou, a primeira coisa em que pensei foi que eu deveria procurar Nat. Não poderia esperar até o dia seguinte na faculdade. Precisava olhar nos olhos dela e ver se ainda acreditava em mim, agora que tivera tempo para refletir. Poderia se mostrar uma experiência dolorosa, mas era algo que eu precisava fazer pela minha própria sanidade. Puxei o edredom e botei a ponta dos dedos dos pés para fora, à procura dos chinelos, ciente da sensação repentina de frio no contato com as tábuas do piso. Abri uma fresta nas cortinas e notei pequenas gotas de água no peitoril da janela. Pareciam séculos desde a última vez em que aquilo ocorrera. Durante o inverno, meu quarto ficava tão frio que às vezes eu podia enxergar a fumaça da minha respiração, e, uma vez, formou-se até uma camada de gelo na parte de dentro do vidro. Puxei firme o robe contra o meu corpo, considerando se já seria hora de tirar do armário a minha camisola favorita de lã listrada e os pijamas grossos.

Eram apenas oito da manhã, cedo demais para telefonar para Nat, e fiquei irrequieta pensando nas horas que se seguiriam e em como preenchê-las até descobrir se eu ainda tinha alguma amiga. Minha antiga insegurança parecia estar retornando. Antes de Nat e Hannah, eu sempre tive medo de que as meninas não quisessem realmente ser minhas amigas, e me esforçava demais para que gostassem de mim. A sensação era a mesma agora, como se precisasse provar a mim mesma novamente. Desci até a cozinha e percebi que havia apenas algumas colheres de pó de café na lata, então preparei um café fraco, esperando minha mãe se levantar. A cozinha estava voltada para o norte e não pegava luz natural até o final da tarde, o que proporcionava um ar lúgubre descomunal. Fui sentar na sala de jantar, que tinha janelas francesas com vista para o jardim, e tomei meu café imersa em pensamentos. O celular apitou, e meu coração deu um pulo, torcendo para que fosse Nat, mas era apenas Luke. Ele deve ter notado as cortinas abertas.

Não se dê ao trabalho de procurar pela bruxa de Lower Croxton. Já fiz isso e não existe nada na internet, nem mesmo uma pontinha de lenda urbana. Eu disse que aquela velha era doida de pedra. ha ha Bj!

117

Luke sabia ser o mais inacreditável dos sabichões. Fiquei irritada porque, mesmo sem saber de tudo o que acontecera, ele previu corretamente que eu estaria obcecada pelas palavras da velha. Fiquei ali por mais alguns minutos, consumida pelo sentimento pesaroso de que o dia passaria se arrastando. Merlin estava ocupado com alguns trabalhos de última hora do curso e mamãe ainda estava dormindo, então subi novamente e liguei o computador. Luke se achava a única pessoa capaz de fazer pesquisas, e quis muito provar que ele estava errado. Não era preciso ser jornalista, disse a mim mesma com um otimismo persistente.

Pareceu sensato vasculhar o assunto, e meus dedos começaram a digitar como se tivessem vida própria. "Bruxa de Lower Croxton" não produziu nenhum resultado específico, conforme eu já fora alertada, então ampliei meu leque de buscas para "Bruxas", que era curto e direto. Apareceram milhares de sites para bruxas e pagãos modernos, e cliquei em alguns buscando um pouco de alívio, mas então me forcei a não me desviar do objetivo. Decidi me ater a termos mais específicos como "bruxas medievais na Grã-Bretanha" e foi impossível escapar das descrições macabras sobre torturas, afogamentos, enforcamentos e degolamentos, além de mortes na fogueira. Se uma bruxa confessasse algum detalhe particularmente malévolo, era escolhido então um tipo de madeira que queimasse bem devagar para que a condenada sofresse mais ainda. Após a morte, rebites de ferro eram cravados nos joelhos e cotovelos do cadáver para impedir que ele se levantasse da tumba. Escoei a borra da minha xícara com uma sensação estranha no estômago.

Mamãe já descera, e saí do computador para me juntar a ela na cozinha, com uma fome desesperadora. O café da manhã consistia em duas fatias de pão que pareciam de borracha e ovos mexidos, mas era muito bem-vindo.

— Você sabe alguma coisa sobre a caça às bruxas? — perguntei animada.

Ela levantou as sobrancelhas e depois moveu a cabeça para os lados, evasiva.

— Acho que os caçadores de bruxas sempre buscavam alguma marca do demônio — disse mamãe, devagar —, que poderia ser qualquer coisa, sardas, pintas, verrugas ou qualquer mancha incomum.

Eu ainda estava faminta e decidi me servir de um pouco de cereal. Luke e eu não tínhamos comido nada desde aqueles sanduíches na lanchonete do povoado, o que explicava o vazio no estômago que eu estava sentindo. Pigarreei, com ar importante, munida de conhecimento recém-adquirido.

— Vários especialistas alegam que a histeria em relação às bruxas resultou do ódio e medo que os homens tinham... das mulheres.

Mamãe assentiu com entusiasmo:

— A maioria das pessoas que foram mortas era de mulheres. Nós éramos consideradas mais trapaceiras e ardilosas.

— Hmm — concordei —, mas... havia mulheres acusando outras mulheres também. As chances de ser perseguida eram maiores se você fosse velha, feia, pobre ou se morasse sozinha, e muitas das acusações de feitiçaria tiveram início com brigas nos vilarejos. Até crianças testemunhavam no tribunal e eram tratadas como testemunhas confiáveis.

De repente, lembrei as palavras da velha e senti um calafrio.

— Isso é muito interessante, Katy — sorriu mamãe. — Você está pesquisando para a faculdade?

— Mais ou menos isso — menti.

— Se precisar de ajuda, é só me pedir. Estou fascinada com a sua pesquisa.

— É mesmo?

— Sim, é.

Voltei para o quarto quase flutuando e enviei uma mensagem de texto para Nat, mas ela não me respondeu de imediato, o que de certo modo me pareceu mau agouro. Retornei à pesquisa e juntei todas as informações documentadas sobre os julgamentos de bruxaria ao redor de York, mas Luke tinha razão, nenhuma das bruxas de Yorkshire se encaixava no perfil de uma mãe que de fato fora acusada pela própria filha. Quando olhei de novo para o relógio, fazia quase três horas que estava no computador envolvida com aquilo, e minha visão começava a embaçar.

Levantei, me alonguei, bocejei, caminhei de um lado a outro e queimei meus neurônios, ainda decidida a provar algo a Luke. De um jeito enigmático, a velha me disse para procurar pelo ponto fraco de Grace/Genevieve, e tive certeza de que ela estava sugerindo que eu encontrasse formas de repelir a sua figura. Flexionei os dedos, como quem está prestes a tocar um concerto para piano, e voltei ao Google.

"Como afastar uma bruxa?"

Enquanto lia, meus olhos se iluminaram. Aquilo era fascinante porque os métodos eram muito diversificados. Variavam desde a utilização de azevinho, espinheiro-alvar e carvalho para proteger o exterior de uma casa, até enterrar um gato nos alicerces da construção ou depositar uma vassoura ou espada de ferro atravessada na soleira da porta. Ouvi mamãe me chamando para descer, mas algo fisgou minha atenção. Era um artigo curto sobre um historiador respeitado que descobrira uma série de artefatos estranhos em uma casa tombada pelo governo, que ele evitou que fosse destruída. O que me chamou atenção na verdade foi que a casa era em Appleby, o vilarejo logo depois de Lower Croxton. Luke e eu passamos por lá na volta para casa. Era tão exótico quanto o lugar que visitamos, mas muito maior, com seu próprio bar, uma igreja antiga e a escola do povoado. Por algum motivo, meus dedos tremiam enquanto eu arrastava a barra de rolagem para ler.

> Thomas Winter desenterrou vários artefatos raros durante a reforma da propriedade "Martinwood" e disse à reportagem local que, séculos atrás, itens supersticiosos teriam sido dispostos estrategicamente ali com o único objetivo de afastar espíritos maléficos. O próprio Thomas era da opinião de que a casa era assombrada por uma presença malévola. No entanto, mais tarde, ele manifestou seu pedido de desculpas e confessou que seu relatório fora inventado para aumentar o interesse na história do vilarejo e impulsionar o turismo local.

Desci as escadas me arrastando, minha cabeça zumbindo. Mamãe estava com uma expressão toda contente. Ela parecia ter dado uma escapulida enquanto eu estava absorta e cometera a extravagância de comprar café de verdade e umas bombas de chocolate com o recheio escorrendo. Mamãe pressionou a garrafa térmica e me serviu uma xícara. Inalei aquele aroma delicioso e tomei um belo gole antes de expor a questão que estava me incomodando.

— Mãe, por que um historiador respeitado fabricaria um relato sobre uma casa antiga ser assombrada e sobre ter encontrado todo tipo de apetrechos fantasmagóricos nela?

Ela coçou o queixo enquanto refletia.

— As pessoas fazem toda espécie de esquisitices, Katy.

— Parece tão bizarro — insisti —, mesmo com a explicação que ele deu.

— Ele poderia estar atrás de publicidade — sugeriu —, ou simplesmente se deixou levar e queria muito descobrir coisas que não estavam lá na verdade... ou... quem sabe fosse bastante obcecado por bruxas, assim como nós. — Ela riu. — Não é estranho que a gente tenha isso em comum, Katy?

Lancei-lhe um olhar fulminante.

— Na realidade não, mãe. Trata-se de uma coisinha chamada genética.

— Claro — respondeu ela, despreocupada, e começou a soprar o café na xícara. — Que tipo de coisas ele inventou?

— Sei lá. — Dei de ombros. — Já faz alguns anos. Aparentemente, ele escreveu um artigo no jornal local por conta do interesse que a casa suscitava, mas não apareceu mais nada no Google.

— Você já tentou procurar nos arquivos? A maioria dos jornais tem seus arquivos disponíveis.

Arrumei minha postura na cadeira com interesse renovado, contente porque o rastro não havia acabado de fato. No fim, o dia não estava se revelando tão ruim. Minha mãe parecia mais animada, como fazia muito tempo não a via, e eu não podia negar que estava curtindo cada segundo da minha pesquisa. Apenas desejava que Nat entrasse em contato comigo para me trazer mais paz de espírito. Acabei de comer a bomba de chocolate, lambi os dedos e anunciei que tentaria os arquivos. Meu robe se desamarrou e abriu. Eram três da tarde e eu ainda estava com roupas de dormir.

Sentei com a coluna ereta diante da escrivaninha. Precisava ser sistemática com esse assunto. O pedido de desculpas de Thomas Winter fora expedido no começo de 2007, portanto a coluna que escreveu deve ter saído antes disso. Cliquei na seção de arquivos, maravilhada com o quanto era fácil de acessar. Havia um pequeno calendário para os meses de cada ano. O jornal era publicado apenas semanalmente, o que minimizava a busca. E então encontrei o relato da jornada de Thomas Winter indo restaurar "Martinwood" e suas descobertas a respeito da vida no século XVII. Não perdi muito tempo lendo as partes chatas sobre reproduzir as técnicas de construção medievais, mas parei na metade da página quando a coisa ficou interessante.

> ... comecei a dissecar as estruturas da casa e descobri vários itens que me levaram a acreditar que os residentes de "Martinwood" sentiram necessidade de proteger a si e a sua habitação de alguma influência maligna. Entre os artefatos estão um sapato de criança — que se acreditava ser um símbolo de boa sorte e proteção — e cruzes talhadas nas vigas antigas acrescidas de ferraduras, que, segundo a lenda, ajudam a evitar que o Diabo entre na propriedade. A retirada da lareira principal com sua chaminé revelou uma reentrância ou vão disfarçado a uns dois metros do borralho. Um pequeno bloco de madeira foi descoberto ali, contendo um nome — Greta Alice Edwards — junto com o entalhe rudimentar de um olho. Nos tempos medievais a chaminé era considerada importante por ser uma abertura por onde os espíritos maléficos poderiam adentrar uma residência. A madeira, sem dúvida alguma, estava destinada às chamas e teria sido usada como parte de um ritual para afastar uma pessoa com más intenções. É impossível adivinharmos por que a madeira nunca foi queimada.

Li prendendo a respiração, pois aquilo significava que o bloco de madeira continha o nome de... uma bruxa de verdade do século XVII. Pena que fora tudo um engodo. Meus olhos se arregalaram quando mergulhei na história. Havia um apêndice acrescentando que Thomas Winter verificara os registros paroquiais e a pessoa nomeada no tijolo realmente existira. Ela nascera em 1675, morrera em 1691 e fora enterrada na igreja de St. Mary, construída no século XII. Tentei esquecer que aquele homem estranho usara desse conhecimento para ludibriar pessoas.

Olhei pela janela. Luke, vestido de macacão e coberto de poeira branca, estava examinando o telhado de sua casa. Ele mencionara algo sobre estar ajudando o pai a reformar a casa, e, normalmente, eu estaria interessada, mas não nesse dia. Mantive a cabeça baixa para que ele não me visse e jogasse pedrinhas na minha janela.

A busca rápida por "Martinwood" produziu apenas uma pequena fotografia de uma construção em madeira clara e escura, tão velha que parecia pender para fora das fundações. Não havia muita coisa escrita, apenas indicações de ter passado por vários reveses ao longo dos séculos. Ela foi propriedade do conselho local desde os anos 1970 até 2007, quando foi adquirida por um comprador particular em leilão. Tamborilei sobre o tampo da mesa. Estava na hora de mais um intervalo.

— Você parece ter visto um fantasma, Katy... ou uma bruxa.

Minha mãe soltou uma gargalhada achando graça da própria piada, até se dar conta da minha expressão pensativa.

— Acabei de ler a respeito de uma — suspirei —, mas não é real. Digo, a pessoa é real, mas não era bruxa.

— É sobre o tal historiador? Aquele que inventou tudo?

Balancei a cabeça afirmativamente, mal-humorada.

— Ora, deixa para lá — respondeu, toda alegre. — Havia um pouco de verdade, e grande parte da história factual acaba se confundindo com lendas.

— Mas isso foi diferente — resmunguei. — Ele fez tudo parecer tão... convincente.

— É apenas um bom contador de histórias. — Riu. — Talvez ele devesse abandonar a carreira de historiador e se tornar romancista.

Eu não conseguia deixar aquilo de lado e também não queria que ela assim fizesse:

— Mas... a sensação é a mesma de assistir a um bom filme e jamais saber o final.

— Às vezes — advertiu minha mãe —, você é um pouco inquisitiva e fantasiosa demais.

— Sou?

— Quando você era pequena — lembrou-se com um sorriso terno —, estava sempre dizendo coisas engraçadas sobre reconhecer lugares nos quais nunca estivera antes... e havia aqueles pesadelos terríveis que você tinha.

— Você nunca falou disso. Sobre o que eles eram?

— Não sei, Katy, mas você costumava chorar e se debater toda... até no inverno recusava as cobertas, como se estivesse com febre e estivesse... ardendo. — Ela engoliu em seco. — Mas melhorou com o tempo, ainda bem.

— Uau. Não me lembro de nada. Acho que eu devia ter uma imaginação muito vívida.

Voltei para o meu quarto, preocupada porque Nat ainda não telefonara. Quando adormeci naquela noite, minha cabeça estava cheia com as palavras de minha mãe. Eu não podia deixar de imaginar o motivo de todas aquelas sensações estranhas ao reconhecer lugares e de os déjà-vus reaparecerem assim de maneira repentina depois de tantos anos adormecidos.

CAPÍTULO
QUINZE

Genevieve era uma camaleoa. Mais uma vez ela se transformara no decorrer do fim de semana. O rosto agora estava emoldurado por cachos, não daqueles nervosos e indomáveis como os meus, mas sedosos, com caimento anelado, dançando graciosos sob o sol de outubro, dourados como as folhas de outono. Seus traços pareciam mais delicados do que de costume, e ela estava usando um vestido étnico sobre legging que lhe davam um aspecto de menina linda e desamparada. Sempre que eu decidia arriscar esse visual, parecia uma bezerra vestida numa saca de aniagem. Tentei ignorá-la, focando em Nat, que estava de costas para mim. Puxei a manga da roupa de Nat, com o coração na mão, temendo detectar hostilidade em seus olhos. Mas ela se virou e pareceu aberta e amigável como nunca.

— Tudo bem? — perguntei, nervosa.

Ela assentiu pesarosa e sussurrou:

— Sinto muito por ontem. Tive de aturar passar o dia inteiro com minha família... sem permissão de enviar mensagens de texto. Foi uma tortura.

— E sobre o... sabe... o lance do Facebook?

— Decidi enfrentar — respondeu, com bravura. — Logo vão pegar no pé de outra pessoa, e meu assunto será notícia velha.

Meus olhos se umedeceram de alívio por ela ser tão tranquila com relação a tudo. Tirava um peso enorme de mim, embora eu continuasse furiosa com Genevieve, que simplesmente se recusava a ser ignorada. Ela veio até mim, sem cerimônia, trançando os dedos nos cachos maravilhosos, toda envaidecida. Hannah e Nat deviam ter percebido que algo estava acontecendo, pois senti seus olhares compridos e indiretos.

— Amei seu cabelo — trinei, tentando encorajá-las.

— Amou, é? — respondeu Genevieve, com ar casual. — Minha chapinha estragou e este é o resultado.

Estiquei o dedo e enrolei, fazendo o contorno de uma das espirais, sentindo-a se contrair com meu toque.

— Como foi o seu fim de semana? — perguntou, mordaz, e algo naquele sorriso malicioso fez meu sangue gelar. Na certa, ela estava torcendo para que Nat quisesse a minha caveira, e eu estava tão aliviada por tudo continuar aparentemente igual entre nós.

— Foi bom, obrigada.

Entramos juntas na aula.

— Trabalhou muito no seu projeto, Katy?

Então esse era o motivo por que ela demonstrava uma dose extra de presunção. Era o último encontro antes da entrega do nosso primeiro projeto do semestre, e era certo que a apresentação de Genevieve seria fabulosa. Embora houvesse começado a faculdade atrasada com relação a todos nós, ainda assim ela estava à frente. Eu não podia competir, e ela sabia disso.

— Não fiz nada durante o fim de semana — admiti. — Mas já estava pronto.

— Boa sorte, então. — Sorriu, com ar afetado. — Torço muito para que se saia bem.

Seu estado de espírito era um mistério completo, e fiquei feliz de me distanciar dela e seguir para minha mesa de trabalho. Quando Genevieve estava muito perto, a batalha de vontades me desgastava e sugava toda a minha energia. Devagar, abri o zíper do meu portfólio artístico. O tempo parou quando, sem compreender, reparei no conteúdo da pasta. Atordoada, puxei cada amostra e examinei uma a uma, pensando que estava delirando, ou que deveriam pertencer a outra pessoa. Escutei um rugido nos ouvidos como se eu estivesse submersa em água, e um pavor ardente me engoliu. Meus croquis desenhados à mão estavam manchados de tinta azul-marinho e minhas amostras de tecido estavam irreconhecíveis. Semanas de trabalho estavam arruinadas. A srta. Clegg deve ter reparado no horror estampado em meu rosto e se aproximou. Espiou por cima do meu ombro e soltou um suspiro profundo.

— Sinto muito, Katy. É provável que você não tenha usado uma solução à prova de manchas... às vezes acontece. Uma pena que tenha estragado seus outros croquis.

Respondi com voz aguda e apavorada:

— Mas não estavam assim na sexta-feira. Estavam todos secos, com tudo no lugar. Eu não teria sido tão imbecil...

Ela sorriu com empatia.

— Pode acontecer com qualquer um. Você ainda tem uma semana para refazer seu projeto.

— Levei seis semanas fazendo — disse, com os olhos enchendo de lágrimas. — Nunca vou conseguir terminar a tempo; se me apressar, vai ficar uma droga e serei reprovada e...

A srta. Clegg ergueu a mão para me impedir de continuar e falou em tom gentil, mas firme.

— Veja o que é possível fazer. Se não conseguir concluir a tempo, podemos negociar alguma extensão do prazo. Sei que você se dedicou muito a este projeto.

Ela deu meia-volta e saiu dali o mais rápido que pôde.

Tentei evitar que meu lábio começasse a tremer, aterrorizada com a possibilidade de me desmanchar por completo. A srta. Clegg, minha professora favorita, testemunhara meu comportamento de rainha do drama e me pôs seriamente no devido lugar. Isso foi quase tão ruim quanto deparar com meu projeto destruído. Eu deveria ter mantido minha dignidade. Quando levantei a cabeça, todo mundo parecia estar olhando na minha direção. Era como o sonho que às vezes se repete, em que ando pelas ruas sem roupa alguma tentando voltar para casa. Me senti tão nua que me abracei de verdade e tentei sumir dali.

Depois de alguns minutos, tomei coragem para olhar ao redor de novo. As pessoas ainda me fitavam e lançavam olhares constrangidos. Todos, exceto uma pessoa: Genevieve. Ela estava perfeitamente focada e absorta em seu próprio projeto, parecendo alheia a tudo. Os cabelinhos da minha nuca foram se levantando um por um, e minhas primeiras suspeitas começaram a surgir. Ela não poderia ter acesso ao meu portfólio, poderia? Sempre o mantinha por perto, embora na sexta-feira eu tenha saído da sala por cinco minutos para ir até a secretaria entregar o papel com meus telefones de contato. Havia um bocado de material espalhado na sala e, se ela fosse bem esperta, ninguém teria reparado.

Por que eu fiquei tão chocada? Era de se esperar um comportamento baixo e vingativo da parte dela. Genevieve já declarara guerra e já deixara claro que queria destruir minha vida. Mas Luke tinha razão. Eu precisava resistir à tentação de revidar, pois iria ter consequências somente para mim.

Não era nada fácil. Eu estava tão exaltada com aquela injustiça que minhas mãos tremiam e mal podia segurar o lápis. Tentei trabalhar, mas não importava o quanto me obrigasse a manter a calma, a raiva dentro de mim borbulhava até transbordar. Meus cabelos estavam grudentos e os puxei para trás, tirando do rosto, e usei um livro para me abanar. Senti como se estivesse sufocando por dentro, minha respiração ficando curta e minha garganta se fechando.

Não podia aguentar mais. Fiquei de pé e andei como uma sonâmbula; minha visão ficou embaçada, e a sala já não me parecia mais familiar. Genevieve sabia o que estava acontecendo e alimentava a minha raiva. Sentia como se ela estivesse dentro dos meus pensamentos, soprando as labaredas internas, o tempo todo me incitando a fazer uma cena. De repente me determinei a resistir. Mas não podia conter a minha raiva por completo. Com um choro abafado, corri para o corredor e bati a cabeça contra os azulejos azuis e brancos da parede.

Na hora do almoço, minha boca estava tão seca que não consegui engolir nada. Meu sanduíche de atum se transformara em serragem, e até o muffin bem molhadinho travou na minha garganta. Tomei goles imensos de café quente, o que apenas acelerou ainda mais meu coração. Genevieve entrou no refeitório com Nat e Hannah.

— Soubemos do ocorrido — começou Nat. — Que horror.

— Há algo que possamos fazer para ajudar? — Ofereceu Hannah.

Funguei o nariz e pisquei, com medo de cair no choro de novo.

— Não, mas obrigada mesmo assim. Vou resolver do jeito que der.

— Posso ajudar você a terminar a tempo — anunciou Genevieve, e fui forçada a encará-la. Não havia nenhuma emoção naqueles frios olhos verdes.

— Nesse caso, serei acusada de plágio — retruquei, sem rodeios, perguntando-me se aquela seria mais uma das suas táticas. — Isso seria mil vezes pior do que não entregar nada.

Ela deu de ombros, lastimando.

— Pode ser.

— Muito obrigada por oferecer, Genevieve — fiz questão de dizer por entre os dentes cerrados. — É muita consideração sua e aprecio muitíssimo.

Quando terminaram as aulas do dia, tomei o caminho mais longo para casa, afastada das ruas principais, mesmo sabendo que minha mãe não aprovaria. O tempo se compadeceu e se comiserou de mim; uma garoa persistente era alimentada por nuvens baixas, pesadas e escuras. Nem me dei ao trabalho de pular as poças e, a cada passo, esparramava água para todos os lados. Meu caminho me levou por uma rua estreita que passava ao lado de uma fileira de terraços georgianos, com longos jardins, cada um deles pintado com uma cor diferente do período, do rosa mais pálido até o cinza. Era tranquilo ali, longe do ruído dos carros e da fumaça do trânsito. A rua nem estava bem-pavimentada, consistia em uma faixa única, que antigamente era usada por carruagens e cavalos.

Fiquei remoendo o que acontecera. Até tentei conversar comigo mesma, pois não havia ninguém por perto, exceto um corvo irritante que estava me seguindo, grasnando alto e ondulando o voo para cima e para baixo. Olhei para ele desconfiada, tentando enxergar se faltava uma pena do rabo, e então ri porque aquilo era ridículo demais. Não ouvi nenhum passo, mas uma vaga sensação de mal-estar me fez girar rapidamente e então prender minha respiração. Sem qualquer indicação de onde ela poderia ter surgido, defrontei-me com Genevieve, que deve ter se movido com a suavidade de uma pantera. Ela nem ao menos teve a decência de parecer culpada por me tocaiar daquele jeito.

— Você mora para o outro lado — afirmei, fazendo questão de ser rude.

— Sim, mas queria me solidarizar com você.

— Quanta gentileza. E por quê?

— Sei como é ter a vida arruinada. — Ela deu um passo na minha direção, e seu nariz quase encostou no meu. — Não vá pensando que o seu joguinho com Luke vai funcionar. Vocês se acham muito espertos...

Meu corpo começou a tremer.

— Não sei do que está falando... Luke é meu amigo mais antigo...

— Eu sempre vou estar um passo à frente de vocês... lembre-se disso, Katy.

Meus olhos se fecharam de tanta frustração e, quando os abri, ela havia desaparecido, tão silenciosamente quanto havia surgido.

Quando cheguei em casa, caminhei de um lado para o outro do quarto, incapaz de descansar até conseguir falar com Luke. Assim que seu carro entrou na nossa rua, eu já estava na calçada gritando pela janela aberta.

— Genevieve colocou uma escuta na minha casa, disse que sabe sobre nós e o que estamos fazendo.

Luke fechou as janelas com toda a calma e saiu do carro.

— Como ela teria organizado algo assim, Kat? Ela também é expert em eletrônica?

Ele me levou para dentro e me pôs sentada na sua cozinha. Estava completamente imperturbável com meu tom de voz histérico.

— Deve haver uma explicação. Ela não nos seguiu e não tem poderes psíquicos. Então, pense, Katy.

— Eu não consigo. Minha cabeça está confusa.

— Quem mais sabia que estávamos passando o dia juntos no sábado?

— Ninguém — respondi, apressada.

— Sua mãe?

— Bem, *ela* sabia, claro.

— Telefone para ela — instruiu-me Luke, com a expressão séria.

Fiz como ele mandou, e, em menos de dois minutos, desliguei o celular com a cara no chão. Mal podia encarar o olhar dele.

— Nat e Hannah não ligaram, mas uma garota muito simpática chamada Genevieve telefonou. Ela e minha mãe bateram um bom papo sobre uma série de coisas, inclusive sobre você. Minha mãe se esqueceu de comentar.

Luke falou com delicadeza.

— Não disse que havia uma explicação? Uma explicação bem sem graça, simples. — Sentou ao meu lado e bagunçou meus cabelos, algo que ele sabia que me irritava. — Você está conferindo poderes sobrenaturais a essa garota e transformando-a em algo que você é incapaz de derrotar. Ela é apenas uma pessoa comum e não faz nada fora do comum. Não construa a ideia de que é algo do outro mundo.

Descansei minha cabeça em seu ombro por alguns segundos, imaginando o que eu faria se Luke não estivesse ali para manter minha sanidade.

CAPÍTULO
DEZESSEIS

Merlin mandou uma mensagem de texto pedindo para me encontrar fora da faculdade e sugeriu o La Tasse, o que me pareceu bom sinal: marcar um encontro no café onde fomos juntos pela primeira vez. Eu mal podia esperar para vê-lo. O fim de semana passara voando, praticamente não tivemos contato, e aconteceram tantas coisas no dia anterior que nem percebi que ele não estava por perto. O problema era que, se eu precisasse dedicar cada minuto do meu tempo livre para terminar o trabalho extra, nosso tempo juntos ficaria ainda mais restrito, e me perguntei se não era essa a intenção de Genevieve.

 Pela primeira vez, vesti-me de um jeito mais sedutor e tive de admitir que minha calça jeans superjusta e a camiseta branca apertadinha me deixavam bastante sexy, sem nenhum vestígio da aparência de mendiga. Abri a porta do café, procurando ansiosa por Merlin, mas não o vi em lugar algum. Ele chegou atrasado, cabisbaixo e me deu um beijo sem graça que acertou meu queixo e não meus lábios. Em vez de dividir o banco comigo, Merlin se sentou na minha frente. Depois de alguns desconfortáveis minutos, virei-me para trás, quase esperando dar de cara com Genevieve me vigiando. Foi então que compreendi que aquele lugar também estava maculado pela presença dela.

 — Desculpe, mas não pude visitar você no sábado — irrompi.

Merlin parecia distraído, como se não tivesse me escutado. A garçonete se aproximou e eu pedi uma batata assada recheada, salada e milk-shake, enquanto Merlin se contentou com um cappuccino grande.

— Como foi seu fim de semana?

Ele expirou com força.

— Bem chato.

— Você foi a algum lugar?

— Na verdade, não... pintei um pouco e ajudei minha mãe com sua aula.

Tentei manter minha expressão neutra. A aula da mãe de Merlin possuía um único significado para mim: Genevieve.

— Está tudo bem?

— Está.

Merlin falava de cabeça baixa e, com seus dedos longos, desenhava o contorno dos nós da madeira da mesa. Lá estava novamente aquele sentimento de que Merlin estava a um milhão de quilômetros de mim.

— Conte para mim o que há de errado.

Ele me olhou, e seus olhos escuros estavam distantes como nuvens de chuva no céu.

— Não existe um jeito mais fácil de dizer isso...

Ele parou a frase ali, e meu coração parou junto. Fiquei esperando ouvir o que eu tanto temia.

Estou apaixonado por outra pessoa. Não sei como aconteceu. Não foi nada planejado e sinto muito magoá-la... é a Genevieve... mas não é culpa dela, a responsabilidade é minha. Espero que ainda possamos continuar amigos.

— Apenas me diga — exigi, revoltada.

— Existe... digo... está rolando alguma coisa entre você e o Luke?

Debrucei minha cabeça sobre a mesa e soltei uma gargalhada de alívio. Quando finalmente olhei para cima, tive que secar meus olhos com a manga da blusa. Estiquei o braço e toquei em sua mão.

— Não seja bobo. Ele é como um irmão mais velho para mim. Eu o conheço a vida toda, e ele tem namorada... quase noiva, na verdade. — O rosto de Merlin permanecia imutável, então tive que continuar tagarelando. — Ele nem me enxerga direito como garota, e já me viu com a pior cara do mundo. Uma vez espirrei em cima dele quando estava com uma gripe daquelas e... você pode imaginar o que se esparramou pela camiseta inteira. Ainda hoje ele pega no meu pé por causa disso.

Merlin ainda assim não sorriu. Ele enfiou a mão no bolso, determinado, e largou uma fotografia sobre a mesa, como se estivesse preparando um truque de mágica. Mesmo de cabeça para baixo, pude distinguir as duas pessoas retratadas. Algo pareceu se expandir dentro do meu peito e me tomar de ansiedade.

— O que é isso?

— Olhe — propôs ele.

Puxei a fotografia na minha direção. Não estava com o foco adequado, mas era nítida o suficiente para identificar Luke e eu envolvidos em um abraço. Aquilo me tomou de surpresa; não o fato de estarmos abraçados, mas o quanto parecíamos íntimos.

Imediatamente, passei a me defender.

— Não é o que parece... eu abraço Luke o tempo todo. Onde você conseguiu isso?

— Estava pendurada no mural de avisos da faculdade hoje de manhã. Sorte que fui o primeiro a chegar.

Minha cabeça estava zunindo e confusa, tentando acompanhar o ritmo de Genevieve. Na sexta-feira, ela armara para Nat; na segunda, meu portfólio estava arruinado; e, agora, Merlin achava que eu o estava enganando; além disso, a notícia da minha traição correria a faculdade inteira. Ontem Genevieve afirmara que ela nem sequer havia começado e, aparentemente, sua ameaça era sincera. Como ela conseguia exercer tanto poder sobre mim?

— Tem outra coisa, Katy — continuou Merlin, muito sério. — Você e Luke passaram o dia juntos no sábado, mas você havia comentado que precisaria ficar com a sua mãe.

Para ganhar tempo, dei uma garfada na batata assada, mas não me dei conta do quanto ela estaria quente e tive que tomar um bom gole do milk-shake para esfriar a boca. Eu não contara nada sobre meu dia com Luke, e havia somente um jeito de ele ter descoberto. Lambi o creme de morango dos meus lábios, desejando que pudéssemos voltar no tempo algumas semanas, quando tudo era tão radiante e recente.

— Sabe quando falei que as pessoas poderiam... dar a entender certas coisas a meu respeito, coisas que não seriam verdade? Bem, era desse tipo de coisas que eu estava falando.

Merlin balançou a cabeça, porém sem aprovação.

— O que pode ser tão secreto assim? — perguntou. — Por que você não me disse nada?

Eu não podia contar a verdade. Ser evasiva era a única solução, uma espécie de exercício de contenção de danos.

— Estou ajudando Luke com um negócio, e é por isso que não contei nada. Você sabe que ele é jornalista... e, bem... está investigando alguém. Não chega a ser um trabalho de agente secreto, mas não é algo que se possa divulgar abertamente.

— Talvez alguém esteja investigando você — comentou ele, seco.

Eu fiz uma careta.

— Não consigo imaginar quem.

Merlin não sabia sobre meu portfólio destruído, então o coloquei a par dos detalhes e de como não poderia ter sido um acidente. Ele ficou ruminando aquilo tudo, fazendo grunhidos de compreensão, mas ainda sem me tocar. Eu sabia o quanto teria me sentido mal se ele houvesse passado um dia inteiro com outra garota e mentido para mim. Então eu não podia culpá-lo por ter se comportado daquela forma. E, de certo modo, seu ciúme era um elogio. Levantei, inclinei-me sobre a mesa e beijei-o na boca, inspirando o cheiro de tinta e de algo muito único, indefinível, só de Merlin.

— Eu jamais faria qualquer coisa que pudesse magoá-lo e jamais seria infiel... isso é desprezível.

Merlin se recostou no banco de couro, e foi visível a tensão que se esvaiu dele.

— Desculpe o interrogatório, mas isso estava me matando.

Ele apoiou a mão no centro da mesa, com os dedos separados, e eu pus a minha por cima.

O clima distante entre nós havia passado e tomei coragem de perguntar.

— Quem falou sobre eu ter passado o dia com Luke?

Por dois segundos, vi uma expressão de culpa no rosto de Merlin, e ele esfregou o nariz, meio sem jeito. Por fim, decidiu abrir o jogo.

— Foi apenas um comentário inocente — murmurou. — Não teve maldade nenhuma. Genevieve queria sair para comprar o presente de Nat, mas não conseguia encontrar você. Sua mãe deve ter mencionado onde você estava.

Não teve maldade nenhuma! Genevieve tinha maldade correndo nas veias, mas eu era a única que enxergava isso. Também não podia culpar minha mãe. A única solução era levar uma vida dupla e me transformar em alguém com duas personalidades. Eu me forcei a falar e agir normalmente com Merlin.

Voltamos andando pelo canal. Um pequeno número de barcaças com cores brilhantes estava passando, e pensei no quanto seria legal viajar o ano inteiro, não permanecendo no mesmo lugar nunca, dormindo no convés quando estivesse muito quente. Merlin deve ter visto meu olhar melancólico e me envolveu nos seus braços com força.

— Poderíamos viver desse jeito... sermos ciganos.

Por um momento, bloqueei Genevieve e todo o resto, imaginando Merlin e eu sozinhos, sem ninguém para causar confusão.

— Não precisaríamos de muito dinheiro — concordei. — Você poderia pintar, e eu poderia costurar ou reformar roupas, ou... qualquer coisa, na realidade. Ninguém poderia nos incomodar.

Ele me puxou para o banco mais próximo e pressionou o nariz contra o meu, como um esquimó. Apertou tanto meu braço que tive certeza de que ficaria roxo no dia seguinte, mas não me importei. Nenhum de nós falou nada por um bom tempo. Queria que o tempo parasse, bem ali, para guardar aquele momento para sempre. Mas havia um toque de tristeza, porque eu estava conservando na memória os momentos com Merlin como se nossa história já houvesse acabado.

— Vejo você em todos os lugares — sussurrou ele. — Na rua, em cada esquina, quando não está realmente lá. Você me enfeitiçou, Katy. Nunca me senti assim com nenhuma garota antes.

Por um instante, suas palavras evocaram uma imagem horrível na minha cabeça: Genevieve com sua beleza sedutora e sua estranha habilidade de estar em todos os lugares ao mesmo tempo. Apertei meus olhos com força, ansiosa por banir aquela imagem da minha cabeça. *Nunca me senti assim com nenhuma garota antes.* Era de mim que Merlin estava falando. Ele não estava me comparando com Genevieve em nada.

— Nem eu — respondi, tímida, e então percebi o que eu tinha dito. — Quer dizer, nunca me senti assim com cara nenhum.

— Lembra quando eu disse que você tinha um brilho desde quando a vi pela primeira vez? Acho que foi amor à primeira vista.

Joguei meus braços em torno de seu pescoço.

— Também me senti assim.

— Então diga — pressionou-me.

— Você diz primeiro — dei um gritinho agudo, tomada de emoção.

Ele expirou devagar, olhou ao redor e engoliu em seco.

— Katy... eu amo você.

Eu estava envergonhada demais para encará-lo. Enterrei minha cabeça perto de sua axila e sussurrei:

— Também amo você.

Merlin sussurrou próximo ao meu ouvido.

— Mas você vai me amar para sempre?

— Claro que vou — respondi na mesma hora.

— Até mesmo quando eu for tão velho quanto o Luke?

Fiz cócegas na barriga dele.

— Ele só tem 21 anos.

— Isso é muito velho — debochou, abrindo a jaqueta e me envolvendo dentro dela.

Merlin me ama, Merlin me ama, Merlin me ama.

Uma voz na minha cabeça cantava com felicidade insana, e então me belisquei para ter certeza de que era verdade. De repente, fui tomada pela compreensão de que tudo poderia ter sido diferente e de quanto estive perto de perdê-lo.

Inspirei profundamente.

— Merlin, deveríamos planejar nossa noite juntos e não ficar postergando mais.

— Que tal esta sexta? — disse ele de imediato. — Quem sabe... você consegue arrumar um álibi para esse dia.

Meu estômago se revirou.

— Neste fim de semana? Mas... preciso me dedicar ao trabalho do curso.

Pude sentir, mais do que ver, o quanto ele ficou desapontado, e queria me matar. Meus braços enlaçaram a sua cintura enquanto meu coração acelerava.

— Talvez... se eu conseguisse... ou melhor, sim... vou conseguir.

— Sério?

— Sério.

— Você consegue dar um jeito?

— Claro — respondi, impulsiva. — Deveríamos simplesmente viver o momento... nos jogar nas coisas.

— Viver o momento — repetiu Merlin, e quase me matou de tanto me esmagar.

— Já preparei o terreno com minha mãe... eu disse que os pais de Hannah viajariam em breve, e que ela não ia querer ficar sozinha.

— Vou fazer a reserva — respondeu Merlin, ansioso. — Precisarei mentir dizendo que já tenho 18 anos, mas isso não é problema. Está tudo bem, Katy? Você está tremendo.

Ele segurou minha mão, e nossos dedos se entrelaçaram.

— Prometa que não vai deixar de acreditar em mim — cochichei, tão baixinho que ele nem ouviu.

***

A primeira pessoa que vi na aula da tarde foi Genevieve, sentada com seu sorriso todo satisfeito ajeitando os cachos. Fui até ela. Não me contive e precisei provocá-la.

— Desculpe não estar em casa quando você telefonou — anunciei com falso remorso. — Você queria ir ao centro comigo para procurar um presente para Nat. Que tal se fôssemos depois da aula, hoje?

Eu queria que Genevieve soubesse que estava de olho nela e pretendia forçá-la a inventar motivos para não ir; porém, por mais inacreditável que possa parecer, ela voltou seus olhos iridescentes para mim e disse de um jeito preguiçoso:

— Ok. Por que não?

Foi horrível. Abri minha boca para retirar o convite, mas Hannah já chegara atrás de nós e ouvira minha sugestão. Rapidamente perguntei se ela poderia ir conosco, mas Hannah disse que precisava buscar o irmão menor na escola. O que foi que eu fiz? Depois de passar cada segundo tentando evitar Genevieve, convidei-a para fazer compras comigo. Dessa vez não podia culpá-la; eu me metera sozinha naquela encrenca.

CAPÍTULO
DEZESSETE

O motorista do ônibus precisou olhar duas vezes.

— Olá, meninas. Por um instante achei que estava enxergando tudo duplicado.

Aquilo era no mínimo irritante; até estranhos reparavam no quanto estávamos cada vez mais parecidas. De perto, eu via mais e mais semelhanças. Usávamos casacos parecidos, claro, e Genevieve mudara seus cabelos e os repartia agora de lado como o meu, e copiava minha maquiagem. Eu não usava muita sombra e preferia cores escuras de batom porque combinavam com a cor branca de minha pele. Eu devia ter perdido peso nas últimas semanas, porque minha calça estava mais baixa nos quadris, o que nos deixava ainda mais parecidas. Genevieve não aparentava estar incomodada, mas eu estava e considerei tirar o casaco; no entanto, fazia frio e baixara uma névoa. Era úmida, sufocante e tão densa que deixava na minha boca o mesmo gosto de fogos de artifício depois que terminavam de queimar.

— Então, de que tipo de coisas Nat gosta? — perguntou Genevieve quando descemos do ônibus. As pessoas ficavam olhando para ela. Eu estava consciente disso e sabia que havia algo que fazia com que Genevieve se destacasse na multidão, assim como Merlin.

Decidi aprontar uma para ela também.

— Que tal um gorro e um cachecol?

Nat detestava qualquer tipo de chapéu porque seus cabelos eram indomáveis demais; e ela sempre dizia que cachecóis lhe faziam lembrar de velhas e espantalhos.

Genevieve me fitou, com olhar fixo e sem piscar.

— Você acha que ela vai gostar?

— Vai amar — menti.

— Acho que posso comprar isso. Por que ela não vai dar uma festa?

Sorri, pensando com meus botões, lembrando o ano anterior, quando dançamos até o amanhecer e nos jogamos no chafariz da cidade no caminho de volta para casa. Peguei um resfriado terrível e fiquei sem ir à escola por uma semana, mas valeu a pena.

— A mãe dela proibiu depois da festa dos 16. A coisa fugiu um pouco... hã... do controle, então, neste ano, será apenas um almoço civilizado.

— Não consigo imaginar nada fora de controle por aqui — grunhiu Genevieve, azeda.

Era fim de outubro, mas as lojas já estavam cheias de artigos natalinos, até as vitrines estavam decoradas com pinheirinhos de mentira e neve mais falsa ainda; caixas amarradas com fitas, fogueiras recortadas em papelão e todas as bugigangas que alguém poderia desejar. Era brega, mas ainda me causava a mesma emoção de quando eu tinha 7 anos. Entrei na loja de artesanato atrás de Genevieve, tremendo só de pensar no meu primeiro Natal com Merlin.

Ela escolheu uma lã de cor verde-garrafa, tétrica, que eu sabia que Nat odiaria. Nat era do tipo maluquinha, hippie, paz e amor. Eu já havia costurado uma almofada imensa, bordada com gatos amarelos e de cor laranja, porque ela era louca por gatos. Foi maldade da minha parte, mas eu não conseguia parar de rir por dentro só de imaginar Nat tentando parecer animada ao desembrulhar o presente de Genevieve, e depois tendo que usar o cachecol e o gorro para não ofender a amiga.

— Ok... era isso — resmunguei, ao sairmos da loja. — Não há nada que eu esteja procurando... portanto, hora de voltar para casa.

Genevieve se precipitou, descrente.

— Não finja desse jeito, Katy. Você não consegue se desvencilhar de mim tão fácil.

— Eu só estou aqui por causa da Nat... não escolhi estar perto de você.

A voz dela era suave como seda:

— Confesse. Você arquitetou isso. Pode não perceber, mas seu subconsciente quer se aproximar de mim.

Eu estava começando a aprender que Genevieve invertia a ordem natural das coisas; ela podia enxergar preto onde era branco e vice-versa. Precisei impedir que um acesso de fúria baixasse sobre mim, então controlei minha respiração e tentei imaginar a expressão de Luke me dizendo para não deixar que ela me atordoasse.

— Cuidado com aquilo que você deseja — bufou, olhando para o céu. — Você desejou o namorado perfeito e conseguiu Merlin... E desejou ter uma pessoa especial na sua vida. E aqui estou, Katy. Alguém que entende você... com perfeição.

Isso estava próximo demais da verdade. Eu *havia* pedido um namorado e uma melhor amiga que nunca tive.

Ela desacelerou seus passos e estudou seu reflexo em uma vitrine.

— Já chega para você?

— Chega de quê?

Ela não respondeu e continuou mirando a vitrine, mas agora olhava para mim.

— Qual é a sensação, Katy, de ver sua vida lhe escapar aos poucos? Basta uma ondinha de nada e você estará acabada. Ninguém nem sequer vai notar.

— Merlin sabe que a fotografia não significa nada — falei. — Então, esse seu plano fracassou.

Genevieve deu uma batidinha de leve na cabeça.

— Ele diz que sabe... mas Merlin vai ficar com aquilo na cabeça e nunca vai se livrar, não importa o quanto tente. As imagens têm muito poder, nós as enxergamos mesmo quando não queremos.

— Ele confia em mim completamente.

Sua voz era de uma segurança hipnótica.

— Não é necessário mais do que uma sementinha para a dúvida crescer e se espalhar, apodrecendo a planta toda. Destruir toda a confiança.

Fiquei me perguntando se ela estava falando de Nat e daqueles feitiços de amor horrendos. Nat sempre suspeitaria que eu fofocara sobre ela. Cerrei os punhos, tentando bloquear a dor.

— Você está mais fraca a cada dia que passa, Katy.

Estendi o braço.

— Saia de perto de mim, Genevieve.

— Não importa aonde vá ou o quanto consiga correr, Katy... você está marcada.

Aquela garota era louca. As declarações dela estavam ficando mais e mais intensas.

— Vou para este lado — rosnei, tentando me livrar dela.

— Eu também vou.

Genevieve ficou grudada em mim feito chiclete, e compreendi que não me livraria dela até chegarmos ao ponto de ônibus, onde tomaríamos rumos diferentes. Passamos por uma loja de caridade e, foi bastante estranho, ambas paramos no mesmo ponto, observando a decoração da vitrine. Havia um cartaz anunciando trajes para qualquer ocasião. Um manequim masculino fora vestido com smoking preto, e outro feminino usava vestido longo bege com decote nas costas. Naquela fração de segundo, sabia exatamente no que Genevieve estava pensando, porque eu estava pensando exatamente a mesma coisa: o baile de Natal da faculdade. O tema era Hollywood, o que era ótimo, pois significava que Merlin usaria smoking e eu pareceria uma estrela de cinema com alguma roupa deslumbrante.

— Pode valer a pena dar uma olhada — sugeriu ela, o tom de repente estava normal, como se nada incomum tivesse acabado de acontecer.

Olhei para Genevieve, muito desconfiada, atenta a seus motivos, e então tentei dissuadi-la, pois queria entrar na loja sozinha.

— É um tema fraco este ano — reclamei. — Hollywood é uma ideia péssima.

Genevieve fungou com ar de superioridade.

— Bem, se você não quer...

Ela abriu a porta de vidro, mas, em vez de aproveitar a oportunidade para fugir, acertei o passo com o dela. Seu pescoço girou como o de uma coruja enquanto olhava as araras, mas eu já havia avistado o vestido mais maravilhoso do mundo pendurado no fundo da loja. A cauda me chamou atenção primeiro, porque era verde-acinzentada, em um tecido bicolor que me lembrava uma sereia. Fui direto para lá e tentei agarrar o cabide, apenas para descobrir que alguém já o segurava pelo outro lado.

— Eu vi primeiro — gritou a voz familiar, mas eu segurei firme, teimosa.

Genevieve enfiou a cabeça no meio da arara de vestidos, seu rosto vermelho e furioso.

— Vai rasgar se você não o soltar agora.

— Solte você — disse, sendo infantil.

— Não serve em você de jeito nenhum.

Uma voluntária deve ter ouvido o tumulto e veio correndo se colocar entre nós duas. Seus cabelos não se moviam, ela usava batom cor-de-rosa e uma echarpe de chiffon amarrada no pescoço.

— Já chega, meninas.

Relutantes, desistimos de nossa pretensão ao vestido, e a mulher o segurou longe de nós duas. Ele era ainda mais bonito do que pensei e tremeluzia como o mar em dias agitados. Era glamoroso, mas não de um jeito chamativo, e o preço de vinte libras era inacreditável.

— Esta é a arara das peças danificadas — declarou em tom de sermão. — Este vestido de gala tem um rasgo bem evidente e não fica na costura. Será quase impossível consertá-lo, então vocês duas vão querer repensar...

Eu tinha certeza de que Genevieve seria capaz de fazer um remendo invisível melhor do que eu, mas, mesmo assim, eu queria o vestido. Se ela levasse a peça bem debaixo do meu nariz, então estragaria o baile, porque nada chegaria nem perto daquele achado incrível. A voluntária decidiu agir como terapeuta de casais.

— Talvez fosse melhor que nenhuma de vocês ficasse com ele, queridas; não vale a pena estragar uma amizade por causa de um vestido.

Amizade! Tentei não me desfazer em sorrisos falsos e, brincando, dei um soco no braço de Genevieve.

— Não iríamos permitir que isso acontecesse, ou iríamos?

Genevieve, teimosa, empurrou o queixo para a frente.

— Quem quer que sirva no vestido vai ao baile com ele... e eu vou experimentá-lo primeiro.

Ela poderia muito bem ter acrescentado que o príncipe encantado seria dela e que o sapatinho de cristal lhe serviria perfeitamente no pé.

Olhares de pena foram dirigidos a mim, e o motivo era óbvio: Genevieve ficaria mil vezes melhor naquele longo do que eu;

na verdade, eu provavelmente rasgaria ainda mais o vestido tentando caber nele.

Não demorou muito. A figura confiante e cheia de si saiu do provador, que era apenas uma cortina enganchada em um canto escuro da loja. Era como se o vestido de sereia fosse feito sob encomenda, e a já conhecida faca rasgou meu estômago com uma inveja cortante. Genevieve desfilou para um lado e para o outro, envaidecendo-se diante do espelho. Até outros clientes pararam para admirá-la. Meu rosto ficou paralisado com um sorriso macabro e doentio vendo a mulher dar um passo adiante para apanhar a cauda do vestido.

Se eu tivesse desviado o olhar naquele momento, teria perdido completamente o que aconteceu, mas estava terrivelmente hipnotizada e continuava assistindo a tudo, quase para me torturar. Mãos levantaram os cabelos de Genevieve acima da nuca para testar o efeito dos fios presos. Eu esperava vê-la virando-se de um lado e de outro, deleitando-se com toda aquela atenção, mas sua reação foi bastante inesperada. Furiosa, ela saiu, sacudindo a cabeça para que os cachos caíssem de novo, cobrindo-lhe os ombros. Então foi marchando até o provador e fechou a cortina com um puxão.

Mas não sem eu entrever a cicatriz que percorria suas costas, um franzido da pele característico, que parecia, nitidamente, que havia sido queimada.

CAPÍTULO
DEZOITO

Era imperdoável de minha parte, especialmente depois de todo o apoio que ele me deu, mas não contei a Luke de imediato o que vira, porque precisava me concentrar no evento mais significativo da minha vida. Em um momento de loucura, eu *concordara* em passar a noite de sexta-feira com Merlin. Passei o resto da semana em um estado de frenesi. Eu precisava realizar meu trabalho de classe, bem como garantir que todos os preparativos estivessem perfeitos. Merlin reservara um camping a uns quarenta quilômetros dali, apenas uma hora de viagem, mas longe o suficiente para não nos preocuparmos em sermos vistos por outras pessoas. Minha mãe dera sinal verde para eu ficar na casa de Hannah e também para tomar meu chá lá com ela, o que significava que eu não precisaria voltar para casa depois da aula. Já preparara uma bolsa pequena para levar, e Merlin era responsável pela mochila que levaria a barraca e todo o equipamento. Buscaríamos a mochila na casa dele e partiríamos dali direto para a estação.

Foi impossível dormir na quinta-feira à noite. De minuto a minuto eu conferia meu relógio, mas o tempo havia parado, e tive que usar o artifício de contar até sessenta, esperando que os números mudassem. Eventualmente, devo ter caído no sono.

Pela manhã, meus nervos estavam em frangalhos. Uma tigela de cereal escorregou da minha mão e derrubei uma xícara de café, tudo num período de cinco minutos. Minha mãe nem pareceu notar. Não consegui encarar seu olhar quando me despedi, convencida de que ela poderia detectar alguma traição, mas mamãe apenas ajeitou a gola da minha blusa e me deu um beijo na bochecha. O fato de que ela estava quase alegre tornava a fraude ainda pior. Briguei comigo mesma a caminho da faculdade.

Por que ela notaria algo fora do normal, Katy? Você não está fazendo nada tão incomum, apenas passando a noite na casa de uma amiga. A intenção de toda a armação era fazer com que ela não suspeitasse de nada. Você deu conta de todas as possibilidades. Pare de se sentir culpada; é só uma mentirinha.

Foi a melhor atuação da minha vida, eu parecia fria e tranquila por fora, mas, por dentro, meu estômago dava voltas, cambalhotas e saltos mortais de costas. Na hora de ir embora, Nat e Hannah me deram abraços extras de boa sorte e um aceno ansioso. Quando me virei, elas ainda estavam nos observando, e aquilo me causou uma tristeza esquisita. Descemos o último degrau da escadaria, e meu telefone apitou.

`Katy, você pode dar uma passada em casa antes de ir para a Hannah? — bj, Mamãe`

Meu queixo caiu. Tínhamos comprado passagens para o trem das quatro e meia, e restava apenas uma hora para pegar o equipamento e embarcar no trem.

Comecei a balbuciar.

— Vou correndo para casa, descubro o que ela quer e encontro você na estação. Não deve ser nada. — Beijei-o, apressada. — Nem uma tropa de cavalos selvagens vai me impedir de tomar esse trem, e pode ser mais seguro assim, caso... certas pessoas estejam de olho em nós.

Saí caminhando rápido, daquele jeito que parece uma corrida e é sempre meio idiota, mas não me importei. Minha mãe sempre me chamava por motivos bobos, mas, se me visse naquela hora, a chance de me importunar depois seria menor. Abri a porta de casa e quase caí ao entrar. Não havia nenhum pressentimento de que algo estivesse errado, e gritava minha saudação habitual quando uma figura saiu da penumbra, o rosto em uma rigidez esquisita e carregado de fúria. Minha bolsa escorregou da minha mão e caiu fazendo um barulho abafado no chão do hall. Nenhuma de nós disse nada durante o que pareceu uma eternidade. Enfim, tive que sussurrar:

— Alguma coisa errada?

— Isso... chegou hoje pela manhã — murmurou, e as lágrimas deviam estar quase escorrendo. — Mais mentiras, Katy, mais enganação, mais... desse Merlin.

A carta na mão dela estava tão amassada que imaginei que tivesse apertado aquilo o dia inteiro. Não tive escolha a não ser pegá-la de sua mão. A primeira coisa que notei era o nome de Merlin no envelope, com meu endereço logo abaixo. Escorreguei um dedo para dentro e retirei a única folha de papel com as mãos trêmulas. Era o recibo do camping e a confirmação de nossa reserva. A data era daquele dia. Parecia estranho, mas o choque me deixou paralisada, incapaz de mover um único músculo. Devo ter olhado aquilo durante um tempão, tentando evitar que a culpa transparecesse, mas, por fim, fui forçada a encarar minha mãe. Ela não piscou nenhuma vez, e era como se eu olhasse para dentro de um abismo. Comecei a me sentir fisicamente enjoada, enquanto minha mente acelerava a cena até o desenrolar do cataclismo.

— Você combinou de passar a noite na Hannah para acobertar isso?

— N-não — insisti. — Falamos disso por... brincadeira... mas não íamos fazer de verdade.

Minha mãe alisou o queixo como uma vilã num show de mímica.

— Ora, e por que Merlin faria uma reserva e, na mesma noite, você marcaria de ficar na casa da Hannah, se tudo não passava de... imaginação?

— É um engano — gritei — ou alguém está querendo nos prejudicar. Você não sabe as coisas horríveis que têm me acontecido... meu trabalho do semestre foi destruído de propósito e isso ainda não é o pior...

Ela ignorou minha explosão.

— Então, Katy? Você, de fato, estava indo dormir na Hannah porque os pais dela estão viajando?

— S-sim.

— Não piore ainda mais as coisas — rosnou. — Já telefonei para a mãe dela, que me confirmou não estar viajando nem sabendo nada sobre você dormir lá hoje. Então... o que você tem a me dizer?

— Não é o que parece — resmunguei, com a voz fraca.

Ela cruzou os braços como quem não está para brincadeiras.

— Desde que você conheceu esse menino, Katy, já foi pega fumando, seu rendimento na faculdade anda um desastre e agora mentiu e armou essa história para passar a noite com ele. E sua única defesa é jogar toda a culpa para cima de outra garota. Sinto como se eu não conhecesse mais minha própria filha. Estou com nojo de você.

Ela virou as costas e saiu, deixando-me parada no corredor na penumbra, estupefata demais para me mexer. Mas ela não parou por ali. Reapareceu alguns segundos depois.

— Você está de castigo por tempo indeterminado, e gostaria que me entregasse seu celular agora mesmo.

Tapei minha boca com a mão, horrorizada. Merlin! Ele ficaria me esperando na estação. Sem celular, eu não poderia mandar nem uma mensagem para ele.

Era apenas uma tentativa, mas eu não tinha nada a perder:

— Até mesmo os prisioneiros têm direito a um telefonema.

Minha mãe franziu os lábios, apertou os olhos e disse:

— Você tem exatamente um minuto, e vou contar no relógio.

Minhas mãos ainda tremiam tanto que deixei cair o telefone, em seguida errei as teclas, porque meus dedos estavam imprestáveis como se estivesse usando luvas. Eu teria me despedaçado se chegasse a escutar a voz de Merlin para depois ter que desligar à força, por isso enviei um torpedo.

`Minha mãe sabe de tudo. Sinto muito, Merlin. Estou de castigo e meu telefone foi confiscado. PS eu te amo, bj!`

Subi correndo e me joguei na cama, chafurdando no sofrimento e na pena que sentia de mim mesma. As lágrimas queimavam minhas bochechas e encharcavam o travesseiro de tal forma que precisei virá-lo de lado, pois estava deixando minha pele ainda mais marcada. Senti um prazer estranho e torturante ao imaginar, segundo por segundo, Merlin se arrastando para casa e cada uma das emoções que ele deveria estar sentindo, cada expressão em seu rosto. Eu esperava que ele estivesse tão arrasado quanto eu, pensando em como poderia ter sido. Mais ou menos depois de uma hora, percebi o quanto estava sendo egoísta. Não havia somente eu e Merlin envolvidos; Hannah também ficaria encrencada por ter servido de álibi. Torci para que ela tivesse o bom senso de jogar a culpa toda em cima de mim, afirmando que não sabia nada sobre meu plano. Cobri o rosto, envergonhada, ao imaginar o que a mãe de Hannah estaria pensando de mim agora.

Minha mãe não se aproximou de mim naquela noite nem perguntou se eu estava com fome. Então, exaurida de tanto chorar, caí em um sono agitado lá pelas oito; uma hora eu congelava de frio, na outra fervia de calor e jogava o edredom longe. Meus sonhos pareciam delírios fragmentados. Sentia como se eu tivesse passado horas correndo de alguém ou de alguma coisa, mas não havia lugar nenhum para me esconder; todas as construções, todos os muros caíam por terra quando eu chegava perto, como um castelo de cartas, e todas as esquinas estavam iluminadas por holofotes gigantescos. Entrei tropeçando em uma espécie de teatro e, quando dei por mim, estava no palco. O auditório foi se iluminando de forma gradual, fileira por fileira, e todos os assentos estavam ocupados, mas os presentes tinham a mesma estranha expressão vazia e olhos de vidro esverdeado que me acertavam com fachos de luz. Eles ferroavam como pequenas espadas, e me encolhi, tentando escapar dos golpes, mas logo meu corpo todo se transformou numa massa sangrenta e chorosa enquanto a gargalhada de Genevieve retumbava nos meus ouvidos.

Cada mínimo e terrível detalhe do dia anterior retornou à minha memória no instante em que acordei. A luz da manhã perturbava meus olhos, e era tentador virar para o lado e permanecer na cama, mas eu estava determinada a encarar minha mãe de uma vez por todas. Desci as escadas na ponta dos pés e fui até a cozinha com bochechas e olhos inchados. Ela estava passando manteiga em uma torrada com toda a calma, e o cheiro me fez perceber o quanto eu estava faminta. Nenhuma comida ou bebida passara pela minha boca durante quase vinte e quatro horas. Limpei a garganta. Ela não disse nada nem olhou para mim; então, abatida, virei-me para ir embora, mas não passei da porta. Tudo ficou escuro, como se houvesse um eclipse total; vi estrelas diante dos meus olhos, multiplicando-se até unirem-se compondo uma escuridão imprecisa, e o chão desapareceu debaixo dos meus pés.

Não me lembrava de nada até minhas pálpebras tremulantes se abrirem e eu descobrir que estava com a cabeça no colo da minha mãe, que estava com os olhos arregalados de preocupação.

— Desculpe. Ficou tudo escuro de repente.

— Quando foi que você comeu alguma coisa pela última vez? — perguntou, áspera.

— Sei lá. Não lembro.

Mamãe me ajudou a sentar em uma cadeira, ficando por perto caso eu tombasse dali. Minha visão ainda estava turva, mas a sensação de fraqueza havia passado. Ela pôs duas fatias de pão malcortadas na torradeira, esperou até ficarem prontas e então passou geleia. O prato foi posto na minha frente junto com uma xícara de chá bem forte.

— Nenhum garoto merece que a gente desmaie por ele — vociferou, e, quando tive coragem de olhar, havia quase um brilho nos seus olhos. Ela se sentou ao meu lado. — Você acha que não lembro como é ter 16 anos?

Não tive certeza se aquela era uma pergunta retórica, então continuei comendo com avidez.

— Bem, eu lembro, e é por isso que não quero ver você cometendo um erro imenso desses. Seus hormônios estão enlouquecidos, a sensatez saiu voando pela janela e você acha que isso é amor.

— É amor — contestei baixinho, esperando que ela fosse pular no meu pescoço.

— Katy — suspirou. — Sempre achamos que é amor de verdade quando temos 16 anos... mas não posso esperar que acredite em mim. Você vai ter que descobrir sozinha. — Não havia dúvidas de que ela estava amansando, mas seguia determinada a reivindicar sua autoridade sobre mim. — O castigo se mantém, não posso aceitar que mintam para mim, e você precisa entender que é para o seu bem. Pode ir ao almoço de Nat semana que vem, mas, até lá, está de castigo.

Concordei, acanhada.

— E, a propósito, olha só o que encontrei. — Ela abriu os dedos e o pingente estava na sua mão. — Gemma estava brincando com isso no quintal... não posso imaginar como foi que ela o arrastou escada abaixo.

Fui forçada a pegar o pingente, imaginando que Gemma tivesse arrebentado um dos nossos sacos de lixo procurando por comida, e agora eu precisava me livrar disso mais uma vez. Era um consolo minha mãe ter aliviado comigo assim rápido, mas meu coração estava tão pesado que eu parecia estar arrastando uma corrente com bola de ferro. Voltei para o quarto e fiquei olhando para o computador. Ela não dissera que o computador estava proibido, mas resisti ao impulso de fazer login. Se ela me pegasse teclando com alguém, poderia estender o castigo por mais uma semana, e eu perderia o aniversário de Nat. Não havia desculpa para eu não começar a refazer meu trabalho de curso; estava isolada do mundo lá fora em uma espécie de limbo estranho, sem poder fazer nada nem ter ninguém para conversar.

Luke deve ter tentado me enviar várias mensagens. Ele apareceu na minha casa depois do chá. Vi quando vinha pela calçada, e corri até a porta, sinalizando que eu estava de castigo. Mas ele não desistia fácil e se recusou a ir embora, cochichando no meu ouvido que ele tinha um plano. Balancei a cabeça e disse que não funcionaria, mas ele me empurrou para dentro na mesma hora em que minha mãe chegou na porta.

— O trabalho de inglês da Kat está pronto — disse ele, abrindo seu sorriso mais irresistível. — Há apenas alguns detalhes que preciso repassar com ela.

— Traga para cá — respondeu minha mãe, desconfiada, mas alisou uma mecha arrepiada dos cabelos de Luke como se ele fosse uma criança.

— O problema... é que está no meu computador.

Ela nos olhou e disse, resignada:

— Pode ir, Katy, mas não demore mais do que meia hora.

—Você é um gênio — manifestei, falando aos tropeços enquanto, apressada, punha-o a par de tudo sobre os planos de Genevieve contra mim. Ele deve ter percebido o quanto eu estava aflita, pois estava mais compreensivo que o normal, emprestando-me sua cadeira e emitindo sons atenciosos nas horas certas.

A única crítica que ele fez foi:

— Por que você não me falou antes?

— Eu... andei tão atolada com os trabalhos de aula que não tive tempo, e tudo aconteceu ao mesmo tempo. — Minha expressão ficou sombria. — Genevieve teve uma semana bastante atarefada.

— Com certeza.

— Agora, Luke, me diga como foi que ela conseguiu arquitetar todas essas coisas horríveis?

Ele fez a cara mais solene e pensativa que tinha.

— Você disse que ela estava na feira de artesanato, então... ela deve ter escutado vocês brincando sobre feitiços e esperou para usar isso contra você. Destruiu seu portfólio quando você o deixou desprotegido, tirou foto de nós dois... em algum momento... Não a vimos porque não estávamos procurando por uma doida com uma câmera, e ela chegou mais cedo à faculdade para prender a foto no mural... É simples.

— Mas não é só isso — bufei. — Olha essa carta... enviada para a minha casa, mas com o endereço de Merlin no envelope. Não foi nem postada pelo correio. Genevieve deve ter entregado pessoalmente na sexta pela manhã, depois de eu ter saído para a aula.

Entreguei-a para Luke e deixei que ele lesse. Sua reação me pegou de surpresa. Ele abriu a boca de espanto e desgosto.

— Isso vai além de qualquer coisa que ela tenha aprontado até agora, Kat. Isso leva tudo para um nível mais avançado.

— Bem... é isso aí, são truques sujos com certeza.

— Armar para você desse jeito, fazendo sua mãe pensar que você estava fugindo com Merlin... quando vocês dois mal se conhecem.

Engoli em seco. Havia algo nisso tudo que eu não explicara muito bem, que era também o motivo pelo qual eu estava preocupada em contar para Luke.

— A questão é... que, sim... digo, estávamos... bem... hã... indo acampar por uma noite.

Eu não esperava ficar tão atrapalhada e quase acrescentei: "em barracas separadas", mas ruborizava tanto que isso sempre me entregava, e Luke me conhecia havia tanto tempo que era difícil mentir para ele.

Ele simplesmente baixou a cabeça e passou um tempo enorme estudando o envelope como se fosse Sherlock Holmes.

— Ok... isso é fácil de se desvendar, então. Genevieve ficou enrolando na casa de Merlin, fazendo qualquer das coisas de arte dela... vasculhou o quarto dele e escaneou o recibo.

— É bem provável que você tenha razão — sussurrei.

— Onde está a foto de nós dois? — perguntou Luke de repente.

Eu não queria que ele a visse por nada nesse mundo. A foto estava enfiada no fundo de uma gaveta.

— Não fiquei com ela. Merlin provavelmente a jogou fora.

— E como estávamos?

Fiz uma careta.

— Como um casal de velhos amigos...

— E por que Merlin ficou tão ciumento, então?

— Ele é um pouco... inseguro.

Fiquei observando Luke esquematizar os últimos acontecimentos no quadro branco.

— Ela é esperta *mesmo*, Kat. É possível que eu a tenha subestimado, e o problema é que... não temos mais nenhuma pista. Não sei para onde seguir a partir daqui.

Minha expressão foi se iluminando devagar.

— Essa é a questão, Luke. Há mais uma coisa que ainda não contei. Guardei a melhor parte para o final.

CAPÍTULO DEZENOVE

O retorno às aulas na segunda-feira de manhã foi estranho; tive a sensação de ter sido recém-libertada da prisão. Eu estava nervosa com a ideia de encontrar Hannah, mas ela me pareceu bastante tranquila com tudo e disse que havia convencido a mãe de que fora um grande mal-entendido; Katy Rivers *jamais* faria algo tão arriscado. Merlin e eu demos uma fugidinha na primeira oportunidade que tivemos, e ele assumiu toda a culpa pela bagunça das cartas, convencido de que fizera alguma confusão no computador. Eu nem me dei ao trabalho de argumentar, na tentativa de assinalar o quanto aquilo era improvável.

Precisávamos de mais cautela ainda quanto a sermos vistos juntos, pois temia que estivesse sendo vigiada e que qualquer coisa pudesse ser usada contra mim. Roubávamos beijos sempre que possível e descobrimos uma pequena porta nos fundos do prédio, onde podíamos nos esconder. Tinha vista para a estrada de ferro e para os tonéis de reciclagem, o cheiro de lixo penetrava nas nossas narinas, o vento era cortante e o barulho dos trens ecoava nos ouvidos. Comecei a vigiar Genevieve sorrateiramente, da mesma forma que ela fazia comigo. E me surpreendi com o quanto aquilo era prazeroso, como se eu tivesse absorvido facetas de sua personalidade predatória e vingativa. Contei os dias e fui ganhando tempo até a chegada do fim de semana. Eu estava animada com muitas coisas:

no sábado à noite meu castigo seria suspenso e receberia permissão para sair com Merlin, além disso, eu e Luke tínhamos algo importante e nosso para fazer.

Retornaríamos aos arredores de York, até o presbitério para onde Grace/Genevieve fora enviada depois do incêndio. O que quer que ela estivesse escondendo, descobriríamos o seu segredo e mostraríamos para todo mundo como ela era uma mentirosa inata. Finalmente eu havia aceitado a verdade incômoda de que ela jamais pararia por conta própria com os planos que organizava contra mim. Cabia a mim dar um basta nisso.

No sábado pela manhã, pegamos a estrada antes das sete horas.

— Como vai o mago? — perguntou Luke, matreiro, ao fazer uma curva fechada, em que eu voei contra a porta do passageiro.

— Está... hã... bem.

— Ele não se incomoda de você passar mais um dia comigo?

— Claro que não — respondi com firmeza. — Vou encontrá-lo hoje à noite. Nós tivemos que ficar separados a semana inteira... mas, pelo menos, meu trabalho de classe ficou pronto a tempo. A srta. Clegg me deu a nota máxima.

— Isso é ótimo, Kat.

— Então... teve uma consequência boa essa história de ficar de castigo.

Luke não comentou. As coisas estavam um pouco estremecidas entre nós desde que ele descobrira sobre a viagem para o camping, o que soava enigmático, porque sempre achei que pudesse contar qualquer coisa a ele.

— Você está incomodado com alguma coisa? — Ele ficou mexendo no rádio do carro e fiz com que pusesse sua mão de volta no volante. — Vamos lá... pode falar.

— Não... é que... eu não quero que você se machuque, só isso.

— Merlin não me machucaria.

Luke continuava mal-humorado, então pressionei.

— Tem algo mais, não tem?

— Não... bem... mais ou menos. Achei que conhecesse você tão bem, Kat.

Fiquei tão magoada com aquela crítica inesperada dele, que escorreguei no assento do carro, totalmente envergonhada. Passados alguns instantes, fiquei irritada e precisei me defender. Meu tom era frio e sem alteração.

— Você me *conhecia*, Luke. Agora sou bem crescidinha.

Ele começou a balançar a cabeça freneticamente.

— Você tem razão, isso não tem nada a ver comigo.

— Não — corrigi, com um tom mais suave —, tem um pouco a ver por você ser meu amigo, e, se você não estivesse me apoiando dessa maneira, definitivamente eu já teria enlouquecido.

Luke pareceu se alegrar com as minhas palavras. Esticou o braço e esperou que eu fizesse um cumprimento imbecil.

— Aos amigos, Kat.

— Aos amigos — repeti.

Ele não conseguia se controlar, sempre precisava que a última palavra fosse dele.

— Só não deixe o primeiro garoto que você conheceu partir seu coração.

Fechei meus olhos, me concentrei no movimento do carro, pensando mais uma vez em Genevieve e no vestido de gala, o motivo de estarmos de novo na estrada. Assim que ela vira a expressão de surpresa no rosto da voluntária, imediatamente tirou o vestido, declarando que era "horroroso". Fingi estar concentrada no livro sobre tricô e ergui a cabeça com ar tão inocente como se fosse perguntar se havia algum problema. A expressão de Genevieve era de cólera e ela não podia esperar para dar o fora do brechó beneficente. Eu me diverti tanto com o seu desconforto que saímos juntas dali. Ela mal disse uma palavra que fosse, e partimos cada uma para um lado assim que chegamos ao ponto de ônibus.

Aquela era a pista de que eu precisava; algo concreto que fornecesse provas do passado de Genevieve. Ela pensava que poderia se reinventar e apagar tudo, mas aquele era um lembrete permanente e indelével de sua vida pregressa.

Luke me resgatou de meu devaneio.

— Talvez devêssemos ter telefonado para o presbitério antes, não? O número deve estar na lista.

— Nós não queremos alarmar ninguém. — Bocejei. — E é mais difícil perceber as reações das pessoas quando não se está frente a frente.

— Não alimente suas esperanças — advertiu Luke. — O pastor pode ter trocado de igreja, ou morrido ou qualquer outra coisa...

— Ele ainda está aqui — insisti. — Aquela senhora em Lower Croxton teria dito alguma coisa se ele tivesse se mudado.

— Ele pode ter saído de férias ou estar em algum retiro, ou sei lá o que mais os pastores fazem.

— Ele vai estar aqui, cuidando do rebanho dele — disse eu, rindo.

— Ele não tem obrigação de conversar conosco, e não podemos mentir para um...

— Homem de Deus — completei. — Por que não falaria conosco?

Luke tamborilou no volante do carro.

— As pessoas nem sempre fazem o que nós queremos, Kat. O pastor pode achar que isso é um assunto particular.

— O trabalho dele é ajudar as pessoas — insisti, petulante. — Grace ou Genevieve, ainda assim ela é sua parente. Ele não pode deixá-la livre para fazer essas coisas com as pessoas... perseguindo e sendo horrível, tentando arruinar a vida dos outros, tomar tudo o que têm ou sei lá o que esteja fazendo...

— Concordo. — Luke me acalmou e acrescentou com uma piscadela levada. — Finalmente você superou sua obsessão de que ela tinha poderes sobrenaturais?

— Acho que sim — balbuciei.

— Está vendo, Kat — começou a me dar sermão —, todo aquele abracadabra é produto de uma mentalidade ingênua. Se você não acredita nisso, então não pode fazer mal a...

Gritei de repente e tapei meus olhos no momento em que algo atingiu o para-brisa. Pelas frestas entre os dedos, fui percebendo que Luke estava girando o volante freneticamente, tentando manter o controle do carro, e estávamos costurando de um lado a outro da estrada. Luke conseguiu parar o veículo com um solavanco tão grande que nos jogou para a frente. Por instinto, segurei minha cabeça e ouvi uma voz em choque me dizendo:

— Foi só um pássaro, Kat... não olhe se você não quiser ver.

Era perverso, mas, assim que ele disse isso, tive que olhar e me deparei com o corpo de um corvo esborrachado contra o vidro, o olhar apagado mirando em mim.

— Ainda bem que não estávamos na estrada principal — disse com alegria forçada. — E ainda bem que bateu no seu lado, ou teria sido muito pior.

Senti como se meu corpo houvesse passado por um ciclo da máquina de lavar. Tentei não olhar enquanto Luke usava uma sacola plástica para raspar o sangue, as penas e a carcaça mutilada do para-brisa. Ele voltou para o carro e ligou os limpadores de vidro para lavar qualquer remanescente.

— É provável que tenha sido atingido por um tiro de algum fazendeiro — acrescentou, assobiando, e eu inspirava profundamente para conter a sensação de náusea. Abri a janela, tentando não pensar sobre os mensageiros alados da destruição que queriam nos impedir de chegar à igreja. Não dissemos mais nada até entrarmos em St. John's Place.

Eu esperava que a igreja fosse bem pequena e pitoresca, cheia de vitrais com uma abóbada sobre o portão, mas era bastante moderna e simples, mais próxima da minha ideia de salão de clube do que de igreja. Uma porção de carros estava estacionada do lado de fora e havia um aviso no mural anunciando o bazar em prol de alguma entidade local.

— Ao menos podemos entrar com a multidão, assim não parecemos deslocados — disse Luke, alongando as pernas ao sair do carro. Seus cabelos pareciam ter testemunhado a ação de um pente, e a calça cargo não estava tão amassada assim. Demorei um minuto observando-o com afeição, perguntando-me por que ele teria abdicado tão prontamente de mais um dia inteiro para me ajudar.
— Vamos lá, vamos ver se conseguimos achar uma boa pechincha — convidou —, e fazer um pouco o trabalho investigativo.

Em geral eu amava bazares pela chance de comprar roupas de segunda mão que eu poderia modificar, ou simplesmente desmanchar e fazer outra coisa, mas o território ali era da Liga das Senhoras e a coisa era séria. As únicas roupas disponíveis eram saias de tweed, calças xadrez e camisas em padronagem paisley com a echarpe combinando. Vidros de geleia, compotas, cebolas e beterrabas em conserva forravam as mesas, junto com bolos de frutas e pão de ló com creme de ovos. Havia também uma boa seleção de plantas, estatuetas de porcelana horrendas e livros de aspecto tenebroso. Fiquei contente em ter optado pela minha respeitável calça jeans de corte reto em vez da com cintura baixa.

— Continue procurando pelo pastor — lembrou-me Luke, sorrindo e balançando a cabeça para as senhoras nas barraquinhas.

Ele se sentiu pressionado a comprar um bolo de frutas e um pouco de geleia de damasco para sua mãe enquanto eu me contentei com um vaso de uma planta meio murcha que supostamente não precisava de muitos cuidados. Luke parecia ser o único homem com menos de 60 anos no local e correu para ajudar no momento em que uma das mesas despencou. Não demorou muito e ele foi cooptado a erguer várias caixas de livros e cuidar da tômbola. Fiquei por perto tomando um café solúvel horroroso em copo plástico e escutando uma senhora idosa reclamar de seus joanetes.

O homem com colarinho e terno escuro pôde ser avistado assim que adentrou o hall da igreja, pois todo mundo imediatamente se apressou em cumprimentá-lo. Tentei fazer um sinal para Luke, mas havia pelo menos cinco permanentes de cabelos brancos atrapalhando nossa linha de visão. O pastor aparentava uns 50 anos, com cabelos grisalhos, barba e óculos de aro dourado. Tinha estatura alta e era magro.

Lá se foram nossos esforços de passarmos batidos na multidão. Luke se destacava como um farol iluminado, e o pastor foi até ele. Observei os dois apertarem as mãos e me pus de pé, bem no meio de uma história sobre remoção da vesícula, para ir até lá caso ele precisasse de apoio.

— Estou só passando o dia — escutei-o dizer — com uma amiga.

— Precisamos que mais jovens participem de nossa comunidade. É uma pena que vocês estejam apenas visitando.

Luke fez uma pausa.

— Na verdade, tenho outra amiga que já morou por aqui... será que o senhor lembraria?

O pastor sorriu, encorajando-o.

— Qual era o nome dela?

A decisão de Luke pareceu fraquejar, mas ele limpou a garganta e disse, confiante:

— É Grace... Grace Morton.

A reação foi brutal. O pastor ficou tenso, e os traços de seu rosto se tornaram apreensivos. A mudança foi tão repentina que chegou a ser assustadora, como se ele tivesse visto o seu personagem favorito da Disney transformar-se no Freddy Krueger.

— Sinto muito, não me lembro de ninguém com esse nome.

Estremeci com o mal-estar e fiz um gesto com as mãos indicando que não havia nada que pudéssemos fazer, mas Luke não se intimidava com tanta facilidade. Ele seguiu a figura que andava apressada até o jardim, e eu fui atrás tentando acompanhar o passo.

— Desculpe, mas acho que deve se lembrar dela. Seria difícil esquecer um membro da família.

O sacerdote olhou para trás, os olhos em chamas:

— Ela *não* é da minha família.

Luke não conseguiu se conter e sorriu.

— Então o senhor se lembra dela. Precisamos lhe fazer algumas perguntas. É muito importante.

O homem não se deixou abater.

— Não tenho a menor vontade de responder a suas perguntas e ficaria agradecido se me deixassem em paz e não voltassem a procurar a mim ou qualquer pessoa próxima.

Observamos enquanto ele retornava ao salão. Sentei-me sobre um muro baixo próximo dali, brincando com o zíper da jaqueta e esfregando meus braços. O nervosismo ou o frio intenso me gelaram até os ossos. Tentei amenizar.

— A conversa foi produtiva.

Certamente Luke estava irritado, mas escondia bem.

— Presunçoso ele, não? Mas posso conseguir dobrá-lo.

Suspirei.

— Não podemos fazer mais nada. Mas uma coisa é muito esquisita... ninguém quer falar de Genevieve... Grace. É como se ela nunca tivesse existido.

Ele sentou ao meu lado, batendo os calcanhares contra os tijolos do muro.

— Ou, melhor dizendo, eles *desejariam* que ela nunca tivesse existido.

— Acho que isso é tudo, não é? Digo, não temos como levar essa história adiante.

Luke empurrou a língua contra a lateral interna da bochecha e deu uma risada cínica.

— E você está se achando uma jornalista? Este é apenas o começo...

— Mas ele só vai ficar ainda mais furioso.

— *Ele*, pode ser... mas e quanto aos outros?

— Que outros?

Os olhos de Luke estavam implacáveis enquanto ele olhava para o horizonte.

— "Não procurem ninguém próximo a mim", foi o que ele disse... então é exatamente isso o que vamos fazer. Ele não é o único que conheceu essa garota e, se não quer falar sobre ela, então vamos esperar até encontrarmos alguém que queira.

— E quanto tempo devemos esperar?

— O tempo que for necessário — respondeu Luke com determinação.

CAPÍTULO VINTE

— Estou congelando.

— Se eu ligar o ar quente do carro sem dar a partida no motor, a bateria vai acabar.

Dava para ver a fumaça da minha respiração.

— Será que poderíamos sair do carro? Nos movimentar um pouco?

— Precisamos ficar de olho no presbitério — lembrou-me Luke pela terceira vez — e não chamar atenção para nossa presença.

— Sobrou algum sanduíche?

— Não.

— Água?

— Não.

Luke estava lá apenas para me ajudar, e eu estava agindo como uma pirralha mimada, mas eu imaginava que os jornalistas levassem uma vida emocionante e não passassem o dia sentados dentro de um carro gélido vigiando a mesma casa por três horas seguidas.

Ele consultou o relógio.

— Sei que você está de saco cheio. Eu também estou. Vamos dar mais trinta minutos e parar por aí.

— Desculpe pela lamentação — disse, acanhada, para em seguida me queixar mais um pouco. — Por que a vida não é como na televisão? Tudo é resolvido no mesmo dia, não fica ponto sem nó, e os mocinhos terminam por cima da carne seca.

— Porque eles comprimem meses de filmagem no espaço de meia hora e fazem tudo parecer muito fácil, o que...

Eu apertei seu braço assim que vi a porta da frente se abrir.

— Alguém está saindo. É ele... e está sozinho.

Vimos a figura esguia andando e então sumindo de vista após uma curva. Eu sabia o que Luke estava planejando em seguida, e meu coração parou por um segundo.

— Ele... Ele pode voltar a qualquer momento.

Luke tirou as chaves da ignição e abriu a porta do carro.

— Acho que ele vai ficar um bom tempo fora, Kat. Estava todo encasacado desta vez: com sobretudo, cachecol e gorro.

Permaneci no banco do passageiro olhando para baixo, minhas mãos apertadas entre os joelhos.

— Não sei se consigo fazer isso...

Luke deu a volta no carro, vindo para o meu lado e, com delicadeza, me puxou para fora, primeiro pelos pés.

— Qual é a pior coisa que pode acontecer? No máximo, darmos de cara na porta ou o pastor retornar e ter um ataque histérico. Não estamos fazendo nada ilegal, e depois você vai querer se matar se desistirmos agora.

Ele tinha razão, como sempre. Eu me odiaria se fôssemos embora sem saber o que poderíamos ter descoberto.

— Tem razão... claro... vou junto com você.

Uma mão reconfortante se enfiou debaixo do meu braço.

— Lidar com Genevieve exige muito mais coragem do que isso aqui.

Sorri, agradecida, porque Luke sempre conseguia dizer a coisa certa. Inspirando profundamente, passei pelo portão, mas o caminho até o presbitério parecia ter duplicado de tamanho, e meus sapatos fizeram um barulho alto quando caminhei sobre o cascalho. Olhei para o céu em busca de distração. A noite se aproximava, um tom arroxeado ia substituindo o cor-de-rosa, branco e azul-bebê Chegamos à porta vermelha com tinta descascando e vitral colorido e não podíamos voltar atrás. Era possível escolher entre a argola de bronze ou o sino com uma corda pendurada para tocar. Luke hesitou, e eu sabia que aquela seria a parte mais assustadora, aquele curto momento nos degraus da entrada, sem saber quem atenderia e o que diríamos. Mas não precisamos escolher nenhuma das alternativas, pois, de repente, a porta se abriu.

— E-eu s-sei por que estão aqui — gaguejou uma mulher. — Meu m-marido descreveu vocês e eu os vi pela janela.

A mulher era pequenina, com ares de passarinho, cabelos desarrumados com cor de rato e olhar assustado que oscilava entre mim e Luke.

Luke deu um passo à frente.

— Viemos de longe. Sinto muito por nossa insistência, mas é importante.

A mulher recuou ainda mais na varanda, segurando o batente da porta.

— Não tenho nada a dizer... por favor, me deixem em paz... nos deixem em paz.

— Deixe-me tentar — sussurrei. Eu já não tinha mais medo. Luke estava certo, a única coisa a temer era não fazer ideia do porquê Genevieve me odiava tanto e queria destruir a minha vida. Olhei nos olhos da mulher e tentei manter minha voz firme. — Não sei o que eu fiz, mas, desde que... Grace veio para a nossa cidade, ela tem feito de tudo para tornar a minha vida uma desgraça. Não posso continuar assim sem saber o motivo. Por favor, me ajude.

A mulher do pastor entrelaçou os dedos como numa prece, e emoções contraditórias passaram pelo seu rosto. Por fim, ela espiou o jardim e disse, apressada:

— Sigam-me. Se meu marido voltar, vocês devem sair pela cozinha... no mesmo instante. O portão dos fundos está trancado, mas há um buraco na cerca; é fácil sair por lá.

Ela mostrou o caminho passando por um hall amplo revestido de azulejos azuis e terracota. Um relógio de pêndulo ficava na parede oposta à da varanda. À esquerda estava uma escada em caracol, com corrimão de madeira nodosa e com detalhes em arabesco. O odor por toda parte era de umidade e bolor, misturado com cera de abelha. Minha pele formigou e ficou gelada, e esfreguei os braços.

— Algo errado? — perguntou Luke.

— Nada. Tive uma sensação sinistra... como se já conhecesse esse lugar.

— Não mencione que sou jornalista — cochichou.

Chegamos a uma cozinha grande de fazenda, com aparador no meio, um carrinho de cozinha e uma estante abarrotada de panelas e caçarolas, jarras e louças. A mulher do sacerdote nos chamou para sentar a uma mesa velha cheia de sulcos profundos na superfície. Com os lábios trêmulos, ela tomou um gole de água.

— Como foi que rastrearam Grace e chegaram até nós? Faz muito tempo que não ouvimos o nome dela.

— Luke é muito bom com computadores — expliquei, torcendo para que ela não fosse. — Contei a ele sobre Grace, e ele conseguiu encontrar vocês.

Ela amassou um lenço entre os dedos.

— O que vocês querem saber?

Depois de chegar tão longe, de repente me deu um branco, e Luke precisou me socorrer.

— Que tal contar sobre a vida de Grace depois que ela saiu daqui? O que pode nos dizer?

— Não muito — respondeu a mulher, categórica. — Ela foi levada para um abrigo de menores aqui perto. Tentei manter contato e teria visitado a menina, mas ela não queria me ver. Era muito hostil... com nós dois.

— Que idade ela tinha?

— Provavelmente uns 8.

Deixei escapar um arquejo de susto.

— Então não morou com vocês por muito tempo? Digo, Grace tinha apenas 7 anos quando o fogo...

Interrompi a mim mesma de maneira brusca, e com a voz baixa ela comentou:

— Então vocês sabem sobre isso.

Ambos assentimos. Ela inspirou com força.

— Não, ela não ficou por muito tempo.

A senhora parou por ali, sem explicação, enquanto eu refletia sobre os anos perdidos da vida de Genevieve/Grace. Ainda sentia dificuldade em alternar os seus dois nomes.

— Não foi uma época feliz? — perguntou Luke, compreensivo, e por um momento os olhos da mulher pareceram marejados, mas ela se recompôs e fechou bem o cardigã cinza em torno de seu corpo pequeno.

— Não, não foi. Não sabíamos que havia... problemas antes de Grace chegar aqui, mas depois...

O restante não foi dito. Ela teve um sobressalto com um barulho no jardim, e pude ver o quanto estava tensa com a possibilidade de o marido retornar.

— Existe alguma fotografia dela? — perguntei.

— Não. Foram todas destruídas no incêndio, e as minhas foram... extraviadas.

— A senhora contou a alguém sobre esses... *problemas?* — perguntou Luke, hesitante.

— N-não posso entrar em detalhes. Grace foi posta sob observação e retirada dos meus cuidados. Não era um abrigo *convencional* para crianças, entendam...

Luke e eu digerimos esse fato por um instante.

— O que ela fez enquanto estava aqui? — perguntei.

Pareceu que não ia responder, mas acabou fazendo-o, com uma voz tão baixa que mal podia se escutar.

— Ela ficava sentada no andar de cima... olhando para o espelho da penteadeira. Dia após dia... com aqueles olhos, só observando. Às vezes, dizia as coisas mais estranhas...

— Como o quê?

— Que haviam arrancado o seu reflexo... e cortado o seu coração em dois.

O vento soprava pela chaminé da lareira e um calafrio percorreu meu corpo; era como se alguém estivesse pisando no nosso túmulo, diria minha mãe.

— Ela se interessava por alguma coisa?

A mulher balançou a cabeça, recordando.

— Grace amava o mar. Sempre pedia para que a levássemos lá, e, sempre que íamos, recolhia conchas, pedras, pedacinhos de vidro, e fazia objetos com eles. Meu marido não aprovava; achava que eram muito pagãos.

Luke tentou não demonstrar, mas eu sabia, pela expressão dele, que estava agitado.

— Deve ter sido difícil perder contato com sua sobrinha — comentou ele. — A filha de sua irmã?

A reação foi tão extrema quanto a do marido.

— Grace não era filha da minha irmã! Apenas tomou o nome de casada de minha irmã para ter direito a um recomeço.

Meu pé acidentalmente chutou o pé de Luke por debaixo da mesa.

— Desculpe? Não era filha de sua irmã?

— Não de sangue — foi a resposta defensiva da mulher. — Minha irmã adotou Grace quando ainda era um bebê.

Olhei para Luke, boquiaberta, mas ele se manteve tranquilo e controlado.

— Tem alguma informação sobre a mãe verdadeira dela?

— Na verdade, não... apenas que não era muito equilibrada. Minha irmã nunca quis falar sobre o que havia acontecido com Grace, embora a agência que tratou da adoção deva ter dito alguma coisa.

— Ela era desta região? — perguntei, ainda tentando digerir a última informação.

A esposa do pastor assentiu. Houve um momento de silêncio, e então ela explodiu:

— Uma coisa é certa, adotar Grace foi a pior coisa que minha irmã podia ter feito.

— Ela era apenas uma menina — comentou Luke.

— Não uma menina comum. — Tossiu de propósito. — Meu marido acredita que ninguém nasce ruim. Acredita que aprendemos a fazer o mal em razão da maldade do mundo...

— Já a senhora não tem tanta certeza — completei.

Ela olhou para a frente.

— Ainda sinto a presença de Grace aqui... sei que é impossível, mas é como se... algo dela permanecesse. — Espiou o relógio na lareira e levantou-se, apressada. — Vocês precisam partir, saiam pela porta dos fundos.

Não me movi um centímetro.

— A senhora ainda não nos contou o motivo real pelo qual Grace teve que ir embora.

— Contei tudo o que podia.

Agarrei seu pulso magro, parecia frágil, como se fosse se quebrar em dois.

— Ela me culpa por alguma coisa. Diz que vai destruir a minha vida.

A senhora pôs a mão no coração, como que testando para ver se ainda batia.

— Então, deve se preparar. Ela é capaz de coisas que a maioria de nós nem sequer sonharia em fazer.

— Você não pode simplesmente afirmar uma coisa dessas — implorei —, e não me explicar do que está falando.

A mulher ficou tão pálida que me convenci de que desmaiaria; fiquei por perto, caso ela desfalecesse de fato. Pelo modo com que o peito dela subia e descia, estava se debatendo com algo, e fiquei zonza por antecipação. Sua boca se entreabriu e se fechou até que ela falou, ríspida:

— Se você repetir isso para quem quer que seja, vou negar até a morte. Grace disse que matou minha irmã porque ela era a culpada de tudo e declarou que não pararia por ali.

Luke manteve a voz no mesmo tom.

— Ela estava com raiva e é bem provável que estivesse magoada. São apenas palavras. Crianças falam sem pensar.

— Grace tinha apenas 7 anos e um rostinho angelical, mas queimou os dois vivos por acreditar que contavam mentiras sobre sua mãe verdadeira... e ela não estava sozinha; recebia ajuda.

Franzi a testa.

— Que tipo de ajuda?

— Do tipo que não pode residir em um lugar sagrado.

A conversa chegara ao fim. Fomos praticamente expulsos pela porta dos fundos, noite gélida adentro, mas algo permanecia remoendo em minha cabeça. Dei um passo para trás e consegui enfiar meu pé entre a porta e o batente para evitar que se fechasse.

— O abrigo de crianças — sussurrei. — Tinha um nome?

O olhar que penetrou o meu era baço e sem vida. Os lábios mal se moveram e escutei apenas uma palavra, quase um suspiro:

— Martinwood.

Luke e eu percorremos o longo caminho até a parte baixa do jardim e nos espremmos pelo buraco da cerca no escuro. Minha blusa rasgou, e alguns gravetos se enroscaram nos meus cabelos, mas continuei firme, desesperada por retornar ao carro. No mesmo segundo em que Luke abriu a porta, entrei correndo no carro e me enrosquei como uma bola, com cada uma das mãos enrolada na manga oposta da jaqueta para me aquecer.

Quando olhamos à frente, fiz uma careta de arrependimento.

— Deveríamos ter perguntado o sobrenome verdadeiro de Genevieve.

— Quer voltar lá? — riu Luke.

Balancei a cabeça.

— Melhor não.

Seu tom era cansado e desdenhoso.

— Essa gente é tão supersticiosa e ignorante. Ela era capaz de ter dito que Grace tinha um pacto com o demônio. Conseguiu o que queria, Kat?

— Em parte... mas ainda não temos provas... A mulher do pastor não vai repetir nada do que contou para nós.

— É bem provável que não — respondeu.

Meus dentes começaram a bater de leve.

— O que você achou da casa?

— É um típico presbitério; grande, com ar entrando pelas frestas, antigo e muito úmido. Por quê? Você viu algum fantasma?

— Eu... já estive lá antes — respondi, hesitante.

— Quando era pequena, Kat?

De repente fiquei agradecida pela escuridão que me servia de esconderijo.

— Não, só em meus sonhos.

Luke riu.

— Todos temos pesadelos sobre lugares aterrorizantes.

Balancei a cabeça e virei o rosto para ele.

— Não desse jeito. Venho subindo os degraus daquela escadaria a minha vida inteira.

CAPÍTULO
VINTE E UM

Já era tão tarde que considerei que meia hora de atraso não faria muita diferença na viagem. Pedi a Luke para fazer um pequeno desvio pelo vilarejo de Appleby porque a oportunidade parecia boa demais para deixar passar. Ele não pareceu surpreso nem me perguntou o motivo. Acho que estávamos muito chocados com os acontecimentos do dia e nos fechamos, cada um perdido em seus próprios pensamentos. O vilarejo ficava a menos de dez minutos dali, mas planejei-me para oferecer a Luke um dinheiro a mais pela gasolina, mesmo sabendo que ele recusaria. As estradas eram estreitas e tinham pouco movimento, embora fossem apenas nove da noite. Fiquei pensando o que as pessoas ali faziam em uma noite de sábado, além de ficar em casa assistindo à televisão.

Luke seguiu para a rua principal, que era paralela à quadra do mercado. Dava para ver os bancos posicionados ao redor de um pequeno chafariz e um memorial de guerra com várias guirlandas dispostas na base. Havia apenas mais dois carros parados, então foi fácil estacionar. Reparei que havia luz no bar, mas todo o restante do lugar estava deserto e às escuras. Luke desligou o farol e ficou em silêncio, aguardando minhas instruções. Parecia contente em participar de um passeio mágico e misterioso. Abri a porta sem dizer nada, e ele veio atrás, descendo do carro e balançando de leve a cabeça. Era bom tê-lo como minha plateia cativa pela primeira vez.

Com um sorriso maroto, levei-o em direção à igreja de St. Mary, caminhando um pouco à frente e sinalizando com a mão de um jeito exagerado. Havia um espinheiro guardando a entrada, retorcido e sem suas folhas. Lembrava uma mão nodosa que se estende para o céu em posição de súplica. Havia um cadeado no portão, e fiz sinal para Luke de que teríamos que pular o muro. Ele esperou que eu fosse primeiro e me forneceu um apoio para subir. Cheguei até o parapeito sem me dar conta de quanto a pedra era áspera e consegui ficar presa, balançando-me para a frente e para trás, feito um joão-bobo. Luke precisou saltar para o outro lado e me ajudar a descer com cuidado, segurando-me para não cair. Esfreguei a barriga dolorida, chateada com minha própria falta de jeito.

Por sorte a igreja estava escondida bem ao fundo, pois não achava que os moradores fossem gostar de ver duas pessoas vagando pelo terreno depois de anoitecer. Logo saí do calçamento e comecei a andar entre os túmulos. O chão estava fofo, com frutos de carvalho duros enleados nas plantas, dando a sensação de pedregulhos embaixo do pé. Havia cascas verdes por toda parte, esvaziadas de seu conteúdo de castanhas avermelhadas e brilhantes, e maçãs silvestres apodrecidas grudavam nas solas dos meus sapatos. Uma pequena lâmpada acesa instalada sobre o pilar da igreja ajudava a iluminar o caminho.

— É noite de lua cheia — disse Luke, levantando sua cabeça para o alto. — E estamos no meio de um cemitério muito antigo, a quilômetros de casa. Devo começar a me preocupar?

— Preciso encontrar Greta Alice Edwards — respondi.

Pude notar um pouco da expressão de Luke, que parecia vagamente perplexo, mas não incomodado.

— Devo concluir, então, que ela está morta. Quando foi que morreu?

— Hã... 1691. E nasceu em 1675.

Ele sorriu com ternura.

— Você não vai encontrá-la aqui, Kat. Olhe ao seu redor.

Fui olhando um a um os túmulos com o cenho franzido, mas ainda sem entender. Apenas quando Luke sublinhou com o dedo as datas dos nascimentos e das mortes é que enfim as fichas caíram. A lápide mais antiga datava de 1820.

— Mas... ela *estava* aqui — afirmei. — Em algum momento.

— Pode ser que ainda esteja — respondeu Luke, com doçura. — Mas, depois de muitos anos, eles ficam sem espaço e precisam... bem... reutilizar o lote.

— Então... enterram outra pessoa no lugar e retiram a lápide? — perguntei, incrédula.

Ele concordou, constrangido, como se fosse pessoalmente responsável.

— Ou pior, Kat. Os túmulos são esvaziados e os restos mortais ficam empilhados em um ossuário, para abrir espaço para outros enterros.

— O que é um ossuário?

— É um depósito para ossadas desenterradas — respondeu sem rodeios.

A ideia me parecia inacreditável, mas não havia motivo para duvidar de Luke, ele era uma mina de informações surpreendentes.

— Eu não fazia ideia.

— E como poderia imaginar? Não é o tipo de assunto sobre o qual as pessoas conversam.

— Então... mais um beco sem saída — lamentei. — Estava torcendo para achar alguma espécie de sinal... não sei o quê... mas algo significativo.

— Você vai me contar quem é essa pessoa, Kat, ou vou ter que adivinhar?

Olhei longe no horizonte, inalando o aroma amadeirado das pinhas misturado ao de terra úmida. Não sei se foi por causa da noite enluarada tão linda ou porque Luke estava mais acessível que o normal, mas nem sequer me esforcei para modificar minha história sobrenatural. Expondo-me ao mais completo ridículo, contei sobre a história de Thomas Winter; minha voz era quase um murmúrio, pois todos os sons pareciam amplificados ali.

— Você descobriu tudo isso sozinha? — Ele pareceu verdadeiramente impressionado.

— Bem... minha mãe deu umas ideias — admiti.

— E esse cara inventou essa história aterrorizante para deixar todo mundo enfeitiçado?

Minhas bochechas se encheram de ar como uma gárgula, depois soprei de novo.

— Parece que sim.

— Mas... *você* não parece concordar, senão não estaríamos aqui agora.

Luke sabia me decifrar tão bem que era impossível esconder qualquer coisa dele.

— Quando li o relato... tive certeza de que ele estava falando a verdade.

— Porque sentiu nos ossos — provocou.

Estudei a expressão dele na escuridão enevoada enquanto me preparava para anunciar a última notícia bombástica.

— Tem algo mais... uma correlação que só descobri esta noite. A mulher do pastor disse que o abrigo infantil de Genevieve era "Martinwood", a mesma mansão mal-assombrada sobre a qual Thomas Winter escreveu.

Luke estalou os dedos, o que fazia um barulho igual a alguém pisando em gravetos e sempre me fazia retrair.

— Ok, então. Conte sua teoria — incentivou.

A lua desapareceu atrás de uma nuvem quando comecei a falar, e foi oportuno não poder mais enxergar a expressão de Luke.

— Acho que tudo no artigo de Thomas Winter era verdade — expliquei, com toda sinceridade —, e ele desmentiu a história porque algo... bem... aconteceu.

— Algo ou alguém — sibilou e soprou em minha nuca, fazendo-me dar um salto.

— Ok... alguém — concordei. — "Martinwood" é a ligação entre Greta, a bruxa, e Genevieve.

Luke começou a balbuciar quando entendeu o que eu estava sugerindo.

— Você não está achando que Genevieve e Greta... são a mesma pessoa?

— Talvez — resmunguei, defensiva. — E depois de Thomas ter perturbado todos os... há... aparatos de proteção da casa, a maldade foi meio que... desencadeada, e ela veio atrás dele.

— E o manteve prisioneiro até que ele desmentisse a história. — Luke gargalhou.

Levantei e baixei minhas sobrancelhas e falei numa voz assustadora:

— Genevieve deixa um rastro de acontecimentos misteriosos e destrutivos...

— E tudo sempre volta à Genevieve, não é? — comentou Luke, com pesar. — Você não consegue esquecer essa garota.

Fiz uma breve pausa.

— Talvez... ela de fato me conheça de algum lugar.

— Mas você nunca a tinha visto antes de ela entrar no seu curso, Kat.

Usei um tom de voz grave, sério:

— Talvez não seja desta vida.

Luke emitiu um ruído que ficava entre um gemido e uma gargalhada grosseira.

— Então tá — desafiei —, como se explica que eu reconheça lugares onde nunca tenha estado antes e tenha esse sentimento de déjà-vu com relação à Genevieve?

— Não sei — respondeu. — Mas... se a história está se repetindo e a bruxa retornou para perpetuar sua busca por vingança de trezentos anos atrás... então você não vai precisar se preocupar por muito tempo.

— Por quê?

— Porque ela morreu com exatamente 16 anos.

Aquilo não havia me ocorrido antes. Eu me fechei e mordi o lábio, pensativa.

— Kat Rivers — disse Luke com uma exasperação fingida —, você é muito irritante, de uma impulsividade enlouquecedora e... completamente pirada.

Não fiquei ofendida e ri de um jeito manso. Franzi o nariz e absorvi mais do aroma da noite. Era possível detectar um tênue cheiro de lenha queimando e percebi uma pilha de folhas e uma vassoura em um canto, com o rastelo ainda do lado.

— É como se apenas existíssemos nós dois no mundo esta noite — disse, encantada. — Este lugar não é superestranho? Sei que há um muro, mas, se olhar ao longe, o cemitério parece se estender ao infinito... mata adentro.

— É uma ilusão de ótica — murmurou Luke.

— E esta igreja está aqui desde o século XII. Imagine as coisas que já testemunhou.

Ele sorriu, mostrando os dentes.

— Não sei se quero imaginar.

Os cabelinhos da minha nuca se arrepiaram de repente.

— Luke, o que foi isso? Escutei vozes.

Ele agarrou a minha mão, e nos abaixamos percorrendo o caminho até o muro mais distante, coberto de hera e outras espécies de trepadeira. Definitivamente eram vozes, cada vez mais altas e estridentes, indicando que havíamos sido avistados. Pensei ter ouvido o portão se abrir e passos vindo em nossa direção. Meu coração batia tão forte que dava até para escutá-lo.

Luke vai resolver tudo, era o que eu ficava repetindo para mim mesma. Não estamos estragando nada. Ele consegue se livrar das situações mais complicadas. Ouvia-se um nítido farfalhar e parecia estar vindo de todos os lados, o que significava que logo estaríamos cercados. O momento em que teríamos que nos explicar estava cada vez mais perto, e lancei-lhe um olhar inquieto e preocupado. Luke fechou os olhos e tencionou o corpo, como se fosse entrar em ação. A última coisa que eu esperava era que ele fosse se jogar para a frente, envolver-me com força nos braços e grudar seus lábios nos meus.

— Finja que está gostando — pensei tê-lo ouvido dizer.

Não foi apenas um beijinho à toa, mas um beijo longo, demorado, nervoso, que eu não podia evitar corresponder. Meus lábios se abriram automaticamente, minha cabeça se inclinou para o lado e minhas mãos foram em busca do pescoço dele. Um de nós dois estava até gemendo baixinho, e fiquei horrorizada que talvez pudesse ser eu. Estar dando um beijo em Luke parecia tão normal que somente isso já era aterrorizante. Ficamos assim por pelo menos cinco minutos, até que ouvi uma gargalhada grave e profunda.

— São apenas dois pombinhos apaixonados. Vamos deixá-los em paz.

Os passos se afastaram e, então, silêncio.

Por fim, reuni forças para empurrar Luke e me agachar para recuperar o fôlego e fazer meus joelhos pararem de tremer.

— Sinto muito, Kat — anunciou sem dar importância. — Mas é o que sempre fazem nos filmes quando estão tentando desviar a atenção de alguém, e parece ter dado certo desta vez.

— Foi uma boa ideia — disse ofegante, incapaz de olhar para ele.

— Você parece tão assustada. — Riu. — Eu também estava um pouco nervoso, mas acho que nos livramos dessa.

Fiquei no chão tentando me recompor, sem saber ao certo o que havia me afetado mais, se a ameaça dos moradores irados ou se o beijo de Luke. Para levantar, apoiei-me sobre uma pedra a cerca de um metro do muro. Somente depois de me erguer, percebi a inscrição gasta entre os esporos de líquen e a cobertura de folhagem. Devia ser uma lápide antiga que afundara na terra, meio de lado, deixando para fora uma ponta.

— Nossa, olhe só para isso.

Fiquei de cócoras, e Luke fez o mesmo.

— Você consegue decifrar o nome? — perguntei.

Ele balançou a cabeça e olhou para mim com ar severo.

— Só dá para ver a letra G, Kat, mas não vá fantasiando coisas.

— Há também um número aqui — disse eu, triunfante, traçando com o dedo o arenito desgastado. — O número um e o outro... seis. Este túmulo data do século XVII. Eis aqui uma pessoa que *não* foi desenterrada.

— Pode ser que você tenha razão — respondeu Luke —, mas achei algo ainda mais interessante. Veja isto.

Luke moveu uma das plantas rasteiras para o lado, e pude ver um desenho de mão, claramente entalhada na pedra.

— O que é isso? Digo, é óbvio que se trata da mão de alguém, mas o que significa?

Luke ficou de pé e apoiou o rosto nas mãos com uma expressão de dor.

— Já vi isso antes. Estou tentando me lembrar de onde.

Fiquei em silêncio enquanto ele andava para lá e para cá, chutando o chão. Por fim, deu um soco no ar, triunfante.

— Eu nunca esqueço uma matéria. Era Halloween quando li sobre isso, bem na época em que surgem todas as histórias malucas sobre fantasmas, e essa era sobre um cemitério em alguma região das Midlands que continha entalhes de mãos e pés. Os moradores locais diziam que era a indicação de uma feiticeira, e a crença geral era de que qualquer um que encaixasse sua própria mão ou pé na marca entalhada atrairia uma série de desgraças.

— E você acredita nisso? — perguntei sentindo um arrepio involuntário, logo retirando a mão dali, temendo que acompanhasse o mesmo traçado do desenho.

— Claro que não, mas... poderia explicar por que Thomas desmentiu a história. Se esse túmulo tivesse sido descoberto junto com o que ele encontrou, hordas de caçadores de fantasmas e de bruxas teriam baixado aqui no povoado.

— Acredito que sim — respondi, em dúvida.

Luke fitou o céu, e eu senti uma ânsia fortíssima de jogar meus braços ao redor do pescoço dele de novo. É apenas o velho Luke, pensei comigo, mas naquela noite era como se outra pessoa tivesse tomado seu lugar. E isso era muito desconcertante.

— Aquela é a estrela do norte, Kat?

Olhei para ele de soslaio.

— Não faço ideia.

— Tem mais um detalhe que vai lhe provocar calafrios. — Luke sorriu. — Se esta parte do cemitério for voltada para o norte, então é o chamado lado do diabo.

— Você não está falando sério! — Explodi. — E por quê?

— É onde costumavam enterrar os que não foram batizados, os suicidas e os excomungados, em sepulcros não identificados.

Aquilo me pareceu de uma tristeza tão atroz que não quis permanecer lá nem mais um minuto. Estava na hora de colocar uma distância entre nós dois. Minha voz saiu cortada:

— Acho melhor irmos embora. Eu não deveria ter trazido você aqui hoje... foi um capricho imbecil.

— Kat, olhe para mim. — A voz de Luke me deteve no mesmo instante e me fez virar devagar. Sua expressão não transparecia nada do ar brincalhão de costume. — Esta noite foi meio... diferente... mas precisamos parar por aqui. Estou preocupado com você.

— Não acredito de verdade em todas essas coisas. — Brinquei. — Foi apenas uma bela invencionice para impressionar o meu jornalista favorito.

Ele não se deixou enganar.

— Pare com isso, Kat. Prometa que você vai abandonar essa coisa toda — implorou. — O Thomas Winter com sua mansão decrépita e também todos os outros lances sobrenaturais de vidas passadas.

— Prometo — respondi, com ar solene, e estava falando sério. Luke estava certo, era loucura demais eu ficar encasquetando por mais tempo, e não estava levando a nada. Eu precisava abandonar aquela ideia.

Ao voltarmos para o carro, saindo do povoado, olhei para trás uma única vez e notei um prédio preto e branco em um pequeno aclive, cercado de andaimes. Havia placas com advertências fixadas nos portões de metal que bloqueavam o acesso, e o prédio parecia estar em obras. Lembrei-me da fotografia e não tive dúvidas quanto ao nome da propriedade; aquela era "Martinwood", abandonada mais uma vez.

CAPÍTULO
VINTE E DOIS

O sono daquela noite foi pesado e sem sonhos, tão pesado que tive a sensação de que jamais voltaria à consciência. A luz atravessando as cortinas finas da janela do meu quarto enfim me despertou em torno de dez horas, e permaneci deitada, aquecida sob o edredom, repensando tudo. Eu possuía agora mais informações sobre Genevieve. Ela tinha um passado e uma história, o que significava que eu tinha mais munição para combatê-la. Analisando friamente, eu não estava totalmente convencida de que ela seria capaz de cometer um assassinato, mas Luke e eu havíamos confirmado que ela era perturbada e que precisava de ajuda.

— Você está radiante esta manhã — elogiou minha mãe, assim que desci. Ela me analisou com olhar crítico. — Mas você perdeu peso... Precisa tentar comer melhor.

Insistiu em preparar um café da manhã decente, e foi gostoso relaxar e ter alguém cuidando de mim. Ela parecia mesmo estar se esforçando desde que tivemos nossa conversa. Já não reclamava tanto e fora consultar um médico para tentar uma nova forma de terapia. Eu estava otimista: as coisas prometiam melhorar.

— Todo mundo estava atrás de você ontem. — Sorriu, colocando um prato de ovos mexidos, tomates, cogumelos e uma torrada na minha frente.

— Todo mundo?

— Nat, Hannah... Merlin. Eles não estavam conseguindo falar com você no celular e pareciam bastante alvoroçados.

Levei as mãos ao rosto quando me lembrei de meu encontro com Merlin. Nem ao menos eu havia tentado desmarcar, mas... teria tempo para compensar isso na casa da Nat.

— O sinal estava péssimo, mãe, depois parou de funcionar completamente, e desliguei o aparelho. Fiquei preocupada por não conseguir avisar a você que chegaria tão tarde.

— Eu não fico nervosa quando você sai com o Luke — respondeu. — Como foi de viagem?

Fiz um gesto impaciente.

— Foi ótima; mas o que todo mundo queria?

— Ah, tinha algo a ver com uma festa.

Fiquei aliviada por não ser outra coisa.

— O aniversário de Nat é hoje. Provavelmente eles mudaram o horário ou algo parecido. Vou telefonar para ela mais tarde.

Quando liguei meu celular, havia oito ou nove chamadas perdidas e outras tantas mensagens de texto. Um dos recados era de Hannah, falando toda animada, com a voz aguda e muito barulho no fundo. Dizia algo como: "Katy, não estou acreditando que você não está aqui, ligue para mim urgente." Hannah era sempre um pouco dramática. Tentei o número dela, mas estava desligado. Merlin e Nat também não estavam disponíveis, então me pareceu melhor seguir o plano original e dar uma passada na casa de Nat em torno de meio-dia. Vi que minha mãe estava no jardim queimando as últimas folhas de outono em um pequeno incinerador. Era a oportunidade perfeita de me livrar daquele pingente de uma vez por todas. Quando ela não estava olhando, larguei o negócio no funil para queimar até virar pó. O dia tinha ares de um nítido recomeço.

CORAÇÃO ENVENENADO

* * *

O céu estava de um azul ofuscante com nuvens de algodão e uma geada insistente, deixando tudo claro e lindo. Atravessei o parque caminhando, parei até mesmo para observar os patos procurando comida no lago e sorri para uma menininha jogando pão na água. Graças a Genevieve, eu desistira de meu casaco e o enfiara no fundo do armário. Vestia um blusão grosso de tricô sobre uma camiseta por dentro da calça. Meu guarda-roupa não era tão vasto quanto o de Hannah, mas desde que eu perdera peso todas as minhas roupas tinham um caimento diferente, e me sentia deslizando em vez do meu caminhar desajeitado de sempre. Era maravilhoso me sentir bem comigo mesma. No caminho, procurei por rostos nas nuvens, que era um dos meus hobbies, embora nunca tenha revelado a ninguém por achar esquisito demais.

A casa de Nat estranhamente parecia estar deserta, e as cortinas do andar de baixo permaneciam fechadas. Fiquei esperando na soleira durante muito tempo até que a mãe dela atendesse a porta.

— Katy? Minha nossa. Nat ainda está dormindo, exausta. Você também deve estar. Estou surpresa de que esteja de pé tão cedo.

Fiquei olhando para ela, perplexa. Já passava do meio-dia. Em uma das mãos, eu levava a almofada de gato de Nat enrolada em três camadas de papel metalizado; na outra, segurava minha contribuição para o almoço, um cheesecake enorme de morango. A mãe de Nat percebeu que eu não estava entendendo nada do que ela dizia. Notei seu constrangimento quando ela me convidou para entrar e sussurrou algo sobre acordar a filha para explicar tudo. Ela desapareceu escada acima.

Explicar o quê? Eu já estava atrasada. Merlin e Hannah deveriam estar lá, mas a casa estava em um silêncio mortal: nada de balões, nenhum presente à vista e sem cheiro de comida sendo preparada na cozinha. Uma voz me chamou.

— Pode subir agora, Katy.

Eu subi as escadas e abri a porta uns poucos centímetros. O quarto de Nat era como ela: bagunçado, colorido e aconchegante; com uma variedade de estilos a princípio conflitantes, mas que, ali, pareciam se complementar. A persiana estava fechada e quase não pude distinguir a silhueta deitada na cama. De repente me ocorreu uma ideia, ela deveria estar doente, mas ninguém conseguira me avisar. Eu me aproximei, assimilando sua palidez e os círculos negros sob os olhos que mal conseguiam manter o foco.

— Sua aparência está péssima — comentei, compreensiva. — É gripe?

Nat levou a mão à testa e murmurou qualquer coisa inaudível.

Eu depositei o presente sobre a cama com delicadeza.

— Vou deixar você descansar mais. Sinto muito por seu almoço de aniversário. Ainda podemos comemorar na semana que vem.

— Katy... não vá.

Nat tentou sentar na cama, e a examinei de perto. Reparei que suas olheiras eram resultado de rímel borrado e sua palidez era, na verdade, excesso de maquiagem, que também manchara o travesseiro. Os cabelos dela estavam uma bagunça, completamente embaraçados, com pedaços de serpentina colorida embaralhados nos fios.

— Por favor, me desculpe — murmurou, tomando um bom gole da água que estava sobre a mesa de cabeceira. — Tentamos telefonar para você um montão de vezes. Eu não sabia de nada... a festa foi surpresa, e Merlin disse que você estaria de volta à noite.

— Festa? — indaguei. — Aqui?

— Não... foi na casa de Merlin.

— Na casa de Merlin? — repeti, quase caindo da cama, de susto.

Nat recuperou a voz numa torrente de palavras.

— A mãe dele montara uma tenda no jardim para algum evento social dos alunos dela, e Genevieve a convenceu de fazer uma festa surpresa para mim. Não foi legal da parte dela? Foi tudo de última hora, e a maior parte da comida era sobras, mas...

Ela parou ali, pois deve ter notado minha reação. Fiquei tonta de desapontamento, inveja, mágoa, raiva e todo tipo de emoção negativa que já senti na minha vida. A casa de Merlin era incrível, quase uma mansão, ainda mais com a presença dele. A ideia de todo mundo festejando sem a minha presença era insuportável; era como se houvessem me dado um soco no estômago.

— Onde você estava, Katy? Passamos muito tempo tentando entrar em contato.

Algo estranho aconteceu com meu rosto. Ficou tenso, como se eu estivesse usando uma máscara de tratamento facial do tipo que endurece e não pudesse sorrir ou franzir a testa para a máscara não rachar. Eu mal conseguia abrir a boca para dizer qualquer coisa.

— Lá demorou mais do que o esperado... não havia nada a fazer. Luke e eu tivemos que esperar para conversar com uma pessoa. — Nat me observou com atenção, e tentei desesperadamente falar com a voz normal e conservar o que me restava de orgulho. — E, então, como foi a festa?

Ela esfregou os olhos e se alongou, um sorriso sonhador lhe surgiu nos lábios.

— Foi inacreditável. A mãe de Merlin não estava preocupada com o número de convidados, e, quando a notícia se espalhou, a lista aumentou, e quase todo mundo foi. A noite estava fria, mas eles tinham aquecedores externos, pisca-piscas e uma banda que tocava de tudo, do clássico ao rock. Foi ótimo ficar ao ar livre, sob a lua e as estrelas, dançando no gramado até as quatro da manhã, que foi quando desabei e precisei ser carregada para casa... pelo Adam.

— Fico contente por você — resmunguei, dividida entre o desejo de estar genuinamente feliz por Nat e meu próprio sofrimento do momento.

Os olhos dela se iluminaram ao ver o presente mal-embrulhado, mas logo o sorriso desmoronou.

— Katy, eu lamento tanto. Não sabia da festa antes de chegar lá no Merlin, e tentamos telefonar para você até mais tarde...

— Tudo bem — respondi, nada convincente. — Foi uma surpresa adorável, e você merecia.

— Teria sido melhor com você lá.

Tentei emitir algum som em gratidão, mas soou mais como um gato estrangulado.

— Merlin estava num dilema terrível; você precisa saber disso. Ficou arrasado a noite inteira.

— Ficou, é?

Aquilo me ajudou a me sentir um pouco melhor. A ideia de Merlin se divertindo sem mim feria mais que tudo.

O telefone de Nat apitou, e ela se esticou para pegá-lo e conferir as mensagens.

— Sinto muito por não ter ouvido sua ligação, Kat — desculpou-se. — E chegou uma mensagem de Gen.

Fiz uma careta, mas ela estava ocupada demais, lendo, para perceber.

— Hum... diz que ela já publicou as fotos no Facebook.

Eu devo ser masoquista, porque, quando Nat saiu cambaleando da cama para acessar o computador, eu não fui embora, fiquei lá, atrás dela, com um sorriso falso atravessado no rosto. Ressentida, fui obrigada a admitir que as fotos ficaram ótimas. Não eram as poses bregas de costume, com todo mundo sorrindo para a câmera ou fazendo gestos idiotas. Genevieve deve ter se movimentado, sem ninguém perceber, para captar a atmosfera e o clima da festa. Minhas fotos favoritas eram a de Nat, de olhos fechados, soprando as velas do bolo de aniversário, e uma da tenda à noite, cercada de carvalhos imensos, iluminada por cordões de luzinhas. Aliviada, percebi que nenhuma delas era de Genevieve, pois ela ficara por trás da lente.

— Uau... ficaram demais — clamou Nat.

— Ficaram legais — admiti, abraçando minha amiga. — Fico feliz que tenha curtido sua festa, de verdade, e não se sinta nem um pouco culpada. Vou me certificar de não perder a próxima.

Nat mexeu no mouse para clicar em sair na mesma hora em que chegou uma nova leva de fotos. Ela hesitou e pareceu paralisada. Meus olhos seguiram os seus enquanto ela olhava fixamente a imagem central, e eu não conseguia desviar o olhar mesmo desesperada para fazê-lo. "*Sou o pior pesadelo da sua vida*", foi o que Genevieve me disse na primeira vez em que conversamos, e esse pesadelo estava estampado na minha frente naquele momento, para sempre impresso na memória: Genevieve e Merlin dançando, ela com os braços enrolados no pescoço dele, enquanto ele a contemplava com total adoração. O pior era que eu conhecia bem aquela expressão; era o jeito com que ele costumava olhar para mim.

CAPÍTULO
VINTE E TRÊS

—Que bom que alguém tirou aquela foto — disse, com reprovação. — Fico realmente feliz que Merlin tenha sentido tanta falta assim de mim.

A risada de Nat foi nervosamente aguda.

— Não foi nada, Katy. Só uma brincadeira no final da noite, todo mundo dançando de rosto colado como antigamente. Todos fizemos o mesmo e trocamos de par. Não vá subentendendo nada pela foto... Merlin realmente estava sofrendo pela *sua* ausência.

Mas não importava o que ela dissesse ou como tentasse explicar, a câmera não mentia jamais. Genevieve assinalara isso para mim e ela estava coberta de razão. O momento pode ter durado apenas um segundo, mas agora estava eternizado na memória, e, quando eu olhasse para Merlin, só enxergaria isso. Andei de um lado para o outro no quarto de Nat tentando ser racional, mas incapaz de evitar descarregar minha frustração.

— Sei que ela ficou a fim de Merlin desde o princípio. Genevieve mal podia esperar que eu saísse de cena para organizar uma festa e dar em cima dele.

— Isso não aconteceu — respondeu Nat, com toda a paciência. Ela saíra da cama e estava na penteadeira tentando remover os restos de maquiagem da noite anterior e domar seus cabelos. — A festa não foi planejada sem você. Nós esperávamos que você fosse voltar, lembra-se disso? Você combinou com Merlin que sairia com ele no sábado à noite.

Isso era verdade, mas não me consolou.

— Sei que combinei, Nat, mas eu fiquei impossibilitada de sair de onde estava, e *ela* sabia que as coisas aconteceriam dessa forma.

Nat se virou e me encarou com seus olhos acinzentados e calmos.

— Como? Premonição ou simplesmente telepatia?

— Não sei ao certo — respondi amuada —, mas ela sabia. Ela é muito manipuladora, sorrateira e bastante...

Consegui me deter a tempo e a palavra "má" não saiu dos meus lábios. Mais uma vez, eu caíra na armadilha de criticar Genevieve, parecendo que eu era ciumenta e vingativa. Acabava ali minha tentativa de me manter tranquila e dar as cartas no jogo que ela inventou; mas Genevieve atacara onde machucava mais: Merlin. Nat deu umas palmadinhas no banco estofado, abrindo espaço para eu me sentar ao seu lado. Senti como se eu fosse uma criança de cinco anos prestes a ser repreendida.

— Olhe, sei como você se sente — começou. — Genevieve é engraçada, inteligente e muito bonita, e vocês parecem gostar das mesmas coisas, mas... ela não é o que você pensa.

— Você não consegue enxergar maldade em ninguém — respondi, afetuosa. — Esse é o seu problema. Imagine se fosse com o Adam, como é que *você* se sentiria?

— E você mudou desde que ela apareceu — disse Nat, ignorando meu comentário sobre Adam. Ela deu um puxão nos meus cabelos. — Lembra como a gente costumava se divertir?

— Ainda nos divertimos... não?

Nat abaixou a cabeça, brincando com o botão da camisa do pijama.

Foi péssimo. Se até Nat achava que eu era um peso, então o que os outros deveriam estar pensando?

— Sei que os últimos meses têm sido difíceis para você, Katy; e sei que vocês duas não se dão bem, mas acho que é dura demais com Genevieve.

— Obrigada por me dizer o que realmente pensa — resmunguei, mal-humorada.

Ela passou a mão nos cabelos despenteados.

— Não importa o que ela faça, você sempre enxerga maldade em tudo, e quando a descreve é como se ela fosse outra pessoa, alguém que mais ninguém vê.

— Sei disso — admiti, mordendo o lábio furiosamente.

— Na noite passada, ela não teve culpa; porém, mais do que depressa, você a acusa sem prova nenhuma. E não é a primeira vez.

— Eu não preciso de provas... eu sei.

Nat apontou para o canto do quarto.

— Olhe para aquilo. Genevieve fez isso para o meu aniversário. É incrível e deve ter levado um tempão para pintar.

Era uma tela dividida em painéis, quase da minha altura, composta de três seções diferentes, presas por dobradiças, e cada painel fora pintado à mão com uma flor diferente, de tons pastel mais suaves: rosa, lavanda, azul-claro e marfim. Era absolutamente lindo, e eu odiava Genevieve ainda mais por isso, especialmente depois das mentiras que ela contara sobre não ter ideia nenhuma para o presente. A almofada que eu dera perdia a graça em sua insignificância perante a tela. Vislumbrei meu futuro diante de mim, e era aterrorizante. Genevieve jamais pararia, e a cada semana criaria um novo tormento para me excluir ou queimar meu filme. Achei que eu seria forte o suficiente para suportar as provocações dela, mas não era, e, se era preciso forçar meus amigos a escolherem entre nós duas, então talvez aquele fosse um risco que eu teria que correr...

Lambi meus lábios ressequidos e rachados e pude sentir meu coração batendo feito tambor dentro do meu peito.

— Existe algo que você precisa saber sobre Genevieve. Eu não queria contar para ninguém, mas acho que chegou a hora.

Nat imediatamente me atalhou:

— Existe algo que *você* precisa saber, Katy. Ela contou um segredo a mim, Hannah e Merlin ontem à noite, e não é pouca coisa.

Eu estava desesperada para descobrir quais eram as novas mentiras que Genevieve andava inventando, então convenci Nat a contar primeiro, mas ela deu um pulo e anunciou:

— Vou pegar algo para bebermos. Espere aqui.

Fui até a janela e passei a mão sobre a tela; era tátil, intricada e de uma originalidade fantástica. Uma peça assim poderia ser vendida por centenas de libras em uma galeria, e era evidente o motivo de Nat estar tão feliz com o presente. Pelas frestas da persiana, espiei a cena rotineira lá embaixo: o pai de Nat lavando o carro, a mãe juntando as folhas úmidas e a irmã menor atravessando de bicicleta uma poça d'água. Aquele era um ponto de virada para mim. Talvez eu nunca mais sentasse ali para fazer coisas normais com Nat porque não poderia retirar o que tinha dito sobre Genevieve. Estava preparada para chamá-la de assassina e afirmar que eu tinha como provar. O segredo de Genevieve poderia até ser grande, mas o meu era maior.

Nat voltou em cinco minutos com duas canecas de chá fumegante. Sua pele ainda brilhava com o removedor de maquiagem, e ela prendera um grampo gigante nos cabelos, fazendo com que as mechas parecessem estar ainda mais fora de controle. Ela era tão fofa e divertida que quase dei para trás, mas endureci; aquilo precisava ser feito. Nat se enfiou em um roupão felpudo que estava pendurado atrás da porta e escorregou os pés para dentro de um par de pantufas com cara de porquinho.

— Os pais de Genevieve não morreram em um acidente de carro — começou ela, e minhas orelhas se puseram de pé na mesma hora. — Morreram em um incêndio na casa deles, e ela também estava lá.

— Então por que ela mentiu? — perguntei com um sentimento horrível de devastação.

— Isso ainda a persegue — respondeu Nat, na defensiva. — Saber que os pais foram queimados vivos e que somente ela escapou. E isso não é tudo...

—Tem mais?

— Genevieve foi morar com uma tia e um tio depois do incêndio, mas eles eram cruéis e contavam mentiras sobre ela.

Fiquei tonta e desanimada com a forma como as coisas estavam se desenrolando.

— Que tipo de mentiras?

Ela deu uma gargalhada profunda e descrente.

— Que ela era perigosa e precisava de ajuda profissional. Tinha apenas 8 anos na época.

Minha cabeça estava gritando por dentro, mas não podia articular meus medos porque era evidente que Nat não duvidara da história em nenhum momento.

E se as acusações forem verdade, e Genevieve de fato fosse o retrato da maldade, e nenhuma criança chegasse perto dela, e até os adultos tivessem medo, mas agora, disfarçando a sua verdadeira natureza, eu era a única pessoa que conseguia enxergar isso?

— E o pior ainda está por vir — continuou, e eu morri mais um pouco por dentro. — Genevieve foi adotada quando ainda era bebê, porque a mãe dela tirou a própria vida, e, então, ela ficou sem ninguém.

Cobri meu rosto, tentando organizar meus pensamentos. Esse gesto tinha a vantagem adicional de me fazer parecer traumatizada e compassiva ao mesmo tempo.

A voz de Nat tomou uma seriedade incomum.

— Eu sabia o quanto você ficaria abalada.

— É horrível — respondi, imaginando como poderia conseguir mais informações sem parecer insensível. — Suponho que Genevieve tenha mudado de nome em algum momento.

— Por que você diz isso?

— Apenas me ocorreu — menti, perguntando-me se ela teria escolhido um nome lindo e lírico para que as pessoas se lembrassem dela.

— Isso ela não disse, mas insistiu que a pessoa que costumava ser está morta para sempre.

— Imagino que, *mais uma vez*, eu não tenha sido muito compreensiva — disse, desajeitada —, mas o jeito como ela se comporta com o Merlin me incomoda muito.

Nat balançou a cabeça com força.

— Sentiria o mesmo se eu estivesse saindo com um cara como o Merlin, mas eles de fato são apenas bons amigos. Ela o está ajudando em alguma coisa... um presente para você.

— Ah, é?

— A verdade, Katy, é que Hannah e eu notamos que... ultimamente... você anda soltando farpas demais.

Então elas andavam conversando sobre mim e sobre o quanto me tornei desconfiada. Fiquei feliz por Nat ter tido a coragem de me contar, mas ainda assim era doloroso escutar aquilo.

— Sinto muito que eu esteja causando tamanho incômodo a vocês — murmurei. — As coisas estão sob controle agora, especialmente depois de tudo o que você contou.

Mais uma vez, Genevieve se antecipara a tudo que eu tinha intenção de fazer e tomara a dianteira. Ela estava me pressionando para além dos meus limites. Quando nos conhecemos, disse que eu não merecia a vida que levava e que roubaria tudo de mim. Eu precisava garantir que ela se desapontasse. Dei outro abraço em Nat e me despedi.

— O problema de Genevieve — comecei, como um adendo — é que ela nunca vai encontrar o que está buscando e ser feliz.

— Que coisa mais estranha... — Nat ficou boquiaberta.

— Por quê?

— Porque foi exatamente o que ela disse de você. Aliás... o que era mesmo que você queria me contar sobre ela?

Dei um sorriso apagado.

— Não importa mais... não era tão importante.

CAPÍTULO
VINTE E QUATRO

Zanzei pelo meu quarto como um tigre enjaulado. Genevieve não tinha como saber do meu atraso com Luke na noite anterior, porque nós mesmos não sabíamos que aquilo aconteceria. Era surreal demais, e eu estava ansiosa para saber como Luke explicaria esse detalhe com sua lógica habitual. Como ela conseguia? E aquele pingente idiota reapareceu mais uma vez, como um elefante branco, dessa vez, enrolado em um bilhete da minha mãe me avisando para não ser tão descuidada. Deve ter escapado por um dos buracos de ventilação do incinerador. Olhei fixamente a bijuteria enquanto as palavras de Genevieve voltaram a me assombrar. *Não preciso seguir você, Katy... já está marcada.* Agitei o pingente verde nas mãos tentando entender por que parecia mais pesado do que antes, e então perdi a cabeça e atirei-o contra a parede. Quando fui examiná-lo, estava intacto, mas fizera um buraco no gesso. Apressada, troquei um dos meus pôsteres de lugar para tapar o estrago.

Trabalhei com tanto afinco e frenesi durante a tarde que foi um milagre o papel não ter explodido em chamas. Meu telefone não parou de tocar e de receber mensagens, mas, diligentemente, ignorei todo mundo, tentando dissipar a raiva guardada em mim.

— Sou uma boa ouvinte — disse minha mãe, com discrição, quando, enfim, desci para almoçar no meio da tarde.

Minha expressão parecia congelada numa carranca permanente e lembrei que minha avó costumava me alertar: "Se bater um vento, Katy, você vai ficar com essa cara para sempre."

— Obrigada por perguntar, mãe, mas é algo que preciso resolver sozinha.

— É aquela garota de novo?

Eu estava determinada a não contar nada porque, até então, ela não acreditara na minha história, e bastava pensar em Genevieve para me sentir exausta.

— Estou aqui quando você quiser conversar — disse, comprimindo os lábios.

Ela mal havia passado pela porta da cozinha quando vacilei em minha determinação.

— Para ser franca, eu e ela temos o mesmo gosto em tudo, gostamos do mesmo cara e, atualmente, demos para dizer a mesma coisa uma sobre a outra. Estamos nos fundindo de tal modo que não sei mais quem eu sou.

— Ela deve ter uma autoestima muito baixa — respondeu, sendo diplomática. — Pode não parecer um elogio, mas certamente ela admira você.

— Não, não admira. Ela me despreza e, seja como for, ainda é melhor do que eu em tudo.

— Tenho certeza de que não é assim. Você precisa acreditar em si mesma.

A névoa vermelha estava baixando novamente e, como eu havia começado, não poderia dar para trás.

— Ela parece uma gata, com aqueles olhos esverdeados enormes e assustadores. Todo mundo acha os gatos encantadores, mas, na verdade, são horrendos... frios, egoístas, pretensiosos, superiores, vaidosos e predatórios... Só se preocupam consigo...

Gemma deu um miado reprovador, como se entendesse cada palavra, e, indolente, passou o rabo em mim.

— Essa moça pegou você de jeito — comentou mamãe, entristecida.

— Ela se apresenta como Genevieve — vociferei —, mas mudou de nome, o verdadeiro realmente não combina nem um pouco com ela, é bonzinho demais.

Minha mãe deu uma risadinha complacente.

— Por quê? Qual é o nome?

— É Grace.

Eu devo ter desviado o olhar por um instante. Sua xícara escorregou da mão e se espatifou no chão da cozinha, estilhaçando-se em centenas de pedacinhos. A expressão dela era de enorme espanto, tanto que fiquei atônita e temporariamente incapaz de esboçar qualquer reação. Cruzamos os olhares e ficamos nos encarando por bastante tempo, até que ela se abaixou, apressada, com as mãos trêmulas, para começar a juntar os pedaços da xícara, chegando a cortar o dedo com um caco de porcelana.

Levei-a até a pia, limpei o corte e cobri com um pouco de gaze e esparadrapo, o tempo todo tentando ignorar a inquietação que teimava em permanecer à espreita.

— Não vou sair — murmurou. — Você não deve ficar sozinha nesse estado.

Senti uma pontada de culpa. Ela havia combinado de ajudar na feira da igreja, que era o jeito de sair mais e de conhecer gente. Podia não ser muita coisa, mas era um grande passo para ela, e agora eu estragara tudo.

— Estou ótima — procurei tranquilizá-la. — Saia, vá se divertir e não se apresse em voltar.

Ela continuava um pouco pálida, mas partiu com uma expressão determinada, sem nem sequer repetir a rotina habitual e obsessiva de conferir portas e janelas antes de sair. E não me perguntou como eu sabia o nome verdadeiro de Genevieve. Por algum motivo, tive a nítida sensação de que ela queria ficar o mais longe possível da nossa casa.

Voltei a trabalhar, contando as chamadas perdidas de Merlin e sentindo um prazer indomável com o número e a frequência delas, especialmente quando chegaram a treze. Lá estava de novo, a bobagenzinha horrível que não me deixava em paz. Eu precisava seguir o conselho de Luke, parar de anuviar minha cabeça com tantas coisas sobrenaturais e usar meu raciocínio para lidar com o problema Genevieve. Respirei profundamente, lembrando-me da reação de minha mãe ao ouvir o nome Grace, e as palavras de Luke rodaram na minha cabeça.

"Genevieve conhece você de algum lugar... ou escolheu você como alvo por algo que acredita ter acontecido..."

A mesma expressão de medo ficara estampada nos rostos da senhora, da mulher do pastor e, nesse momento, da minha própria mãe. Será que ela, de alguma forma, fazia parte da rede emaranhada de Genevieve? Era impossível não tomar nenhuma atitude, então mandei um torpedo para Luke. Cinco minutos depois, ele bateu à porta de casa com seu costumeiro jeito de quem acabava de sair da cama.

— Não precisava vir tão rápido — desculpei-me —, mas não havia mais ninguém que pudesse me ajudar com isso.

— Conte tudo, Kat — disse ele, ávido, e dava a entender que, embora não gostasse de me ver triste, estava curtindo essa brincadeira de gato e rato.

Contei tudo sobre a festa e as revelações de Genevieve, assim como a reação de minha mãe quando mencionei o nome Grace. Luke bagunçou seus cabelos, depois levantou-se e ferveu água na chaleira. Pôs duas colheres bem cheias de café solúvel em uma caneca com três colheres de açúcar, inclinou a chaleira com a água fervente, mexeu vigorosamente e tomou um gole. Então atacou nossa lata de biscoitos, mergulhou dois biscoitos cobertos de chocolate na xícara e me olhou pensativo.

— Por que você não pergunta à ela?

— Minha mãe não gosta de falar do passado — comentei. — Ela nunca conversa sobre meu pai ou sobre onde ela trabalhava, e vejo meus avós apenas uma vez por ano. É como se ela tivesse se desligado de tudo de propósito.

— Você poderia fazer isso com jeito... sem forçar.

Expirei fazendo barulho.

— Ela está se esforçando e não quero estragar tudo. Qualquer perturbação e ela volta para o ponto de partida... é praticamente uma eremita.

Ele levantou as sobrancelhas para mim.

— Então não vejo saída.

— Tem uma coisa... É só uma ideia e provavelmente não tem nada a ver, mas vou precisar de ajuda...

Luke grunhiu e tapou os ouvidos.

— Já sei que é encrenca ou algo ainda pior. O que é?

— O sótão — disse, apressada. — É onde ela guarda todas as fotos, cartas, livros, mobília... todo tipo de coisa do passado.

Luke pareceu indeciso.

— Ela não guardaria nada secreto se achasse que você pudesse vasculhar lá em cima.

— Mas essa é a questão... costumávamos ter uma escada daquelas que desce, e, uma vez, quando eu tinha cerca de 10 anos, subi, e ela foi à loucura...

— É provável que estivesse com medo de que você fosse cair.

Respondi com o olhar mais sinistro que consegui fazer.

— Ou ela está escondendo algo. Depois disso, a escada misteriosamente desapareceu, quase que da noite para o dia...

— Sótãos são terríveis — chiou. — Detesto poeira, teia de aranha e coisas aterrorizantes como morcegos e esqueletos...

— Não há nenhum esqueleto lá em cima. — Ri e consultei o relógio. — Ela vai demorar pelo menos mais duas horas na rua. Você topa?

Ele aceitou com má vontade e arregaçou as mangas. Mas, agora que Luke concordara, fiquei empacada, porque havia milhares de coisas nas quais eu não havia pensado. Em uma recuada vergonhosa, fui forçada a comunicar minha inquietação.

— Desculpe, mas temos somente uma escadinha... e ela não é alta o suficiente para alcançar o alçapão e... se minha mãe voltar mais cedo, jamais me perdoaria, especialmente por envolver você na história. — Tomei um gole do seu café, nervosa. — Talvez não seja uma boa ideia afinal.

— Você não está pensando em todas as possibilidades, Kat. Há um jeito mais fácil de acessar o sótão de vocês, e sua mãe nunca vai ficar sabendo.

Eu odiava quando ele ficava presunçoso daquele jeito, mas, por mais que eu queimasse meus neurônios, havia apenas um único modo de entrar lá, e era pelo alçapão.

Luke apontou para a porta.

— Vem comigo que eu lhe mostro.

— Preciso levar um casaco?

Ele balançou a cabeça, era enervante como estava misterioso. Dois minutos depois, estávamos subindo os degraus da escada da casa de Luke. Paramos no segundo andar diante de quatro portas que espelhavam com perfeição a planta da nossa casa. Eu sabia que a primeira porta era do quarto dele, depois seria o dos pais, então o banheiro e, por fim, um quartinho onde mal cabia uma cama de solteiro e que minha mãe usava para separar roupa suja. Cutuquei-o, impaciente, mas ele continuou sorrindo daquele jeito irritante e escancarou a porta do quarto menor. Estava vazio, exceto por uma escadaria de madeira que levava ao forro.

Luke baixou sua cabeça e fez um floreio com a mão.

— Meu pai está reformando nosso sótão para torná-lo seu escritório e me convocou para ajudar na obra. E adivinhe só?

— O quê?

— Os forros das nossas casas são conectados. Só precisa passar pela abertura.

Joguei meus braços em torno do pescoço de Luke e abracei-o com força.

CAPÍTULO
VINTE E CINCO

O sótão dos Cassidy era um espaço amplo e iluminado. Tudo fora removido e já haviam instalado o piso. Somente as paredes e o teto ainda estavam por fazer. Puseram uma janela nova, oblíqua, do mesmo tipo que havia no estúdio de Merlin, e dava para ver uma fileira de chaminés, pedaços de céu azul e um par de melros pousados sobre um fio de telefone. Uma única olhada para a minha casa revelou o quão escura, suja e abarrotada ela era. Fiquei parada por um instante, forçando os olhos, tentando identificar as várias caixas e formatos estranhos. Buracos em algumas das telhas de ardósia deixavam penetrar feixes de luz, como minirraios de sol, e me perguntei há quanto tempo minha mãe não mandava ninguém consertar o telhado.

— Daqui a uma semana vai haver uma parede bem aqui — disse Luke, inteirado do assunto. — Temos que obedecer à regulamentação contra incêndio, então, não teremos mais acesso, e não poderei mais invadir sua casa, Kat.

Abri um sorriso, compreendendo que aquela era minha última chance de vasculhar o local. Parecia obra do destino. Havia algo ali que minha mãe não queria que eu descobrisse, e agora que chegara o momento, eu estava nervosa. Olhei para Luke com ansiedade, estabilizei-me e dei um passo adiante.

— Veja se é seguro caminhar aí — advertiu Luke quando atravessei o limiar entre as casas.

— Acho que é seguro... Já estive aqui antes, lembra?

Luke me seguiu, vindo logo atrás e, nervoso, pisou no forro com seu pé tamanho 43. Pareceu aliviado.

— Foi reforçado com tábuas de madeira.

Tirei uma teia de aranha úmida do rosto e fiquei parada por um tempo olhando ao redor, tentando entender por que minha primeira reação era de tristeza incomensurável. Não eram apenas a poeira, a negligência e a quantidade de lixo; era algo palpável, e, mais uma vez, fiquei feliz em poder contar com o apoio de Luke.

— Um manequim de costureira — apontou ele. — E uma gaiola.

Vasculhei algumas cômodas cheias de livros e brinquedos velhos, surpresa por minha mãe ter se dado ao trabalho de guardar tudo aquilo.

— O que há na mala? — perguntou Luke.

Era uma mala grande e fora de moda, com várias sacolas de almofadas e cortinas velhas em cima, mas estava muito bem-trancada, sem nenhuma chave à vista. Inclinei-a um pouco e ouvi um barulho seco.

— Vou forçar — disse ele.

Toquei em seu braço para impedi-lo.

— Não precisa... os zíperes estão enferrujados. Este aqui já se desmanchou por completo.

Enfiei uma das mãos lá dentro e apalpei alguma coisa longa e estreita enrolada em tecido. Meus dedos tocaram o metal frio intercalado com pequenos buracos.

— Já sei o que é. É a flauta da minha mãe.

— Eu não sabia que ela tocava.

— Não toca... não mais... mas me contou que era muito talentosa.

Fui andando por entre cestos de vime, plantas artificiais, raquetes de tênis, um aquecedor velho de parafina, temerosa de que eu estivesse enganada e aquele sótão fosse apenas um depósito de itens indesejáveis.

— Algumas dessas coisas valem um bom dinheiro — exclamou Luke, passando os dedos sobre uma antiga escrivaninha de carvalho com tampo de couro.

Fui até lá e abri o tampo. Dentro havia uma variedade de fotografias de vários tamanhos. Examinei, aleatoriamente, maravilhada em ver fotos de minha mãe de quando tinha a minha idade, algumas tiradas em uma praia, outras em um parque de diversões. Os cabelos estavam compridos e bagunçados pelo vento, e ela ria, leve e solta, tão diferente da mãe que eu conhecia; a minha tristeza retornou, apoderando-se de mim como uma onda. Era estranho, mas dava a impressão de que ela abandonara essa pessoa sorridente e feliz ali no sótão, para pegar pó junto com as outras tralhas, inclusive o sonho dela de se tornar concertista. Fiquei de cócoras, fitando as imagens, enquanto Luke continuava a busca. Acho que ele queria me deixar um instante a sós com minhas emoções. Era tentador levar algumas das fotos comigo, mas serviriam apenas para me lembrar do quanto minha mãe era infeliz atualmente. Com cuidado, recoloquei-as no lugar.

Minha atenção se voltou para uma mala preta grande, cujo zíper me apressei em abrir.

— Tem até roupas de bebê aqui — disse eu. — Um babador bem pequeno, um casaco de bebê, sapatinhos de tricô e um cobertor infantil. — Ergui uma manta branca, adornada com uma fita de cetim pespontando as bordas. — Uau, que lindo.

Luke apontou para um bordado no canto.

— Tem algo escrito ali.

— É HOPE, que significa *esperança*. Não é estranho? Talvez expresse algum desejo para a vida do bebê, como paz e amor.

— Antigamente era um nome comum — respondeu Luke, com cuidado. — Os pais costumavam batizar seus filhos com o nome das virtudes. Esperança, Paciência, Castidade, Misericórdia e...

Ele parou ali, e enfiei a manta de volta na mala. Eu sabia no que ele estava pensando: Grace, que queria dizer *graça*, o nome que eu não queria ouvir por nada neste mundo. Dei uma última olhada demorada nas fotos de minha mãe, fechei o tampo da escrivaninha e sentei, desajeitada, no chão.

— Eu estava enganada ao arrastar você aqui para cima, Luke... não há nada que nos interesse.

— Bem, é bastante parecido com a maioria dos sótãos. O nosso era igual; meu pai e eu carregamos quatro levas de coisas para o lixão.

Fui acometida por um sentimento de desespero.

— Este problema com a Genevieve... está me deixando transtornada. Estou sempre desconfiada, temendo estar sendo seguida, em estado de tensão permanente à espera da próxima armadilha, e minha vida de verdade não existe mais...

— Você não está transtornada — reassegurou-me Luke, sentando-se junto a mim de pernas cruzadas sobre as tábuas imundas —, embora ela possa estar tentando deixá-la nesse estado.

Dei uma risada sem graça.

— Bem, acho que está funcionando. Ou seja, o que estamos fazendo aqui por exemplo? É loucura.

— É meio divertido, na verdade. — Ele sorriu, tentando me alegrar.

— E o pior de tudo — gemi — é que ela me apresentou a um lado meu que nunca pensei que existisse.

— Que lado?

— Um lado cheio de ódio — respondi com franqueza. Luke não disse nada, e bati as mãos nas pernas, frustrada. — E fico vendo conexões idiotas em todos os lugares... estou até arrastando minha mãe para dentro desse jogo doentio.

— Você precisa se manter firme e focada, Kat; ela quer que você desmorone.

Fiz esforço para ficar de pé.

— Vem, vamos embora.

Quando me virei, Luke estava segurando uma caixa de madeira escura trabalhada com marchetaria.

— Peças assim são muito procuradas — disse ele, admirado.

— Onde você pegou isso?

— Estava caída perto da caixa-d'água. Vi algo brilhando.

— Estou me lembrando dela — inspirei, recordando meu avô e como ele costumava abrir a caixa para mim, fazendo de conta que era um baú de piratas cheio de joias.

— De quem era?

— Pertencia ao meu avô, e o forro é feito de seda vermelha.

Luke abriu a caixa revelando o forro vermelho ainda intenso. Inalei o aroma familiar dos charutos dele.

— Ele sempre brincava comigo que, quando eu fosse mais velha, me mostraria o segredo.

— Qual segredo?

— O segredo do tesouro escondido.

— E onde ele estava?

— Aí é que está. Eu nunca descobri; meu avô provavelmente inventou aquilo.

Luke formou uma ruga entre as sobrancelhas ao revirar a caixa nas mãos. Impaciente, entregou-a para mim.

— Tente você.

Escorreguei um dedo em torno e por baixo das arestas, chacoalhando a caixa, irritada.

— Passei anos tentando descobrir.

Ele deu uma risada cínica.

— Não tem fundo falso?

— Não.

— É tão intricada — ponderou. — Examinando de perto, são dois conjuntos diferentes de entalhe e ambos se encaixam formando uma junta de cauda de andorinha.

Eu não fazia ideia do que Luke estava dizendo. Devo ter ficado inexpressiva, pois ele tomou de volta a caixa e, com os dedos, pressionou diversas partes dos dois tons diferentes de madeira. Os minutos foram passando, e eu já estava perdendo o interesse quando algo se moveu e um compartimento oco saltou para fora.

Ele abriu o sorriso.

— Adoro quebra-cabeças. Você precisa apertar os dois pontos perfeitamente alinhados ou não funciona.

Luke entregou a gaveta inteira para mim como se contivesse algo precioso, embora tudo que enxerguei lá dentro foram papéis dobrados. Tive a certeza de que estava de posse de algo relevante, mas não queria examinar ali naquele lugar. Comecei a desviar dos obstáculos para voltar à casa de Luke, feliz com aquela demora, pois estava com os nervos à flor da pele. Cruzamos por cima do limiar, e os músculos da minha barriga se tencionaram, como se formassem nós. Luke me emprestou um pano para limpar as mãos, e notei que o rosto dele estava coberto de fuligem, o que era engraçado, contrastando com os cabelos loiros. Não havia mais motivos para adiar, então, com um sorriso nervoso, desdobrei o primeiro pedaço de papel com os dedos trêmulos.

— É minha certidão de nascimento — sussurrei, tentando imaginar por que minha mãe manteria o documento escondido, mas, depois, lembrei-me do detalhe mais óbvio: a identidade de meu pai. Rapidamente verifiquei o campo referente a "Pai", e minha expressão desmoronou. Estava em branco. Baixei a cabeça e fingi estar olhando outra coisa, para que Luke não percebesse. Um pequeno anel de plástico, que ficara no fundo da gaveta, chamou-me a atenção. Segurei-o contra a luz.

— É uma daquelas pulseirinhas para bebê — informou-me Luke. — Deve ter um nome nela.

— "Bebê Rivers" — li —, e tem mais duas sequências de seis dígitos cada uma.

— Números do hospital — respondeu Luke rapidamente. — Tem algo mais na gaveta?

— Apenas a foto de um bebê. — No verso, pude ver algo escrito, mas estava tão apagado que era ilegível. — Acho que minha mãe tem postergado o inevitável. Quando eu completar 18 anos, posso tentar ir atrás do meu pai. Talvez seja por isso que ela ande tão tensa. Existe algo a respeito dele que ela tem pavor de que eu descubra.

— Então nada disso tem relação alguma com Genevieve? — suspirou Luke.

— É, não parece. A foto deve ser importante, mas não imagino de quem seja.

Luke disse como quem acha graça:

— Só pode ser sua.

— Não é — insisti. — E tem algo escrito atrás, mas está desbotado.

— E aquele truque que aprendemos no clube de espionagem? De como fazer uma escrita reaparecer?

— Vocês não me deixavam entrar para a turma — fiz questão de lembrá-lo, mostrando a língua. — A regra era clara: "Menina não entra."

Luke puxou meus cabelos de brincadeira e tirou um lápis do bolso. Assisti, fascinada, enquanto ele sombreava de grafite todo o verso da fotografia. Olhando mais de perto, a escrita foi ressurgindo gradualmente, destacando-se contra o cinza.

— O que diz aí?

Ele estava absorto em sua concentração e não tirava os olhos do papel.

— Só consigo ver uma data... 5 de junho, e o ano... 1994.

— É a minha data de nascimento! — disse eu, totalmente surpresa.

Luke examinou mais de perto.

— Tem um nome também, Katy. Aqui diz "Katy Rivers".

Funguei.

— Esse bebê não sou eu de jeito nenhum.

— Você não se reconhece. — Riu. — Todos os bebês têm a mesma cara, ou pelo menos é o que a minha mãe diz.

— Estamos deixando escapar algo — rosnei. — Como quando a palavra está na ponta da língua, mas não sai.

Peguei a certidão de nascimento e li todos os detalhes.

— Uau! Olhe só isso. Eu nasci em uma maternidade em North Yorkshire.

Segurei as mãos uma contra a outra, mas Luke não parecia impressionado.

— E?

— É lá que andamos escarafunchando o passado de Genevieve. Não é coincidência?

— Bem, é um dos maiores condados da Inglaterra... mas se você está dizendo, Kat. O que sua mãe estava fazendo lá?

Balancei a cabeça.

— Não sei. Ela nunca me contou que morou longe, nem nunca me ocorreu perguntar.

Lá estava novamente. A sensação de que algo estava bem na minha cara, mas eu era burra demais para enxergar. Tentei juntar todas as peças, mas elas não encaixavam, e quase gritei de exasperação. Do nada, uma fraqueza terrível tomou conta do meu corpo, e precisei sair dali. A visão do topo da escadaria íngreme era mais assustadora na hora de descer e me deixou um pouco tonta, fui cambaleando até ela e desci tão rápido que tropecei no último degrau e torci o tornozelo. Luke me encontrou estatelada no carpete, agarrada ao meu pé esquerdo, quase feliz pela dor.

CAPÍTULO
VINTE E SEIS

— Ponha um pouco de gelo agora mesmo, Kat. Vai ajudar com o inchaço.

— Não consigo nem me levantar... Você pode me ajudar?

Luke me ajudou a ficar de pé, pôs o braço ao redor da minha cintura e posicionou meu braço esquerdo sobre o seu ombro para segurar meu peso enquanto eu saltitava porta afora. Até mesmo os poucos passos de distância entre a casa dele e a minha pareciam impossíveis. Meu tornozelo inflara feito um balão, e meu sapato ficava mais apertado a cada minuto.

— Se eu fizesse cócegas em você agora, ficaria desesperada — brincou.

— Nem pense nisso — ri de leve, nauseada com a dor latejante do meu pé.

O som de alguém pigarreando alto me fez olhar para cima e quase perder o equilíbrio. Se Luke não tivesse me segurado firme, eu teria caído em cima da roseira da minha mãe. Por que me sentia tão culpada e por que não conseguia parar de corar? A maldição de ser ruiva era que, assim que minhas bochechas ficavam da cor intensa de beterraba, permaneciam daquele jeito por horas.

— Oi, Merlin — consegui murmurar. — E-eu machuquei o tornozelo, e Luke está me ajudando a voltar para casa.

— Eu faço isso — disse ele, com olhar ameaçador, e Luke me deu uma piscadinha furtiva e deixou que o outro assumisse, voltando discretamente para casa. O problema era que Merlin era tão alto que eu não conseguia me apoiar nele de jeito nenhum. Quase desloquei o ombro e tive de me soltar e ir pulando num pé só, parando apenas para remexer no bolso da minha calça em busca da chave. Fui me apoiando na parede até chegar à sala e me deixei cair sobre o sofá; estremeci ao deparar com minha imagem no espelho acima da lareira. Meu rosto estava ainda pior do que o de Luke. Devo ter passado as mãos, pois a sujeira estava espalhada pelas bochechas. Meus cabelos tinham uma teia de aranha gigante em cima. Merlin passara a noite anterior na companhia da glamorosa Genevieve, arrumada à perfeição, em um vestido preto de arrasar, salto alto e meia-calça, apenas para dar de cara, no dia seguinte, com a namorada limpadora de chaminés. Pior ainda, meu celular apitou naquela hora e eu então não poderia nem mentir sobre não ter recebido as sua mensagens.

— Desculpe não ter atendido seus telefonemas — sorri sem graça. — Estávamos no forro da casa de Luke e eu não conseguia nem enxergar o telefone. É por isso que estou imunda e coberta de... hã... poeira.

Merlin suspirou com uma irritação fingida e tirou algo dos meus cabelos.

— Você não pode ficar aqui sozinha... poderia ter quebrado esse tornozelo. Venha para a minha casa; minha mãe dá uma olhada nele para você.

— Não... de verdade, estou bem, preciso me limpar e...

Merlin nem me deu chance de terminar. Já estava com o telefone na mão, discando o número para chamar um táxi. Em geral eu gostava quando ele era decidido, mas naquele momento aquilo me irritou; senti como se ele estivesse simplesmente desconsiderando meus sentimentos. Em menos de cinco minutos, escutamos a buzina de um carro, e dessa vez pude saltar até lá sem nenhum apoio. O motorista tagarelou o tempo todo até a casa de Merlin, o que significou que nós dois não precisávamos conversar um com o outro. Não me escapou o fato de nenhum de nós ter mencionado a festa.

Assim que entramos, não havia sinal de mais ninguém, e Merlin, envergonhado, fez de conta que não esperava por isso, mas eu não acreditei nem por um segundo. Ele me levou até a cozinha e fez uma xícara de chá doce, insistindo em colocar uma atadura no meu tornozelo. Mas ele não fez um bom trabalho, porque eu quase tropecei de novo enquanto mancava até a pia com minha xícara vazia, quando fui olhar para o jardim. Havia um círculo de grama achatada onde a tenda estivera, e fios cheios de luzinhas ainda pendiam das árvores. Pude ver o local exato de onde fora tirada a foto de Merlin com Genevieve e ainda me lembrava da expressão dele dançando de rosto colado ao dela. Eu me segurei na pia, buscando apoio, quando, mais uma vez, senti uma pontada no estômago.

— Você está bem?

— Estou... estou bem — menti e me virei, tentando reorganizar meus traços para que formassem algo semelhante a um sorriso.

— Era para termos nos encontrado ontem à noite, Katy.

O tom dele estava carregado de reprovação. Eu não esperava por isso. Com toda a emoção de ficar à espreita na casa do pastor, eu acabara esquecendo completamente nosso encontro.

— Não foi intencional, Merlin; apenas aconteceu um negócio. Luke e eu precisávamos passar em um lugar, não havia sinal de celular, e voltamos supertarde.

Ele ficou carrancudo.

— Depois de passarmos uma semana nos escondendo... era nossa chance de nos ver e conversar direito.

Pude sentir sua raiva, mas de repente fui consumida pela minha própria sensação de injustiça. Como ele ousava me fazer sentir mal por causa de Luke, quando ele passara a noite anterior divertindo-se com Genevieve?

— E como estava a *festa*? — perguntei, com um desprezo maldisfarçado.

A expressão dele se obscureceu.

— Teria sido melhor se você estivesse presente, mas não havia como adiar. A tenda precisava ser desmontada hoje, então ou fazíamos ontem ou nunca mais.

— Entendo.

Ele se voltou para mim.

— Então por que estou me sentindo tão mal?

Olhei para a frente e retruquei:

— Sei lá. Por que você está se sentindo tão mal? Se está se sentindo culpado por ontem à noite, isso não é culpa minha.

— Por que eu me sentiria culpado? — perguntou Merlin, irritado. — Passei a noite inteira tentando falar com você.

Eu queria parar, mas era como se um demônio estivesse dentro de mim. A fotografia de Merlin com Genevieve... eu não conseguia fugir daquela imagem.

— Bom, não foi bem a noite inteira. Você conseguiu encontrar uma brecha para dançar uma música bem lenta...

Merlin adivinhou de imediato qual era o ponto a que eu queria chegar, e sua expressão se contorceu de raiva.

— Isso não é justo. Foi uma música apenas. Agora você sabe como me senti com aquela sua foto com Luke.

— Então... você fez isso para me dar o troco? — perguntei, incrédula.

— Não seja tão infantil. Eu não sou desse tipo.

— Estranho mesmo... quase olho por olho.

— Já que estamos falando do assunto — rosnou —, esse sempre foi um relacionamento a três, e não estou falando de Genevieve. Eu não consigo acreditar que você não enxergue isso.

— Bem, não enxergo.

— Esse... Luke; ele está inventando toda essa história de investigação só para ficar perto de você.

— Se você quer mesmo saber — informei, impertinente —, a investigação é minha. Luke está fazendo um favor para mim.

— Já vi o jeito como ele olha para você.

— Não seja ridículo e absurdo — respondi com minha voz mais madura. — A namorada dele é minha amiga também, e eu a conheço há anos. Fazemos várias coisas juntas.

— Tipo quando? — perguntou, com toda a calma.

Eu não tive resposta, porque, de repente, ele me fez perceber que não via Laura havia séculos, como se ela estivesse me evitando.

— Genevieve é quem está sempre se intrometendo — continuei, ignorando a insinuação dele.

— Ela precisa muito de apoio.

Fui o mais longe possível dele, mancando, para o outro lado da cozinha enorme.

— Tente enxergar pelo meu ponto de vista. Ela está em... todos os lugares, se apoderando da minha vida, fazendo tudo melhor que eu. É como se fosse uma imagem minha espelhada, só que melhor.

Aquela era a deixa para ele me tranquilizar.

Não seja boba, Katy. Claro que ela não é melhor que você em tudo. Nem é mais bonita, mais inteligente ou mais simpática. Genevieve não se compara a você de jeito nenhum. Você é absolutamente única, e a amo do jeitinho que você é.

Mas Merlin não falou nada disso. Taciturno, resmungou:

— É que, ultimamente, Katy, parece que você nunca está aqui.

— Eu não posso parar o que estou fazendo; é importante — respondi com frieza.

— Qualquer coisa é mais importante que eu.

— Acho que nós precisamos dar um tempo — despejei, de repente, o que me pegou completamente de surpresa, mas, uma vez dito, era impossível retirar.

Merlin apoiou a cabeça nas mãos e murmurou, num desalento longo e profundo. Quando levantou, veio até mim e segurou minha mão.

— Katy... eu não quero isso. Vamos conversar.. resolver essa confusão. Estava tudo tão fantástico antes.

Seu apelo não teve nenhum efeito; era como se eu fosse de gelo. Ao me tocar, eu sentia o gosto dela, o cheiro dela e chegava até a ouvir as palavras dela através da fala dele. Fiquei muda e impassível.

— Não quero que a gente termine — implorou. — Talvez a Genevieve esteja passando tempo demais aqui em casa, e me compadeci dela. Não vou deixar você ir embora desse jeito.

— Não tem escolha, Merlin.

— Não vou desistir sem lutar antes — insistiu ele. — Não parece você ao dizer essas coisas.

— Sou eu, sim.

— Ainda tenho sua mensagem de texto no meu telefone: "PS eu te amo, bj!" Você estava falando sério? Ou era mentira?

Hesitei por um instante, meus olhos se demorando no seu jeito naquele momento; o rosto lindo, vermelho, com uma raiva desesperada, os olhos em chamas e ao mesmo tempo me implorando.

— Merlin, é melhor eu ir embora.

— Você não pode ir ainda. Há algo que preciso lhe dar, um presente antecipado de Natal.

Fiquei brava comigo por ter ido lá tão cedo depois da festa.

— Eu não posso aceitar nada... sério mesmo.

— Não tem utilidade para mais ninguém — disse Merlin —, e eu ficaria muito magoado se você não aceitasse. Será que consegue subir as escadas? Quero que você veja na configuração certa.

Merlin estava tão insistente que não pude protestar mais. Ele me ajudou a subir até o estúdio, onde uma lufada de vento gelado me atingiu. A janela do sótão estava aberta, e umas poucas folhas secas haviam voado e estavam espalhadas nas tábuas do assoalho. Agora que eu estava ali, Merlin parecia mais animado. Descansou as duas mãos nos meus ombros, e meu estômago se revirou com o toque dele. Fui preenchida pelo sentimento de tudo o que perdêramos, as palavras que nunca foram ditas, as coisas que nunca fizemos juntos. O sentimento se alojou na minha garganta e ficou lá, sufocando-me. Parte de mim queria empurrá-lo para longe, e a outra, aninhar-se perto dele.

Vi de relance nosso reflexo no espelho e fiquei espantada. Nós ficávamos tão bonitos juntos. De que outra prova eu precisava de que ele amava a mim em vez de Genevieve? Era eu quem estava ali com ele, e ele estava tentando consertar tudo entre nós. Voltei meu rosto para o seu, minha decisão fraquejando, quando um vislumbre de cor me chamou a atenção. Havia um objeto pendurado em um gancho acima da janela lateral, girando e rodopiando com a brisa que soprava e espalhando raios de luz de cor esmeralda. Não havia a menor dúvida da proveniência daquilo, e rapidamente eu me afastei. A expressão de Merlin ficou sombria.

Fui até a janela e franzi a testa.

— Estou reconhecendo este pingente... foi Genevieve quem o fez.

— Nem notei que estava aí — murmurou Merlin. — Ela faz muitos deles e dá de presente para todos os alunos da minha mãe.

— Não como este — insisti.

— Ela deve ter deixado aqui por acidente.

— Ela andou por aqui? No seu estúdio?

— Esteve me ajudando a preparar algo para *você* — enfatizou.

Não consegui emitir nenhum comentário. Estiquei o pescoço para observar o céu que se movia depressa, emoldurado com perfeição pelo vidro da janela como uma obra de arte linda e viva.

Merlin foi até o cavalete e, de repente, fiquei chocada. Depois de tudo o que aconteceu, eu me esquecera por completo da pintura, mas, sem dúvida, aquele devia ser o presente que ele tinha para mim.

— Não posso aceitar, Merlin... não agora...

— Você precisa aceitar — insistiu. — Está finalizada e é para você.

Ele passou a mão pelos cabelos escuros.

— Não é algo com que eu possa presentear mais ninguém.

— Foi nisso que Genevieve andou lhe ajudando? — perguntei, desconfiada.

Ele assentiu.

— Mas... você disse que era capaz de me pintar até de olhos vendados.

Merlin estendeu a mão e tocou meu rosto.

— Era, Katy, mas daí aconteceu algo... quando eu estava com ciúmes do Luke... perdi você de vista.

— Você me perdeu de vista — repeti, desamparada.

— Não por muito tempo. Entenda, eu poderia ter pintado alguém que lembrasse você, a qualquer momento; mas precisava capturar sua... alma... caso contrário seria como uma pintura qualquer.

— E Genevieve? Como foi que ela ajudou?

A testa dele enrugou enquanto ele se esforçava para explicar.

— Vocês duas são criativas e meio espiritualizadas... e apenas a presença dela já me fazia lembrar do quanto você é sensacional.

Então Genevieve serviria de musa inspiradora para ele no meu lugar. Definitivamente eu não queria olhar para a pintura, pois fora totalmente corrompida. Tentei sair do lugar de marcha a ré, mas Merlin começara, devagar, o processo de puxar o lençol que cobria a tela, e fui forçada a assistir àquela revelação gradual. Em algum momento do processo, pequenos detalhes haviam mudado: os olhos agora eram maiores e mais luminosos, os lábios estavam mais carnudos e nitidamente mais cruéis, as maçãs do rosto subiram como se, pouco a pouco, uma estranha e híbrida imagem minha e de Genevieve aparecesse, os olhos me seguindo para onde quer que eu fosse.

Olhei para a tela e depois de volta para Merlin para ver se aquela era alguma espécie de brincadeira de mau gosto. A bile me subiu pelo esôfago e pensei que fosse vomitar. A expressão dele era tão orgulhosa, que de fato não fazia a menor ideia. Se não fosse tão trágico, talvez eu tivesse dado uma gargalhada.

— Você não tem nada a dizer, Katy?

Disse apenas duas palavras.

— Adeus, Merlin.

CAPÍTULO
VINTE E SETE

Começaram as férias de inverno e fiquei aliviada pela chance de poder lamber minhas feridas, sem precisar esbarrar com Merlin a cada cinco minutos na faculdade. Tudo que Genevieve prometera havia se cumprido: ela roubara meus amigos e meu namorado e sabotara meu curso. Ela sempre sabia exatamente o que eu faria e como reagiria. Mas minha maior mágoa era a pintura; a humilhação extrema e a vergonha que aquilo me causou. Graças a Deus eu terminara com Merlin antes de ele ter mostrado o quadro para mim. Eu tomara a iniciativa e, com isso, mantive minha dignidade, o que era um pequeno consolo. Parecia loucura, mas a incerteza de estar com ele era quase mais penosa de lidar do que a compreensão de que ele não era mais meu.

Não havia muitas possibilidades para distrair minha cabeça: Hannah estava em Paris por uns dias, para melhorar seu francês, e Nat precisou tomar conta da irmã menor por boa parte das férias. Pela primeira vez, eu tinha tempo de sobra para dedicar aos meus croquis, mas estavam saindo todos mórbidos, as cores apagadas e sombrias, como se alguém houvesse me pedido para desenhar uma coleção inteira de roupas para funeral. Passei quase o tempo todo dentro do meu quarto para evitar minha mãe, que continuava agindo de maneira estranha. Do nada, ela surgiu com uma história sobre a gente se mudar de cidade para recomeçar a vida. Ela odiava qualquer tipo de mudança, e fui ficando cada vez mais desconfiada de que aquilo tinha a ver com sua reação ao nome verdadeiro de Genevieve.

Quando Luke soube da novidade sobre Merlin, apareceu logo depois do trabalho trazendo flores e falando com a voz baixa como se alguém tivesse morrido de verdade. Eu ainda não conseguia caminhar direito, então ele foi até a cozinha e pôs as flores em um vaso com água para mim e ajeitou o buquê de um jeito que ficou péssimo.

— Como está o tornozelo?

— Ainda dolorido.

Levantei a barra da calça jeans para mostrar. Dava para ver todas as cores do arco-íris e continuava meio inchado.

Luke pegou uma maçã de nossa tigela de frutas e deu uma bela mordida. O suco lhe escorreu pelo queixo.

— Você deveria fazer um raio X, só para garantir.

— Foi o que minha mãe disse.

— Dói muito?

— Agonia pura.

— Se não arranjar muletas, você vai precisar faltar às aulas. — Acenou para mim com as chaves do carro. — Vamos. Vou levar você para o hospital... agora... resolver isso de uma vez por todas.

Resmunguei porque, como sempre, ele tinha razão. Relutante, agarrei minha bolsa e fui mancando até o carro. Olhei para o seu perfil enquanto dirigia, lembrando o que Merlin havia comentado sobre Laura, mas não tive coragem de perguntar. Chegamos ao hospital e fomos à Emergência. Eu nunca estivera em um hospital de adultos antes e fiquei surpresa com o grande número de pessoas esperando para ser atendidas.

— Ainda bem que não é tarde da noite — cochichou Luke. — Não é nada bonito de ver.

— Vou ficar bem sozinha — falei, toda valente. — Pode me deixar aqui, pego um táxi na volta.

— Nem sonhando — insistiu ele e começou a assobiar uma melodia alegre.

— Laura deve me odiar — comecei, nervosa.

— Por quê?

— Eu estou sempre alugando você desse jeito.

— Ela não se importa.

— Você sempre diz isso. Sempre repete que a Laura não se importa.

Luke mudou de posição e me encarou. Seus olhos normalmente possuíam um brilho risonho, mas naquele dia pareciam de um azul tão frio e profundo quanto um fiorde.

— E daí, Kat?

— É que... por que ela não tem aparecido para me visitar? Nós três costumávamos fazer coisas juntos.

Ele deu de ombros.

— Ela anda ocupada, e agora é diferente... digo, ela costumava fazer penteados em você e tal... você era só uma menina.

Ponderei aquilo por um momento. Não sabia aonde Luke estava querendo chegar, mas não me senti bem. Talvez ela estivesse *mesmo* me evitando.

— Bem, apenas não a negligencie, Luke... veja só o que aconteceu.

— Merlin se sentiu negligenciado? — perguntou ele, baixinho.

— Aparentemente, sim.

— Vai doer menos daqui a pouco — murmurou —, e você vai encontrar outro namorado.

— Encontrar? — repeti, chocada. — Não estou *procurando* nenhum namorado, e fui eu quem terminou tudo com o Merlin.

Luke ficou constrangido no mesmo instante.

— Uau, Kat, eu não sabia. Achei que você estivesse...

— Inconsolável?

— Não, chateada com ele.

Eu não tive com quem conversar sobre o fim do namoro, então foi um alívio poder me abrir com Luke, embora eu não conseguisse mencionar a pintura ou o que Merlin dissera sobre Luke de jeito nenhum.

— Algo mudou entre nós. A aparência e o jeito de falar de Merlin eram os mesmos, mas faltava alguma coisa... como se uma parte dele houvesse sido roubada de mim. Soa um pouco bobo, não é?

— Não, não soa — respondeu, pensativo. — Soa... bastante perspicaz. Você é muito madura... emocionalmente.

— Pare de debochar de mim, Luke.

— Não é deboche — insistiu, e pela primeira vez não havia nenhum vestígio de ironia. — E Genevieve? — Luke sugou as bochechas. — Você estava tão perturbada quando descemos do sótão. Achei que estava na pista de algo.

— Não me ocorreu mais nada... mas é um bloqueio mental... essa conexão com York.

Uma mulher grávida passou por nós com sua barriga balançando, e olhei para ela com uma admiração horrorizada; como era possível a barriga de alguém esticar tanto? As engrenagens do meu cérebro começaram a zunir de novo, só que dessa vez uma ideia tomou forma, uma ideia tão aterrorizante que precisei debruçar o corpo para a frente e quase colocar minha cabeça entre os joelhos.

— Você está bem, Kat?

— Luke... estamos em um hospital — cochichei. — O que acontece nos hospitais?

— Hã... as pessoas recebem tratamento quando estão doentes.

— E dão à luz.

— Siiiim...

Enterrei meu rosto nas mãos.

— Você não consegue enxergar?

— Enxergar o quê?

— É terrível, e ainda assim...

Naquele momento, a enfermeira chamou meu nome e fiquei feliz de poder levantar da cadeira e deixar que mexessem, apalpassem e tirassem raios X do meu tornozelo; qualquer coisa que me fizesse parar de pensar na possibilidade que crescia mais e mais a cada segundo. Eu me recusei a dizer qualquer outra coisa até chegarmos em casa, com meu tornozelo firmemente imobilizado e um par de muletas nas mãos. Estava tarde, e a luz do quarto de minha mãe estava apagada. Luke entrou em casa comigo, fechando a porta sem fazer barulho. Ficou andando de um lado para o outro da sala de estar com as mãos atrás das costas, o que em circunstâncias normais teria me feito rir, porque ele parecia um membro da família real.

— Pois bem? Você vai, enfim, me contar?

— Existe um álbum de fotos naquele aparador, Luke. Você pode pegar para mim?

Obediente, ele se abaixou, abriu as portas e tateou lá dentro. Passou-me o álbum com encadernação de couro marrom sem fazer nenhuma pergunta. Folheei as páginas, parei mais ou menos na metade e inclinei o álbum para que ele visse.

— Essa sou eu recém-nascida.

— E?

— É tão óbvio... você deveria ser capaz de constatar como sou diferente.

— Não mesmo. Como já falei, um bebê é um bebê.

Peguei a outra foto da minha bolsa e mostrei a ele.

— Eu era prematura e quase careca. Esse bebê aqui é mais pesado e com cabelos bem pretos. Estou falando sério... essa criança não sou eu.

Luke suspirou.

— Então sua mãe estava cansada depois de tantas noites sem dormir e pôs o nome errado nas fotos, ou o laboratório fotográfico entregou o pacote trocado de revelações.

— E ela nunca percebeu que elas eram de outro bebê? — questionei, minguando.

— Os bebês mudam muito em questão de poucos dias. Perdem ou ganham peso, os cabelos caem...

— Esse não é o meu rosto — insisti. — Aquela foto foi escondida junto com a certidão de nascimento e a pulseirinha por um motivo importante, e não consigo acreditar que você não enxergue o significado disso. Foi o hospital que me fez pensar isso.

Luke parecia bem aborrecido.

— E daí, Kat? Acha que você e Genevieve podem ter nascido na mesma maternidade?

Inspirei profundamente.

— Mais do que isso. Sei que vai soar inacreditável... incrível e uma loucura total, mas... acho... é possível... que minha mãe tenha levado embora o bebê errado do hospital.

Luke precisou tapar o nariz com os dedos e cobrir a boca para abafar a gargalhada. Passados alguns minutos, pediu-me desculpas.

— Nem mesmo eu poderia antecipar uma ideia dessas. E sou eu quem deveria fazer o papel de jornalista, ficar atento a teorias da conspiração e tal.

Não me ofendi, por saber que minha ideia era muito absurda, mas tentei me manter comedida e verossímil para que ele me levasse a sério.

— Essa seria a ligação entre mim, Genevieve e minha mãe. Nasci em outra cidade, um bebê tem o meu nome, mas não sou eu. E minha mãe ficou branca como papel quando eu disse o nome de Grace. Essa pode ser a explicação de por que Genevieve me odeia.

— Sabe o que está dizendo na realidade, Kat? Que Genevieve é filha de sua mãe e você... de outra pessoa.

— Presume-se.

— Ah, e sua mãe sabe de tudo. E por que ela permitiria que isso acontecesse?

— Ainda não pensei nessa parte, mas... você acha isso impossível?

Ele revirou os olhos.

— Eu acho que você está lendo muitos romances baratos ou assistindo a novelas demais.

— Olha... aquelas coisas estavam escondidas numa caixa secreta para que eu jamais descobrisse. Minha mãe nunca me contou onde eu nasci e ela própria se isolou de todo mundo, até da família. Está fugindo de algo por toda a minha vida e já levantou a hipótese de poder me perder.

— Estamos na Inglaterra. Não dá para sair trocando bebês no hospital, principalmente sem ninguém perceber. É para isso que servem as pulseirinhas. Elas não são retiradas até o bebê receber alta.

Engoli em seco e disse mais para mim mesma do que para Luke.

— Todas as ameaças de Genevieve talvez façam sentido. Ela disse que não há espaço suficiente para nós duas... ela tem direito à minha vida porque deveria ter sido a dela. Não pode me perdoar porque teve uma infância terrível, e veio ver minha mãe, fingindo vender bijuterias, mas na verdade era para estar cara a cara com ela.

— E como *ela* teria descoberto uma coisa dessas?

— Não sei... mas sabemos o quanto Genevieve é esperta.

Luke tamborilou na mesa de centro enquanto eu seguia pensando em voz alta.

— Isso explicaria por que minha mãe vive cheia de segredos e nunca gostou de falar do passado. Sempre achei que fosse por algo relacionado ao meu pai, mas talvez não seja.

— Vou precisar refletir sobre isso.

— Talvez você possa desencavar mais alguma coisa. Ter acesso aos registros do hospital ou do cartório ou... sei lá; você tem suas fontes.

— Ainda não sabemos o sobrenome verdadeiro de Genevieve/Grace — lembrou-me Luke, vestindo a jaqueta. Ele hesitou, um pé para dentro da porta e outro para fora. — Existe uma solução mais simples... descubra a data de nascimento dela. Vocês precisariam ter nascido a poucos dias de diferença uma da outra para que sua ideia faça sentido.

— Você é um gênio — disse, agradecida. — Mas como descubro isso?

Luke ficou me olhando, perplexo.

— É uma pergunta bem simples.

— Nada é simples em se tratando de Genevieve — murmurei. — E ela não deve ser alertada de jeito nenhum. Não arrisco perguntar nem para Nat nem para Hannah, pois ela pode ficar sabendo depois.

— Sinto muito, mas vou deixar essa para você, Kat. Sei que você vai achar um jeito.

Assim que Luke saiu, subi as escadas e abri a gaveta do meu criado-mudo. Havia um detalhe que não revelei a ele: minha obsessão com o pingente. Não podia ser *apenas* imaginação; ele estava ficando mais pesado cada vez que eu o examinava, como se estivesse crescendo junto com o poder de Genevieve. E por que eu não conseguia jogá-lo fora ou destruí-lo? Todas as vezes que tentei, ele voltou para mim. Era impossível explicar. Fiquei embaixo do edredom refletindo sobre tudo que aconteceu, enquanto o pingente projetava sombras estranhas na parede.

Você está marcada, Katy.

Lembrei-me da mulher do pastor, que afirmava ainda sentir a presença de Genevieve em casa, como se algo dela houvesse sido deixado para trás. Talvez ela estivesse marcada também... Luke tinha uma explicação racional para tudo, mas não podia me impedir de sentir medo desse vidro de cor esmeralda. Minha mãe aceitara o pingente dentro de casa, e eu tinha a estranha sensação de que a única forma de me ver livre dele era devolvendo-o para Genevieve. Eu já tentara fazer isso e falhara, mas agora sabia o que precisava ser feito.

CAPÍTULO
VINTE E OITO

Luke teve que passar uma semana fora, fazendo algum curso de treinamento, mas me ofereceu carona para a faculdade na primeira manhã depois do final das férias. Ele me deixou lá justamente quando Genevieve estava chegando, e havia uma porção de alunos amontoados por ali. A dor do meu tornozelo só valeu a pena por ver sua cara de inveja quando todo mundo correu para me ajudar. Minha bolsa e minha pasta foram carregadas por colegas enquanto as pessoas faziam piadinhas sobre meu ferimento e tentavam pegar as muletas emprestadas. Meu pé estava inchado demais para entrar em um sapato normal, e precisei usar um par das pantufas confortáveis da minha mãe, que mais pareciam uma lancha nos meus pés. Mas elas eram tão feias que quase chegavam a ser legais e viraram assunto. Fui logo para a aula e me acomodei diante do meu trabalho, feliz por poder sentar.

A srta. Clegg se aproximou sorrindo.

—Tenho um recado da secretaria, Katy, estão pedindo para você passar lá. Estou certa de que é mera formalidade para garantir que você não irá fazer nenhum malabarismo enquanto estiver machucada.

Já estava me habituando às muletas, embora elas requisitassem músculos que eu nem sabia que tinha e meus braços doessem demais. A secretária, sra. Wright, me fez sentar diante de sua mesa e leu uma advertência de saúde e segurança sobre todas as coisas que eu não deveria fazer. Devo ter deixado transparecer meu tédio, porque ela se desculpou, dizendo que era uma questão de bom senso. Enquanto ela falava, as palavras de Luke me voltaram à cabeça.

"*Vou deixar essa com você, Kat. Sei que vai encontrar um jeito.*"

Quem mais teria acesso à ficha de Genevieve? Essa poderia ser a oportunidade que eu estava esperando.

— Será que poderia lhe pedir um favor? — despejei, tentando me levantar da cadeira e estremecendo com uma dor exagerada. — Nossa nova colega, Genevieve, é uma graça de pessoa, mas muito tímida, e não quer contar a ninguém a data do seu aniversário, pois não quer nenhuma comoção.

Fiquei na expectativa, desejando que a sra. Wright entendesse a sugestão e que eu não precisasse pedir com todas as letras, mas a expressão dela era de quem não estava acompanhando o raciocínio.

— Poderia me informar a data de nascimento dela para que a gente não deixe passar em branco? É muito triste porque ela é órfã e queremos preparar uma grande surpresa para ela.

A secretária balançou a cabeça, pesarosa.

— Sinto muito, Katy, não posso fazer isso. Pode parecer apenas um detalhe para você, mas vai contra as regras de confidencialidade. Não posso divulgar nenhuma informação dos alunos.

Levantei e comecei a me arrastar até a porta, sentindo-me derrotada. Minha presença na secretaria parecia uma grande oportunidade, mas eu fracassara e não conseguia enxergar nenhuma outra saída. Seria perigoso demais tentar uma aproximação com os novos pais adotivos dela, pois eles poderiam alertá-la sobre minhas indagações.

— Katy?

Parei, ajustei minha postura e dei meia-volta. A sra. Wright estava sorrindo para mim.

— Se quiser, você pode perguntar a data do meu aniversário.

Quando me deu uma piscadela marota, fiquei me perguntando se ela não andava trabalhando demais.

—Veja bem... uma das alunas novas e eu fazemos aniversário no mesmo mês, só que o meu é mais para o fim, e o dela é no começo, bem no começo do mês.

Não foi difícil adivinhar o que ela estava propondo, e tive que rir. Era muita gentileza sua contornar as regras daquela forma.

— E quando é o seu aniversário, sra. Wright? — abri o sorriso.

Ela cruzou os braços.

— Ora, obrigada por perguntar, Katy. É no dia 29 de junho.

Agradeci efusivamente enquanto ela segurava a porta para eu passar. Então, Genevieve deve ter nascido no dia primeiro de junho, o que significava que tínhamos quatro dias de diferença. Aquilo pesou a favor da ideia de que nossas mães estiveram no mesmo hospital ao mesmo tempo. Eu não estava nem perto de descobrir a verdade, mas isso oferecia outra pista possível e dava a sensação de já ser alguma coisa.

Havia outro obstáculo a ser encarado. Eu encontraria Merlin mais cedo ou mais tarde e precisava passar logo por isso, estava tão nervosa que meu estômago parecia revirado. Meu coração deu um pulo quando Merlin entrou pela porta do refeitório na hora do almoço, e nossos olhares se cruzaram de imediato. Ele sorriu melancólico, o que me fez prender a respiração, pois parecia atraente demais e cheio de saudade. Lembrava um daqueles filmes em preto e branco, no qual o herói e a mocinha são forçados a se separar para sempre e ficam observando um ao outro por trás de lágrimas contidas já que precisam ser corajosos para enfrentar a situação, e a cena é de uma severidade dilacerante enquanto um trem, lúgubre, se afasta da estação e começa a tocar uma música triste.

Ora, vá tocar sua vida, Katy Rivers.

Depois da aula, esperei Nat do lado de fora das portas automáticas, no topo da escadaria; ela insistira que sua mãe me daria uma carona para casa. Eu me espremi em um canto da saída, para evitar ser derrubada ou esmagada. Num instante, eu estava só; no seguinte, Genevieve estava plantada ao meu lado, abrindo os braços, formando uma barreira na multidão, com a desculpa de estar me ajudando. Era um dia luminoso, e estávamos cara a cara sob o sol do fim do outono. Fiquei hipnotizada, incapaz de dar as costas. Havia uma cicatriz quase imperceptível na lateral do seu nariz, e toquei o meu, constrangida, sentindo o pequeno calombo de uma cicatriz similar, de quando eu caíra de um balanço aos 10 anos de idade. Genevieve tirou a franja dos olhos, e na sua mão deu para ver um conjunto peculiar de sardas que lembrava uma estrela. Eu tinha uma marca parecida, mas na mão oposta... minha mãe sempre dissera que era um sinal de sorte.

Fazia uma semana que eu não a via, e quase esquecera como era ruim aquela sensação de encontrá-la. Nesse dia, ela exalava uma combinação interessante: estava triunfal e exultante, com uma expectativa tensa.

— Que pena que perdeu a festa, Katy. Ficamos todos *arrasados*.

— Não tem problema, Genevieve, não poderia ter sido diferente. Foi muito legal de sua parte ter organizado a festa para Nat. Ela amou.

— É, ela amou mesmo. — Genevieve examinou as unhas como se as estivesse afiando. — Já roubei suas amigas, agora só falta mais uma pessoa.

— Você não pode estar falando de Merlin...
Genevieve deu de ombros, desinteressada.
— Então, quer dizer que ele ainda não contou?
— Contou o quê?
— Que eu terminei com ele.
— Até parece — disse, de forma arrastada. — *Você* terminou com o Merlin?
— Pode perguntar, se não estiver acreditando.
Ela demorou alguns segundos para digerir a informação, e pôs a ponta da língua para fora da boca.
— Ou, melhor dizendo, ele queria terminar o namoro, mas você tomou a iniciativa para manter a dignidade?
— De jeito nenhum — corrigi. — Ele queria passar mais tempo comigo, mas eu estava me sentindo um pouco... sufocada.
Ela fez uma voz aguda de menininha, escorrendo sarcasmo pelo canto da boca.
— Talvez, se você tivesse conseguido passar sua noite romântica com ele, então tudo teria sido diferente. Mas isso jamais saberemos.
Cheguei mais perto dela, mostrando os dentes com uma doçura excessiva.
— Ele é todo seu agora, e todo mundo vai saber que você é apenas uma substituta... a segunda opção, porque eu não o quis mais. — A expressão de Genevieve merecia uma foto, e ela lutava para controlar as emoções enquanto eu cravava a faca ainda mais fundo. — Ele não parece mais tão atraente assim, não é, Gen? Aproveite enquanto pode.
Por um momento, pensei ter conseguido atingi-la, mas Genevieve deu uma gargalhada que me gelou os ossos.
— Ele nunca foi seu... nem por um segundo. Eu apenas permiti que ficassem juntos porque fazia parte do plano.

— Como se eu fosse acreditar nisso.

Ela suspirou ansiosa e olhou para o céu cinzento.

— Poderia empurrá-la escada abaixo agora mesmo; bastava um empurrãozinho e todo mundo pensaria que você tropeçou. A descuidada da Kat, esperando junto à escada em vez de pegar o elevador.

Foi *descuido* me deixar encurralar daquele jeito. Saí automaticamente pela entrada principal em vez de usar o elevador que levava ao térreo.

— Seria um alívio — cochichou ela.

— Você não conseguiu viver sua própria vida — desafiei —, então precisou roubar a minha. Não poderia ser mais patética.

Ela fez um movimento espiralado com a mão, como se escrevesse no ar.

— Bastaram algumas pinceladas, e você foi apagada por completo.

Será que ela estava se referindo à pintura? Como não elaborou o pensamento, torci, esperançosa, para que Merlin não a tivesse deixado ver a tela. Meu pé escorregou para a borda do degrau e olhei para baixo, a sensação me fez titubear. Eu estava indefesa, mas o tempo todo consciente de certo peso que carregava na palma da mão e da frieza do vidro e do metal. Quase tropecei e me segurei na sua jaqueta, o que me deu a chance que estava esperando. O pingente foi colocado dentro de um de seus bolsos, endireitei-me e me senti mais firme na mesma hora.

— É isso o que acontece com todo mundo que a incomoda? — perguntei com confiança renovada.

Genevieve jogou o queixo para a frente.

— Talvez você devesse ser mais cautelosa.

— Sinto muito por seus pais adotivos — debochei. — Ouvi relatos sobre sua história triste, mas... parece que todos que se aproximam de você acabam mortos.

Ela ficou tão satisfeita com minhas palavras que seus lábios se curvaram nos cantos.

— Bom você ter percebido isso. Os outros podem me subestimar, mas você, não. Nós compreendemos uma à outra.

O pensamento mais bizarro me ocorreu, de que às três e meia da tarde de uma segunda-feira eu estava ouvindo uma confissão de assassinato. Sua mão agarrou meu pulso de repente, e minha cabeça foi tomada por lembranças horríveis dela. Eu estava lá na cabana, vendo as chamas lamberem a madeira, escutando as vidraças se estilhaçando e os gritos terríveis das pessoas presas lá dentro. E ela estava aliviada. Pude sentir sua satisfação impiedosa. Se ela era mesmo capaz de algo assim, então eu precisava tomar uma atitude.

— Minha mãe e eu vamos nos mudar — disse apressada. — Para outra cidade, começar uma vida nova.

— É tarde demais para isso, Katy.

— Tarde demais? — ponderei. — Mas você queria que eu fosse embora, que deixasse o caminho livre.

Ela torceu o nariz com um remorso fingido.

— Foi, eu disse isso, mas agora... não é mais suficiente. Você continuaria existindo... em algum lugar... e isso não me serve mais.

— Então, o que eu deveria fazer? Morrer?

— O melhor seria se você jamais tivesse nascido. É por isso que nos encontramos.

Aquela era a charada de costume, mas fui forçada a perguntar:

— E como foi que me encontrou?

Genevieve pareceu expirar de mansinho, e uma brisa suave me acariciou a face. Um de seus cachos encostou de leve em minha bochecha.

—Você sabe a resposta... mas ainda não se deu conta.

Pisquei, e ela desapareceu. Apenas Nat estava do meu lado, xingando-me por eu não ter usado o elevador.

Estava tão abalada quando cheguei em casa que me tranquei no quarto. Pensar que Genevieve pudesse ter visto a pintura me deixou enjoada. Tirei os cabelos do rosto e dei um suspiro longo e baixo de desalento. Quando vi meu reflexo no espelho do armário, estremeci: meu aspecto era tão cruel e vingativo que quase não me reconheci. Soltei o ar várias vezes e passei as mãos alisando a testa, as bochechas e a boca, tentando me livrar daquela expressão apavorante. Teria sido bom conversar com Luke, mas não havia motivo para contar o que aconteceu antes de ele chegar em casa. Senti que o dia apresentara progressos, mas que rumo eu deveria dar às coisas a partir daquele ponto?

CAPÍTULO
VINTE E NOVE

O trem já estava lotado. O fato de eu estar mancando conquistou certa simpatia, e me ofereceram um assento junto à janela, ao lado de um homem de meia-idade com uma lancheira aberta na mesa, comendo sanduíches de ovo e tomando alguma bebida de sua garrafa térmica. Todos os outros ocupantes devem tê-lo evitado, mas, como eu precisava pensar, não poderia fazer isso sendo jogada de um lado para o outro da cabine. A paisagem mudou ao deixarmos a cidade para trás; edifícios, fábricas e shopping centers deram lugar a campos cheios de vacas e fazendas isoladas, com apenas as gigantescas torres de transmissão estragando a vista. Minha viagem acontecera de impulso, bastou um rápido telefonema a meu avô e minha avó para anunciar minha intenção de visitá-los; mas agora chegara a parte difícil, decidir o que dizer para eles. Eu tinha uma hora para inventar uma história. Recostei a cabeça contra o banco para deixar minha mente divagar, mas eu estava tão cansada que minhas pálpebras foram ficando pesadas e, aos poucos, começaram a se fechar.

A penteadeira com três espelhos estava bem diante de mim. Genevieve e eu estávamos lado a lado sobre um banco estofado, nossos movimentos eram perfeitamente sincronizados, como uma estranha espécie de enigma. Um conjunto antigo de escova e pente de prata estava sobre a penteadeira. Assim que encostei a escova no cabelo, Genevieve imitou meus movimentos, tão de perto como se fosse meu reflexo. Fiz tudo mais rápido, querendo que ela parasse, mas a sincronia era tão perfeita que não conseguia me livrar dela. Eu me mexi ainda mais depressa, esperando que ela errasse; porém, gradualmente, ela passou à frente na brincadeira, e percebi que era eu quem a estava seguindo e não tinha mais controle sobre minhas ações. Ela conseguia fazer com que minhas mãos se sacudissem para os lados e minha cabeça chacoalhasse de maneira incontrolável. Fiquei confusa e exausta, mas ela continuava puxando as cordinhas como se eu fosse uma marionete. E, então, segurou a cabeça com as mãos e gritou. Mas era eu na verdade quem estava gritando, no entanto eu não tinha voz... era um grito silencioso de agonia e impotência.

Olhei ao redor na cabine, em pânico, convencida de que eu havia emitido algum som macabro, mas ninguém estava olhando na minha direção. Genevieve agora invadia até meus devaneios. O trem estava prestes a chegar na estação. Apanhei minha bolsa e ajeitei minha expressão para parecer radiante e contente.

— Katy!

Fui envolvida por um par de braços roliços e inspirei o perfume da minha avó, que sempre cheirava a limões-sicilianos. Virei o rosto um pouco, e minha pele entrou em contato com uma barba áspera.

— Andou na guerra? — brincou vovô com sua voz grossa.

— Não foi nada, só o tornozelo. Eu estava usando muletas até uns dias atrás porque não podia pôr meu peso no pé, mas já está melhorando.

— Dançou demais? — Vovó sorriu, e as covinhas apareceram em ambas as bochechas.

Meu avô insistiu em apertar meu cinto de segurança antes de partirmos para o vilarejo onde moravam. Vovó segurou meu braço assim que saímos do carro.

— Agora vamos até a cozinha preparar um chá. Temos bolinhos frescos, bolo de chocolate e aqueles biscoitos que você adorava. Espero que ainda tenha bastante apetite. Não tenho paciência com adolescentes que passam fome e parecem esqueletos. Para mim, não servem.

A cozinha não mudara nada, com sua despensa antiga, um antigo refrigerador com freezer, uma pia grande esmaltada e a mesa redonda com tampo de mármore, onde sempre nos sentávamos.

O nervosismo sempre abria meu apetite. Devorei um bolinho que saíra meio torto e depois passei para o bolo de chocolate antes que minha avó tivesse coragem de perguntar:

— Sua mãe, Rebecca... ela está... digo, está tudo bem?

— Ela vai bem — respondi de boca cheia e com migalhas voando para todos os lados. — Está saindo mais de casa e começando uma... terapia, está até falando em voltar a trabalhar.

A expressão de minha avó se iluminou.

— Que maravilha! Vou telefonar para ela e combinar de irmos visitar vocês um dia desses. Sempre falamos em fazer isso, mas... às vezes... as coisas não são tão simples.

Vovó tossiu constrangida e começou a passar manteiga em um pãozinho, com muito cuidado, para disfarçar seu desconforto. Não havia necessidade de nenhuma explicação. Eu sabia bem o porquê de eles não irem me visitar mais vezes; minha mãe sempre inventava um milhão de desculpas.

Meu avô reapareceu.

— Rebecca sabe que você está aqui?

Fiz que não, e ele murmurou:

— Ah — como se aquilo fosse significativo.

Engoli várias vezes seguidas porque sentia como se minha língua estivesse colando no céu da boca.

— Eu... queria perguntar uma coisa para vocês.

— Que tipo de coisa? — perguntaram em uníssono.

— Sobre quando eu era bebê.

Fez-se um silêncio desconfortável antes de a minha avó tomar a palavra.

— Você está crescendo tão rápido... achamos que poderia começar a fazer perguntas.

— É sobre o seu pai? — perguntou meu avô, com doçura.

— Hum... na verdade, não. É que... encontrei minha certidão de nascimento e queria saber sobre o lugar onde eu nasci.

Os dois trocaram olhares preocupados.

— Não sei se deveríamos discutir isso sem o conhecimento de Rebecca — disse ela. — É a ela que você precisa perguntar.

— Mas... ela não quer falar do assunto — bradei, frustrada.

— Sei que não quer. Nunca sequer me contou que nasci em outra cidade, e, se eu incomodar minha mãe... ela adoece...

Meu avô se levantou da cadeira resmungando algo sobre "dar uma conferida nas plantas", mesmo com o dia chuvoso.

— Vou lhe contar o que sei — disse vovó, por fim —, mas não é muito. — Encheu mais uma vez a xícara de chá forte de laranja e se acomodou na cadeira. — Rebecca tinha apenas 21 anos quando você nasceu. Estudava música em York, e não fazíamos ideia de que estava grávida. Ficamos sabendo apenas quando ela telefonou para anunciar o nascimento.

— Minha mãe não contou nada a vocês? — perguntei surpresa.

— Ela achou que fossem ficar zangados?

Houve um pequeno suspiro.

— Éramos um pouco... convencionais, mas teríamos apoiado nossa filha; qualquer pai e qualquer mãe com certeza teriam apoiado. Rebecca era muito independente e obstinada, e acho que queria resolver tudo sozinha.

Lembrei-me de minha mãe na cama, dia após dia, o exato oposto da ideia de uma pessoa independente e obstinada, e de novo me perguntei o que a teria deixado daquele jeito.

— O que aconteceu quando vocês chegaram ao hospital?

— Bem, essa é a questão, Katy. Rebecca já havia se dado alta, então fomos direto para o apartamento dela.

Meu coração se partiu.

— Vocês não me viram no hospital?

Minha avó enrugou a testa ao tentar se lembrar.

— Não... só conhecemos você quando já tinha cinco dias de nascida.

— E como estava minha mãe? Digo, ela estava bem com a ideia de se virar sozinha com um bebezinho?

— Ela demonstrou muita naturalidade cuidando de você. — Foi a resposta feliz.

— E... havia mais alguém lá? Você conheceu algum dos amigos dela?

— Não. Quando chegamos, ela estava aborrecida e ficava repetindo o quanto queria sair de lá e voltar para casa. Concluíra os exames finais e já arrumara as malas. Nós a ajudamos, é claro.

— Não perceberam nada estranho?

Minha avó se balançou para a frente e para trás na cadeira, rindo.

— Apenas o fato de que minha única filha agora tinha sua própria menina, e eu não estava nem um pouco preparada.

— Como foi que ela escondeu de vocês?

Vovó sugou o ar pelas frestas dos dentes.

— Naquela Páscoa, ela não veio para casa; disse que precisava revisar a matéria da prova. E nos estágios iniciais, conseguiu esconder bem, usando roupas folgadas, enquanto nós jogamos a culpa do seu aumento de peso na alimentação nada saudável de estudante. E vale lembrar do quanto você era mirrada quando nasceu.

Então por que uma foto de um bebê forte e rechonchudo tem o meu nome escrito atrás?, eu queria gritar, mas de certo modo isso seria um pouco além da conta e não achei justo sobrecarregar a vovó com minhas preocupações. Sabia instintivamente que ela não saberia a resposta. Meus avós nem sequer haviam estado no hospital, e o único bebê que viram foi aquele que minha mãe apresentou a eles.

— O que está buscando, Katy? — perguntou, com jeito.

— Não sei — respondi, sendo sincera. — Apenas o motivo de minha mãe nunca ter me contado sobre o meu nascimento. Achei que deveria haver algum tipo de segredo.

Minha avó apanhou o bule de chá para servir mais uma xícara e, de alguma forma, acabou queimando a mão. Pôs embaixo da água fria, enquanto eu fiquei por perto, preocupada.

— Está tudo bem, não me machuquei — tentou me reconfortar, mas parecia pálida e ansiosa. Eu me senti muito culpada por ter aparecido ali daquele jeito para enchê-la de preocupações. Lágrimas surgiram de repente e, apressada, tentei contê-las. Não era apenas o desgaste causado por Genevieve, mas também por ver meus avós de novo e perceber o quanto sentia falta deles. Ela deve ter notado e fez sinal para que eu tornasse a me sentar. Pôs uma das mãos enrugadas sobre a minha.

— Havia, sim, outra coisa — começou. Ela me olhou por um instante, como se titubeasse, e prosseguiu hesitante. — O apartamento onde Rebecca estava morando... estava em péssimo estado e ficava num bairro não muito bom. Alguns moradores tinham problemas... com drogas, eu acho.

— A minha mãe não tinha...?

— Cruz-credo, não. Mas... houve um incidente.

— Que tipo de incidente?

Ela limpou a garganta, mexeu nos anéis e cruzou os braços da mesma forma que minha mãe sempre fazia quando ficava nervosa.

— Uma das mulheres que morava no prédio... teve uma overdose... e, infelizmente... não sobreviveu.

— Minha mãe conhecia essa mulher?

Vovó assentiu:

— Rebecca estava tremendamente abalada. Demorou séculos para se recuperar do choque, e ficamos preocupados com ela durante algum tempo.

Aquela poderia ser a chave do motivo de minha mãe ter sido sempre tão frágil. Tive muito medo de perguntar.

— Por quê? O que foi que aconteceu?

Minha avó olhou pela janela, e seu rosto estava com uma expressão de tristeza.

— Ela ficou meio que presa em um mundo particular... tão diferente da menina alegre que tinha ido estudar fora. Sabíamos que estava sofrendo, mas éramos incapazes de ajudar.

— Mas... ela saiu de casa e achou um lugar. Deveria estar se sentindo mais forte então?

Ela assentiu.

— Depois de um tempo, o jardim parece ter curado sua mãe. Passava um bom tempo no quintal cuidando das flores, e o lugar favorito dela era embaixo do salgueiro-chorão. Ela até batizou a árvore com o seu nome, Katy.

Um imenso sentimento de tristeza irrompeu dentro de mim.

— E... minha mãe nunca mais voltou ao apartamento?

— Nunca. Ela não queria conversar sobre o tempo em que morou lá, e evitamos tocar no assunto.

— E o que me diz sobre algum inimigo? Ela tinha algum?

Minha avó riu.

— Rebecca nunca teve uma inimizade na vida; levava luz aonde quer que fosse.

Respondi com um sorriso fraco.

— Posso ver alguma das primeiras fotos que vocês têm de mim?

Vovó ficou contentíssima em buscar o álbum da família. Reparei que todas as fotos eram exatamente as mesmas que eu sempre vira na minha casa, e nenhuma se parecia com aquela que encontrei no sótão. Fui obrigada a passar uma hora vendo as fotografias de todos os parentes distantes até minha visão embaçar. Dei uma desculpa para não ficar para o chá, dando a entender que minha mãe precisaria de mim mais tarde. Ao dar um beijo de despedida, precisei fazer uma última pergunta.

— Quando minha mãe era mais nova... reclamava de ter algum sonho estranho... hã... tipo premonições?

Vovó balançou a cabeça, pesarosa, e me deu um último abraço.

— Cuide-se, Katy.

Era hora do rush quando voltei ao trem, e havia apenas lugar de pé; hordas de trabalhadores invadiam os vagões, e nem mesmo o fato de estar mancando pôde me garantir um assento. Consegui arrumar um canto perto do bagageiro, minha cabeça inundada de perguntas sem resposta. O que acontecera naquele apartamento detonado? E por que minha mãe se negava tanto a tocar no assunto? Algo tão terrível a deixou disposta a abandonar sua casa em vez de encarar a situação. E algo envolvendo Genevieve.

CAPÍTULO TRINTA

Não demorou uma semana e os cochichos começaram; um zumbido baixo e constante, como ruído de fundo, que me rodeava aonde quer que eu fosse. O zum-zum me aguardava nas esquinas, nos corredores e nos assuntos que eram interrompidos assim que eu aparecia. Embora estivesse acostumada a levar uma vida dupla, sorrindo apesar de tudo, aquilo começou a me desgastar. Escutei, por acaso, duas meninas conversando no banheiro feminino quando eu estava usando uma das cabines; diziam que eu só podia culpar a mim mesma. Culpar-me de quê? O que Genevieve estava aprontando? Todos os músculos do meu corpo estavam retesados, aguardando a revelação da sua última artimanha.

Aos poucos, até mesmo Hannah e Nat pareciam afetadas, o que foi a gota d'água. Eu estava prestes a confrontá-las quando decidiram me convidar para almoçar. As duas pagaram tudo, me dando a opção de todas as sobremesas açucaradas possíveis, obviamente para amortecer o golpe. Quase senti pena delas — os olhares furtivos, sorrisos apreensivos, um cuidado extremo nos modos. O que quer que Genevieve tivesse armado dessa vez devia ser terrível.

— É melhor vocês me contarem de uma vez por todas — disse eu por fim. — Estão me deixando nervosa.

A mesa balançou e eu sabia que estavam se cutucando por baixo dela, nenhuma queria ser a primeira a falar. Levantei.

— A menos que alguém me diga o que está acontecendo, vou-me embora agora.

Hannah fez sinal para Nat, que apertou os olhos, tencionou os ombros e deixou que as palavras saíssem.

— Merlin e Genevieve estão saindo, como namorados. Não queríamos que você ficasse sabendo por outros. Só aconteceu depois de você ter terminado tudo, e ele está preocupado que você pense que não foi assim.

Eu não saberia descrever o que senti, exceto, talvez, que foi como se houvesse sido atropelada por um ônibus. Pensei o tempo todo que isso fosse acontecer, que Genevieve tornaria aquilo realidade, que eu empurrara Merlin para seus braços... porém, ali, quando precisei encarar a realidade, fiquei completamente atônita. Mas não era apenas por isso... todo mundo devia estar falando de mim, com pena de mim, o que piorava tudo.

— Merlin sabe que vocês estão me dando a notícia agora? — sibilei.

As duas balançaram a cabeça afirmativamente.

— O quê? Como se eu precisasse ser protegida com uma nuvem de algodão para que me desapontassem com todo o cuidado! Como é que ele ousa ser tão arrogante e até mesmo pensar que eu ainda me importo?

— Quer dizer que... você não se importa? — gaguejou Hannah.

— E por que deveria? Fui eu quem terminou com ele.

— Sabemos disso — interveio Nat —, mas... achamos que era apenas... uma briguinha.

Voltei a saborear minha torta de brigadeiro com bolas de sorvete e chantilly, mas, de repente, o gosto ficou horrível. Eu não fora capaz de contar a ninguém sobre a pintura, e o orgulho me fez ressaltar:

— Merlin implorou para que eu continuasse com ele.

— Isso é um alívio — suspirou Hannah.

Nat se crispou, constrangida.

— A questão é... você nunca nos contou o que de fato aconteceu. Primeiro estava apaixonada, planejando passar uma noite com ele, depois ficou de castigo, perdeu a minha festa e então terminou o namoro.

— Foi por causa da festa? — perguntou Hannah. — Por Merlin ter dançado com Genevieve?

Na verdade senti pena das duas por parecerem tão ingênuas. Alguém tão complicada e sombria como Genevieve estava tornando a minha vida um inferno, e elas não faziam ideia de nada. Para ambas, a vida continuava cheia dos assuntos triviais da adolescência, enquanto eu não poderia voltar àquele estado. Genevieve me transformara.

— Fiquei incomodada com a fotografia — admiti —, mas não foi só isso. Havia algo diferente, e a sensação era estranha, não parecia certo. Precisei ser fiel aos meus sentimentos.

— Katy, você é tão corajosa — disse Hannah, não se contendo. — Sendo fiel a si mesma e se recusando a ceder.

Nat perscrutou a nós duas, espantada.

— Vocês já viram a maioria dos homens que temos por aqui? Se nos recusarmos a ceder, vamos morrer sozinhas.

Consegui dar um sorriso sem graça, enquanto notava o pé de Hannah batendo freneticamente no chão, o que indicava que havia mais por vir.

— Genevieve está mortificada pela sucessão dos acontecimentos, Katy... Ela espera que você não passe a odiá-la.

Eu nem sequer levantei os olhos da minha sobremesa.

— Odiá-la?

— Está preocupada porque parece que tudo aconteceu um pouco... rápido demais.

— No que diz respeito a mim, Merlin estava livre para ficar com quem ele quisesse.

A voz de Nat demonstrava uma preocupação irritante.

— É importante para Merlin que você não fique achando que ele agiu... de forma *desonrosa*.

Debrucei minha cabeça na mesa e dei uma gargalhada cínica da palavra que ela escolheu.

— Você pode dizer ao Sir Lancelote que a honra dele permanece intacta... bem como, claro, a de sua *Guinevere*.

Voltamos andando devagar para a faculdade. Ao chegarmos à escadaria, avistamos os dois. Desdobrando-se quadro a quadro, como num filme em câmera lenta, estavam as figuras de Merlin e Genevieve, subindo os degraus juntos, de mãos dadas. Era um dia ensolarado de inverno, e parecia que Genevieve tinha raios de luz nos cabelos, irradiando em todos os sentidos. Seu sorriso era ofuscante quando olhava para Merlin. Os corpos se moldavam e se curvavam juntos, e quando ele se movia ela preenchia o espaço que ficara, até as roupas combinavam no estilo. Os alunos chegaram a parar o que estavam fazendo para observá-los: duas pessoas sorridentes e felizes com o mundo a seus pés.

— Formam um casal bonito — consegui dizer, tentando neutralizar o momento. Dois braços se entrelaçaram com os meus, e cerrei os dentes. — Vamos lá. Vamos resolver o mal-estar de uma vez por todas.

Apertamos o passo para alcançá-los. Merlin me viu e quase tropeçou quando trocamos um olhar que eu não entendi. Ele afrouxou o aperto na mão de Genevieve, enquanto ela o agarrou com mais força ainda.

Não restava nada a fazer a não ser melhorar o clima.

— Acabei de ouvir as boas-novas.

— Obrigado, Katy — resmungou Merlin, desviando o olhar. Aquilo me fez sentir melhor, por ele não querer esfregar o namoro na minha cara.

— Obrigada, Katy — ecoou Genevieve, e pela primeira vez não consegui ler o que diziam seus olhos: raiva, triunfo ou a ameaça habitual. Lembrei-me do pingente e fiquei pensando se nossa conexão havia se rompido.

Depois da aula, dei um jeito de escapar sem que Nat ou Hannah me vissem e fiz meu caminho favorito para casa. Nas últimas semanas, as cercas vivas e as árvores se transformaram em arranjos de galhos e gravetos dotados de uma beleza árida. Observei uma fileira de terraços, dando-me conta de que dali a poucos dias estariam brilhando com as luzinhas de Natal, e tentei não imaginar a casa de Merlin toda decorada com os ornamentos artesanais que a mãe dele estava preparando. Ornamentos que eu não chegaria a ver. Genevieve é quem passaria aquele Natal lá, bem como faria todas as coisas românticas que eu e Merlin teríamos feito juntos.

Uma voz debochada chamou por mim e, dessa vez, não me surpreendi; de certa forma, eu quase esperava por aquilo.

— Pobre Katy. Faz esse caminho para ficar sozinha quando está triste.

Eu nem me virei, mas meu coração desmanchou com a perspectiva de mais um embate.

— E por que eu estaria triste, Genevieve?

— Porque o Merlin não a ama mais.

— Meus parabéns — retruquei. — Você o queria e agora o tem.

— Você ainda acha que ele é um refugo? — perguntou toda feliz. — Que algum dia foi todo seu?

— Claro.

— Então estou pronta para estourar sua bolha de ilusão.

Genevieve seguiu na minha frente, caminhando, ou melhor, saltitando de costas, o que me forçou a desacelerar o passo. Visualizei-a tropeçando, mas os pés pareciam antecipar cada buraco ou elevação. Apontou os dedos artificialmente e fez uma série de movimentos ondulados com as mãos, como se fosse uma mímica e estivesse ilustrando a história.

— Ele estava comigo desde o começo. Não se engane pensando que ele foi seu.

— Merlin não me traiu; eu saberia.

— Ora, Katy. Ele mesmo não sabia, estava iludido... mas a tela revelou a verdade.

— A pintura — disse eu, em tom monótono, pensando em como eu poderia ter chegado a imaginar que ela não soubesse de tudo.

— Gloriosa, não é? — riu de maneira inesperada, e um bando de pássaros assustados alçou voo de uma árvore.

— A pintura era de mim — precisei afirmar.

— Você não é uma artista propriamente dita, Katy, então não entende. É impossível mudar uma pintura a óleo depois de começada. Sempre foi o meu rosto naquela tela.

— Mas eu vi — insisti, sabendo que eu estava me enredando ainda mais na teia dela.

— Não viu nada, a não ser uns poucos borrões sobre a tela... uma ideia ainda sem forma. Você queria enxergar a si mesma ali, então foi o que imaginou. Mas, quando Merlin preencheu os detalhes, era eu.

— Acredite no que quiser, Genevieve.

Ela parou de repente, e fui forçada a parar também.

— Estava pronto havia semanas — sussurrou, e um sorriso foi se abrindo devagar no seu rosto, como óleo na água. Ela pressentiu minha incerteza, e seu sorriso se alargou ainda mais. — Até mesmo quando Merlin estava com você, ele me desejava.

Abriu os dedos, posicionou os lábios e soprou, como se houvesse uma bola de fumaça na mão que agora flutuava solta no ar.

— Agora está quase tudo concluído, todo mundo está na posição certa.

Genevieve foi embora sem ao menos olhar para trás.

Luke estava remexendo no carro quando passei na calçada, sua cabeça encoberta pelo capô. O motor se recusara a dar a partida de manhã, já pela segunda vez na mesma semana.

— Você está com cara de quem comeu e não gostou. — Sorriu.

— Esse é o tipo de bobagem que minha mãe diria — resmunguei. — Se você está querendo dizer que eu pareço furiosa é só falar.

Luke limpou as mãos em um trapo velho.

— Preciso perguntar?

Eu hesitei. Ainda não contara para Luke tudo que acontecera enquanto ele estava fora. Fiquei preocupada com o modo como ele reagiria, mas não podia mais evitar.

— Genevieve praticamente confessou o assassinato, Luke. Foi como se quisesse que eu descobrisse... como se ela se orgulhasse disso.

Ele balançou a cabeça.

— Pode ser um aviso.

Movi as sobrancelhas para cima e para baixo, tentando melhorar meu ânimo, determinada a não contar toda a verdade para ele.

— Ela disse uma gracinha sobre me empurrar escada abaixo.

— Isso não tem graça, Kat.

— O que quer que ela faça, faz questão de que eu saiba de tudo.

— Essa é a parte que mais me incomoda — respondeu ele, preocupado. — Ela está chegando perto demais de você. — Luke estava nitidamente alterado e tive a sensação de que ele não estava mais tão tranquilo com a história toda como antes. — Ela parece estar se movendo na direção de alguma coisa — cismou. — Como uma espécie de objetivo final.

— Pode ser um alívio — respondi. — Descobrir o que ela realmente quer... é melhor do que a incerteza.

Ele assentiu de leve, como se entendesse, mas não gostasse da ideia.

Balancei a cabeça e soltei um suspiro.

— Isso ainda não é tudo. Merlin e Genevieve... agora formam um casal. Ele estava tão *arrasado* pelo fim do nosso namoro que esperou... nossa, pelo menos uma semana inteira antes de ficar com ela.

— Sinto muito, Kat.

— Minha mãe tinha razão — reclamei. — Meu ciúme fez tudo isso acontecer, como uma... profecia que se autorrealiza.

— Acho que você recebeu uma ajudazinha da Genevieve, não? Ela fez de tudo para motivar você a duvidar dele.

Bati no peito.

— Não, o monstro dos olhos verdes estava dentro de mim, como uma chaga purulenta destruindo o que nós tínhamos. Não posso culpá-la *inteiramente* por isso.

Luke pareceu ter dúvidas.

— Ela manipulou você... jogou com suas inseguranças.

— Mas eu precisei agir por causa disso. Minha mãe estava certa: se você ama alguém, precisa libertá-lo.

— Sábias palavras — concordou Luke, discretamente.

— Essa é a parte legal sobre nós — disse eu, complementando. — Não temos todas essas complicações. Podemos dizer o que quisermos e seremos sempre amigos. A amizade é melhor do que o romance.

— Se você está dizendo — murmurou, mas soando estranhamente irritável.

Fitei a parte mecânica do carro como se fizesse total sentido para mim.

— Eu me pergunto se ela vai me deixar em paz agora e se posso esquecer todas as teorias malucas sobre troca de bebês e sobre minha mãe estar escondendo segredos tenebrosos e sinistros.

Luke parou o que estava fazendo e olhou bem na minha cara.

— Você acha que Genevieve vai parar por aqui? Que ela conseguiu tudo a que tinha se proposto?

— Ela tem Merlin. Ganhou o prêmio máximo.

Luke fechou o capô do carro e sua expressão parecia crispada de preocupação.

— Talvez Merlin seja apenas uma distração nisso tudo. Talvez você seja o prêmio máximo. Apenas não pare de olhar para trás, Kat.

CAPÍTULO
TRINTA E UM

A coisa mais incrível aconteceu: Genevieve não apareceu na aula. Tudo indicava que ela fora acometida de um caso grave de amigdalite e mal podia falar, o que era a melhor notícia do mundo. Quando Nat me contou, tentei não parecer exultante e é bem provável que eu tenha fracassado completamente. Era estranho me acostumar ao fato de que podia levantar de manhã sem estar tomada de pavor, participar das aulas sem aqueles olhos horríveis fixados em mim e almoçar sem ter que cuidar de cada palavra que eu usava. O primeiro dia de ausência dela foi maravilhoso, o segundo, uma bênção, e, no terceiro, quase dancei de tanta alegria. Aquilo me fez lembrar do quanto a vida era boa antes de Genevieve aparecer. Era difícil acreditar que fazia apenas três meses.

Hannah, Nat e eu decidimos fazer compras de Natal na quinta-feira à noite, quando todas as lojas da cidade ficaram abertas até mais tarde. Foi como nos velhos tempos, fazendo fila para tomar o ônibus, rindo de tudo e de nada: do cachorro de uma velhinha, que tentou levantar a saia de Hannah com o focinho; depois caçoando uma da outra por causa de nossos gostos diferentes para roupas. Saltamos do ônibus, abrindo caminho na multidão para darmos início à missão de comprar. Fomos primeiro às lojas de departamento, e comprei uma blusa para a minha mãe em um tom lilás lindo, lembrando-me de todos os anos em que tive que presenteá-la com camisolas e robes por serem as únicas coisas que ela parecia vestir. Nat não estava inspirada e comprou chinelos para o pai e um perfume para a mãe, enquanto Hannah ficou apenas olhando as vitrines, anunciando que jamais comprava algo se não fosse de última hora, do contrário não era festivo de verdade.

Em menos de uma hora, Nat estava tonta de fome e nos arrastou para uma pizzaria para comer uma pizza gigantesca com cinco tipos de recheio. Fiquei fascinada com a decoração do lugar. O tema era de uma lanchonete dos anos 1950, com bancos de couro vermelho em formato de meia-lua, um jukebox antigo e as garçonetes vestindo meia soquete e saias evasê. Um dos garçons tinha um topete gigante com brilhantina e vestia um terno estilo Teddy-boy num tom azul elétrico. Eu esperava que a qualquer momento eles fossem começar a cantar, como num espetáculo musical, com pitadas de *ragtime*.

— É uma pena que Genevieve não possa estar aqui — disse Hannah, pensativa.

— É *mesmo* uma pena — concordei, determinada a não ficar petrificada a cada vez que o nome dela fosse pronunciado. — Genevieve ama comprar roupas. Nós duas vimos um vestido de gala lindíssimo em uma loja de segunda mão, mas ela pegou primeiro.

— Ela comprou o vestido? — perguntou Nat, curiosa.

— Não, precisava de muitos consertos e Genevieve mudou de ideia.

— E por que *você* não o comprou? — indagou Hannah. — Poderia consertá-lo e deixar tudo perfeito.

Eu dei de ombros.

— Meio que desencanei depois de Genevieve ter experimentado. Ela ficou tão linda.

Mas, por algum motivo, Hannah não deixou o assunto do vestido de lado.

— Você é tão bonita quanto ela; até mais.

Dei uma risada duvidosa.

— Genevieve com certeza vai mudar de ideia e comprar o vestido para o baile de Natal.

— Ela não vai precisar de vestido — respondeu Nat rapidamente, e suas bochechas ficaram rosadas. — D-digo, ela provavelmente... vai costurar alguma coisa.

— Tem algo que você não está nos contando, não é? — desafiou Hannah.

— Não. Não tem mesmo.

— Eu conheço você desde o jardim de infância — debochou ela. — Vamos lá, pode ir falando.

Nat de repente perdeu o interesse na pizza, empurrou o prato para longe, carrancuda, e tomou um longo gole de refrigerante.

— Prometi não contar nada.

Hannah apontou para mim e depois para si mesma.

— Mas nós somos suas melhores amigas. O assunto morre aqui.

Nat hesitou por mais alguns segundos, e tive a sensação de que ela não precisava de muita persuasão.

— Ok... é a Genevieve. É possível que ela não fique mais muito tempo por aqui.

Minha faca escorregou do prato e caiu no chão fazendo um barulho alto e reverberante.

— Não vai ficar? Você está falando sério?

— Quando foi que ela disse isso? — perguntou Hannah.

Nat olhou para o teto como que tentando se lembrar.

— Hã... no fim de semana.

— E qual o motivo? — esforcei-me para sussurrar.

— Ela disse que esta cidade é chata demais e que se sente sufocada aqui. Acho que nem está doente de verdade, mas planejando sua partida.

— Ela disse para onde vai?

Nat falou com ar todo importante.

— Comentou sobre outro lugar... que é melhor do que todos os lugares onde ela já esteve.

Eu estava com dificuldades para absorver essa notícia e cheguei a massagear minhas têmporas como se estivesse com dor de cabeça.

— E Genevieve não disse onde era esse outro lugar? Se seria no exterior ou aqui mesmo?

— Não... mas acho que ela vai viajar o mundo pedindo carona, vendendo suas bijuterias e vivendo com uma mochila nas costas. Ela tem um espírito livre demais para este lugar.

A dramática transformação sentimental era bizarra: Genevieve alegara que não me deixaria em paz, no entanto, de repente, parecia decidida a ir embora e me abandonar tão rapidinho. Talvez ela estivesse, sim, arquitetando algo, e ali estava a resposta: partir tão bruscamente quanto chegara. Por uma fração de segundo, quase senti inveja do retrato que Nat pintara de Genevieve como um espírito livre, mas não durou muito.

— Nem sei o que dizer, Nat... é repentino demais.

— Não para a Genevieve — reforçou. — Ela mal pode esperar para partir.

Hannah franziu a testa.

— E as pessoas com quem ela está morando?

— Não sei — admitiu Nat. — Mas ela disse que não iria embora sozinha.

Resisti à pergunta de como Genevieve poderia abandonar Merlin dessa maneira e voltei meu interesse para o meu prato. A pizza ficara fantástica depois daquela notícia. Limpei o prato e ainda devorei os restos de Nat. Quando Nat deu uma passada no banheiro feminino, Hannah me olhou de um jeito um pouco estranho.

— Que virada, não, Katy?

— Definitivamente inesperada — respondi sem emoção.

Hannah revirou os olhos.

— Não sei se eu acredito. Genevieve é superlegal, mas é um tanto... imprevisível.

Resmunguei. Estava tão cega de esperança que nem me ocorreu que Genevieve pudesse estar mentindo.

— Talvez ela queira que a gente fique sabendo porque... não passa de uma brincadeira.

— Nat acreditou — assinalou Hannah. — Em todo caso, não é uma brincadeira muito divertida, né?

Minha alegria se transformou em desespero. Cruzei todos os dedos e escondi as mãos atrás das costas enquanto Nat voltava para a mesa, sussurrando uma prece silenciosa para que aquela informação fosse verdadeira, para que Genevieve desaparecesse de nossas vidas tão de repente quanto havia chegado. Saímos do restaurante e voltamos para o ponto de ônibus, driblando o mar de pessoas atravancando as calçadas. Todos os adultos pareciam bastante aborrecidos e hostis, abarrotados de sacolas, os rostos marcados de tensão. Fiquei pensando se fazer compras de Natal deixava de ser um programa divertido depois de certa idade. Passamos pela loja de segunda mão em que Genevieve e eu estivéramos juntas, e a decoração da vitrine fora mudada. Dois manequins estavam vestidos com roupas natalinas horrendas: um com um vestido de lantejoulas douradas com mangas bufantes e o outro com um conjunto de veludo preto com uma saia enorme que chegava na altura da panturrilha e uma faixa xadrez.

— Esperem mais uns 25 anos — brincou Nat — e Katy vai vestir um modelo assim para o jantar do clube de golfe.

Hannah deu uma risadinha dissimulada.

— Ou no baile da Liga Feminina.

Belisquei as duas no braço.

— Nunca vou me vestir como uma velha, nem quando tiver 60 anos. Vou transformar meu vestido de tergal num mini e sapatear por aí com coturnos da Doc Martens.

Nat mostrou a língua.

— Uma vovó radical.

— Eles tinham peças retrô muito legais da última vez — comentei. — Vamos entrar, eu mostro para vocês.

Parecia que a loja estava quase fechando; duas senhoras de idade esvaziavam o caixa e faziam a contabilidade. Passei voando pelas araras, procurando pelo vestido de sereia, mas ele era tão chamativo que logo percebi que não estava mais ali.

— Alguém deve ter comprado — suspirei, desapontada.

Uma voz me chamou.

— Sabia que você viria buscar aquele vestido depois de provar... guardei-o no depósito. Não deveria nunca ter ficado exposto... está avariado demais.

— Não experimentei — respondi eu, impertinente. — Foi a menina que veio comigo quem provou.

Reconheci a atendente, a mulher cujos cabelos eram tão duros que não se moveriam nem com um vendaval. Ela veio até mim e me examinou com atenção, baixando a voz.

— Se você não quer que suas amigas saibam, por mim tudo bem. Será nosso segredinho.

Minha voz, em contraste, ficou mais alta.

— Estou falando sério... não fui eu. Era outra menina... altura média, cabelos ruivos encaracolados, magra e bonita.

A mulher fez um bico.

— Lembro-me da outra moça, mas foi você quem provou o vestido. Posso ser velha, mas não me esqueceria de alguém assim... estou olhando para ela neste exato instante.

Estendi o braço e apontei o dedo.

— Não, eu fiquei parada lá e só observei.

— Se está dizendo — riu, e eu soube que ela estava concordando só para me agradar. Desapareceu nos fundos da loja, e eu disse a mim mesma que era bobagem ficar incomodada por causa disso. Ela era velha e deveria enxergar mal ou simplesmente tinha a memória fraca. Que diferença faria se houvesse me confundido com Genevieve? Quando ela retornou, recebi o vestido de suas mãos de má vontade.

Nat veio falar comigo com uma expressão perplexa.

— O que está pegando?

— Aquela senhora me confundiu com Genevieve — murmurei. — Insistiu até mesmo depois de eu frisar que Genevieve era magra e muito bonita, com cabelos ruivos e encaracolados.

— Mas... você acaba de descrever a si mesma — disse Nat, devagar.

Dei meia-volta.

— Eu? Não sou magra... nem vagamente bonita.

Ela me olhou estranhando.

— Se você está dizendo.

Hannah alisou o vestido com carinho como se fosse um cachorrinho de estimação, e depois me empurrou para o provador. Estava congelando, e fiquei parada com os braços ao redor do corpo, relutando em experimentar o vestido porque tinha servido em Genevieve, não em mim, e tínhamos um formato de corpo completamente diferente. Levei anos para tirar minhas roupas, tremendo enquanto me arrepiava inteira. A loja era velha e úmida, e podia ver o mofo brotando no papel de parede cor de laranja. Meus sapatos grudavam no carpete feio de estampa floral.

— Você vai ter que sair daí em algum momento — gritou Hannah, impaciente.

O espelho do provador estava rachado e me via refletida múltiplas vezes, como em uma cena de um filme do Hitchcock. Hesitante, dei um passo abrindo a cortina, enquanto Hannah, indulgente, arrumava as tiras do vestido e me acompanhava até o espelho da loja. Com os braços ao longo do corpo, o rasgo nem aparecia.

— Katy, você precisa ir ao baile — anunciou, fazendo fanfarra de mentira em um trompete de faz de conta.

Fiquei plantada no mesmo lugar, vislumbrando meu reflexo como se estivesse vendo um fantasma. Era como se o vestido tivesse sido feito para mim. Ele me servia com perfeição, e a pessoa que me olhava de volta do espelho não se parecia em nada comigo: era uma versão melhorada.

Fechei os olhos, esperei um instante, e então os reabri, mas a imagem permanecia a mesma.

— Isso é estranho. Estou diferente. Por que estou tão diferente?

— Nós percebemos uma mudança — respondeu Hannah com toda a delicadeza, cobrindo meus ombros com o casaco dela para evitar que eu tremesse de frio. — É como se tivesse... desabrochado.

Estava acontecendo algo que eu não compreendia. Tentei dar voz à minha confusão.

— Aquela senhora me confundiu com a Genevieve. Quer dizer... achei estranho, mas agora eu mesma mal consigo me reconhecer.

Nat pareceu genuinamente perplexa e franziu o nariz como um coelho.

— Se Genevieve se parece com você, então você deve ser parecida com ela... não deve?

Minha voz engasgou.

— Sim, mas achei que ela estava me copiando, e agora... agora... não sei mais nada.

— Quem sabe... esse tempo todo... você era a verdadeira perseguidora. — Nat abriu o sorriso.

Tentei sorrir, mas meu rosto se recusou a cooperar. Naquele momento, Hannah decidiu intervir e tomou as rédeas. Ela me ajudou a tirar o vestido e pagou por ele, enquanto eu, agradecida, fui pôr minhas camadas de roupas. Ela me entregou a sacola e deu uma piscadela.

— Deveríamos marcar de nos encontrarmos no sábado para experimentar roupas para o baile. Vamos arrumar os cabelos e fazer a maquiagem uma da outra, coisa e tal.

Assenti com um entusiasmo forçado, mesmo sabendo que teria apenas poucos dias para tentar fazer o conserto. Retornei calada no caminho do ônibus para casa e observei as gotas escorrendo na janela, com velocidade constante, do topo até a parte de baixo, tentando me livrar da sensação de estar revirada por dentro. Todo esse tempo pensei que estava fugindo de Genevieve. Será que eu fora atraída por ela como uma mariposa pela lâmpada? Descansei a cabeça contra o vidro frio, temerosa de não saber mais o que era real.

Um órgão está tocando uma música, a melodia desce pela escadaria tortuosa e lembra uma marcha nupcial, mas minhas unhas estão fincadas no corrimão, fazendo ranhuras na madeira como se fosse um animal selvagem. Genevieve está esperando, como sempre, com um sorriso misterioso no rosto. Segura um buquê de flores e um vestido marfim lindo para eu experimentar. Ele é delicado e tem uma renda intricada sobre o corpete de cetim. Cai tão bem em mim como se fosse uma segunda pele, mas o vestido está gelado e quero tirá-lo do corpo logo. Tento puxar o tecido, mas está grudado, ficando cada vez mais frio. O cheiro nas minhas narinas não é mais da umidade apenas, é de deterioração e putrefação, tão forte que me dá ânsia de vômito. Genevieve me força a olhar no espelho, e não tenho escolha a não ser obedecer. Não estou mais usando o vestido; é uma mortalha. Estou gelada e imóvel, as bochechas, pálidas, e os lábios, azuis. A música tocando é, na verdade, um hino fúnebre. É meu funeral, mas não estou morta. Estou aprisionada em um corpo paralisado, incapaz de falar ou de me mexer. Estou prestes a ser enterrada viva, e Genevieve vai assistir a tudo.

Já amanhecia quando me arrisquei a fechar os olhos novamente.

CAPÍTULO
TRINTA E DOIS

Katy, posso falar com você em algum lugar longe da faculdade? Por volta de meio-dia, se estiver liberada? Bj.

Fitei meu telefone por horas, incomodada por sentir comichão no corpo inteiro ao ler a mensagem de Merlin. Mas havia um toque de ressentimento; eu me recusava a ser convidada como se ainda estivéssemos envolvidos. Minha resposta foi fria e desdenhosa.

Sinto muito, Merlin, vou almoçar com Nat e Hannah, quem sabe outra hora.

Ele respondeu em seguida.

Que tal no La Tasse? 12:30 Bj.

Nota dez em persistência. Acabei concordando, por curiosidade. Não nos falávamos desde o episódio da pintura, e não conseguia imaginar o que ele teria para dizer. Eu estava feliz por ter lavado os cabelos naquela manhã e me esforçado para combinar minhas roupas com sobreposições chiques em vez do visual totalmente grunge.

Uma longa espera para cruzar a linha de trem fez com que eu me atrasasse elegantemente, e olhei ao redor do café por alguns instantes. Senti uma pontada em algum lugar do meu corpo quando repousei os olhos em Merlin — ele estava na janela, na mesma mesa onde sentamos juntos da primeira vez. Aquilo, agora, dava a impressão de ter acontecido em alguma vida passada. Chamamos a atenção das pessoas naquele dia por estarmos vivendo uma paixão recente, mas agora ninguém se dignava a nos dar uma segunda olhada. Escorreguei para o assento diante dele, sentindo como se um fantasma meu ainda permanecesse ali.

— Você está muito bonita, Katy.

— Obrigada.

Apontei para o laptop que estava aberto sobre a mesa.

— Dever de casa?

— Só algumas coisas de web design.

Eu sabia que minha linguagem corporal estava rígida. Era como se um cabide de madeira estivesse atravessado nas minhas costas.

— Como vai Genevieve?

— As amígdalas dela continuam inchadas.

Era a minha deixa para fazer cara de pena.

— Espero que ela melhore antes do Natal.

Observei Merlin com cuidado, mas não captei nenhuma reação. Se Genevieve tinha a intenção de ir embora, então ele não estava sabendo de nada. Mas por que ela contaria para Nat e não para ele?

Ele bebeu o último gole da xícara.

— Vou pedir mais um, está bem? E outro para você?

Fui amável, porém firme.

— Merlin, poderíamos ficar conversando amenidades a noite inteira e gastaríamos uma fortuna em café. Por que você me chamou aqui?

Ele assentiu hesitante e estudou suas mãos.

— Katy, preciso esclarecer algumas coisas entre a gente... Desde aquela... última vez... ainda não melhorou o clima entre nós.

Tentei parecer imparcial e controlada.

— Não precisamos fazer nada disso. Não tem necessidade. Continuaremos amigos, sem complicações.

— Não falo apenas de nós — suplicou. — E o que dizer dos outros? Não vai ser a mesma coisa se eu e você não... deixarmos tudo às claras.

Ele tinha razão. Ficaria esquisito para Nat e Hannah se não superássemos o fato de não sermos mais um casal.

— Ok — concordei. — Você primeiro.

— Preciso explicar sobre... a pintura.

— Não há nada para explicar — respondi, a mágoa subindo apesar das minhas melhores intenções.

Ele fechou os olhos.

— Continuo enxergando a cara que você fez quando lhe mostrei... Foi péssimo.

Passei a língua nos dentes como se tentasse tirar algo nojento que estivesse preso ali.

— E por que você acha que eu fiquei tão aborrecida, Merlin?

— Acho que cometi um... equívoco ao pintar seus... olhos — murmurou.

— Não apenas os olhos — acrescentei, e então minha raiva transbordou. — Não havia quase nada de mim na sua pintura.

— Você continua lá — insistiu.

Apenas resquícios meus, uma sombra fantasmagórica, refleti amargurada. Não restava mais nada a fazer a não ser confrontá-lo.

— Acho que você sabe bem de quem são os traços que predominam na tela...

Ele se recusava a olhar para mim.

— Você está falando de Genevieve?

Minha resposta saiu estranhamente afetada e formal.

— Sim, Merlin, certamente estou me referindo à Genevieve.

Merlin coçou o queixo e era perceptível que ele lutava para encontrar as palavras certas.

— Era apenas você, Katy, eu juro. Sua pintura, só sua.

— Não foi o que vi.

— Mas é isso que estou tentando dizer... Não era de Genevieve... pelo menos não de início.

Quando dei por mim, estava repetindo as palavras dela, jogando-as para cima dele.

— Você não pode ter mudado de última hora.

— Foi o que aconteceu — remoeu. — Segui retrabalhando detalhes aqui e ali... até o dia em que mostrei e...

— Mas não estava pronto havia semanas? — interrompi.

— Não... nunca apresso meus trabalhos. — Ele fez um círculo com as mãos. — É uma evolução gradual do tema, e às vezes toma vida própria.

Foi o que aconteceu nesse caso, pensei taciturna, mas fiquei calada, perguntando-me se deveria ou não acreditar nele. Estava irritada comigo por querer tanto acreditar.

— Katy... no primeiro momento eu estava olhando para a pintura do seu retrato quase pronto, e instantes depois você estava no meu estúdio toda confusa e chocada. Depois que você foi embora... fui entendendo o motivo devagar.

Sorri com educação e pisquei várias vezes.

— Quem sabe era seu subconsciente trabalhando... guiando sua mão. Secretamente você queria estar com Genevieve...

Merlin balançou a cabeça.

— Eu não queria, e não foi ela que eu pintei. Queria tanto fazer com que você acreditasse em mim.

— Por que isso é tão importante, Merlin?

— A verdade sempre é importante — respondeu, e me recusei a olhar porque ele pareceu muito sincero. Merlin deixou cair o pescoço. — Você e Genevieve são um enigma — reclamou. — Sempre que acho que estou me aproximando, descubro que vocês estão a um milhão de anos-luz de mim.

Fechei os olhos por um segundo, pois era exatamente assim que eu me sentia em relação a ele.

— Você está com Genevieve agora. — Precisei observar. — Ela não pode ser um mistério tão grande assim.

Merlin balançou a cabeça, quase em desespero.

— Ela estava sempre por perto, Katy, e você estava sempre... em algum outro lugar.

Fitei dentro dos olhos dele.

— Mas... isso não importa mais.

Fui tomada pela compreensão de que aquela era a verdade. Não acreditava que um dia voltaríamos a significar algo um para o outro. Encontrar Merlin daquela maneira era como dar adeus a uma parte de mim.

— Então, Katy... estamos bem agora?

— Claro.

Ele sacudiu a cabeça para se acordar.

— Genevieve pediu para lhe mostrar um concurso de moda na internet. O prêmio é uma semana de estágio em uma das mais importantes maisons.

Tentei não parecer mal-agradecida:

— Os detalhes vão ser divulgados na faculdade. A srta. Clegg sempre põe os anúncios no mural.

— Genevieve disse que este aqui era bem especial e que ninguém mais ficaria sabendo. Ela salvou nos favoritos: "Só para os olhos de Katy."

Suguei minhas bochechas, insultada pela cara de pau de Genevieve, e cliquei no link, esperando que a tela mudasse.

—A conexão está lenta? — Ele sorriu enquanto minha expressão congelava de pura incredulidade. Senti como se o chão se abrisse debaixo dos meus pés e eu estivesse afundando em um buraco negro. Fitei a tela tanto quanto suportei, meus olhos relendo o texto várias vezes, torcendo para que houvesse interpretado mal o significado. Levantei depressa.

— Merlin, preciso ir. Aconteceu uma coisa.

— Não tem nada de errado, tem?

— Não... só preciso correr para casa. Acho... que a gente se vê.

— Talvez antes do que você imagina — brincou, mas eu estava aborrecida demais para responder.

Devo ter batido o recorde por correr e enviar mensagem de texto ao mesmo tempo. Não diminuí o ritmo até ver a placa da minha rua. Meu coração batia acelerado e sentia uma dor chata do lado. Eu me debrucei sobre um muro, enjoada de tanta ansiedade e exaustão. O carro de Luke estava na frente da casa dele, e senti alívio, pois precisava compartilhar o que Genevieve fizera questão de me mostrar. A mãe dele atendeu a porta; minha voz estava fina e eu, sem fôlego.

— Olá, sra. Cassidy. O Luke está?

— Sinto muito, Katy. Ele levou Laura até o centro para uma comemoração.

Fui acometida por uma decepção sem tamanho.

— É aniversário dela?

A expressão da mãe se iluminou.

— Não, é aniversário de namoro dos dois. Três anos.

— Uau, nossa, isso é incrível.

— Deve ser o motivo de ele ter desligado o telefone — piscou para mim. — Podem não querer ser perturbados.

Fiquei mortificada.

— Não... sim... claro que não. Jamais sonharia em fazer isso.

— Era algo importante, Katy? — disse ela enquanto eu saía.

— Não, não era nada. Eu... hã... falo com ele amanhã.

Não havia nada a fazer a não ser esperar pelo dia seguinte. Ninguém mais seria capaz de entender esse novo acontecimento. Eu detestava precisar tanto de Luke e tentei tirá-lo da cabeça, mas era impossível. Fiquei acordada ouvindo o vento uivar e soprar minhas cortinas, entrando pelas esquadrias quebradas. Devagar, tirei a fotografia de nós dois da gaveta e segurei contra a luz. Cada vez que olhava, surpreendia-me mais. Com cuidado, pus de volta, sem saber por que guardara a foto.

A inquietação apareceu até durante o sono. Estou de volta à casa decrépita, mas desta vez desamparada, incapaz de ir adiante pela varanda. Sou forçada a ver Genevieve jogar um fósforo e a assistir às chamas se alastrando, a escadaria estalando e se partindo. Ela passa pelo fogo sem se queimar, pairando pelo menos três metros acima do piso. A única maneira de me salvar é indo com ela. Não quero, mas não tenho escolha. Ela estende a mão e dou um passo na sua direção, nossas figuras se fundindo uma na outra. Os pensamentos dela se tornam os meus. Ela me leva para a praça da cidade para ver o nó corredio do enforcado, pendurado na forca, contrastando com o alaranjado do céu ao anoitecer.

CAPÍTULO
TRINTA E TRÊS

O ruído era igual a uma chuva de granizo batendo de leve na janela do meu quarto e depois se intensificando. Eu estava entre o sono e a vigília, mas demorei séculos para entender que o ritmo das batidas não fazia sentido e que alguém estava de fato jogando pedras na vidraça.

Apressada, abri a janela e enfiei a cabeça para fora. Luke estava lá embaixo com a mão cheia de pedrinhas do jardim.

— Luke? Está cedo demais.

— Minha mãe falou que você passou lá ontem. Pensei logo que devia ter acontecido alguma coisa.

Mostrei as palmas das duas mãos para indicar que desceria em dez minutos.

Lavei o rosto, escovei os dentes, passei um pente nos cabelos e peguei uma calça de treino e um moletom. Por fim, apanhei uma folha de papel e joguei na bolsa. Luke estava esperando perto do carro, com os olhos turvos e os cabelos desgrenhados. Provavelmente dormira com aquela camiseta, pois estava amassada, quentinha e tinha o cheiro do quarto dele. Meu nariz devia estar fazendo hora extra, porque também consegui detectar um cheiro de alho e o aroma persistente e doce de cerveja.

— Não era assim tão importante — disse, sentindo-me culpada.

— Minha mãe disse que você estava sem fôlego, como se tivesse corrido uma maratona.

— Podemos ir a algum lugar, Luke? — Estava desesperada para sair de perto de tudo que fosse familiar.

Entrei no carro, ele fez uma saudação jocosa e sorriu.

— Pra onde, madame?

— Não acho que... você toparia dar uma passada... na praia?

Luke nem se dignou a responder, deu uma guinada no carro e partiu veloz da nossa rua. Morávamos a vinte minutos da costa e seguimos num silêncio compenetrado até Luke pôr o carro em um estacionamento ao fim do calçadão e pedir que eu me agasalhasse. A maré subira de manhã, as ondas estavam imensas, quebravam contra as barreiras com três metros de altura. Cada um puxou seu capuz e tentamos caminhar pelas dunas, mas uma camada de areia logo grudou no rosto, e nossos olhos ficaram doloridos e saibrosos. Entre os seixos e as algas, meus olhos logo identificaram pedaços de vidro marinho, o que provocou uma sensação estranha na boca do estômago. Logo fomos para uma área resguardada do vento. Havia uma pequena van vendendo lanches e bebidas quentes.

Puxei a folha de papel e entreguei para Luke, então dei as costas, pois não queria ler a matéria de novo. A manchete estava estampada na minha memória: "INCÊNDIO NA PARÓQUIA".

Luke ficou em silêncio por uma eternidade. Fiquei ouvindo um par de cachorros latindo e uma garotinha rindo com o vento que a jogava de um lado para o outro, e me admirei que as coisas simples prosseguiam normalmente, mesmo com alguém como Genevieve no mundo.

— Imprimi do meu computador ontem — disse.

— Pode não ter nada a ver com ela — enfim murmurou.

— Outra coincidência daquelas — respondi, desdenhosa.

— Ela não atravessaria o país para tentar uma coisa dessas.

— Nós atravessamos. Cruzamos meio mundo só para mergulhar no passado de Genevieve, e você tem que concordar que é estranho que coisas desse tipo pareçam acontecer sempre no rastro dela.

Até Luke pareceu perplexo com aquilo.

— Mas todos estão bem... digo, é horrível, mas... todos fugiram a tempo.

Minha voz era de um sussurro mortal.

— Graças à saída de emergência do andar de cima. Se o presbitério fosse menor...

Estremeci, lembrando como o andar térreo fora totalmente carcomido e a escadaria principal, arrancada. Eu subira aqueles degraus tantas vezes nos meus sonhos.

— Se foi Genevieve, Kat, então ela está acertando as contas do passado e não tem nada a ver com a gente ter conversado com o pastor e sua mulher.

Eu não podia acreditar que Luke fosse tão cego e me perguntei se ele não estaria tentando me acalmar.

— Ela conseguiu que Merlin me mostrasse isso no laptop... até marcou o link como "Só para os olhos de Katy".

— Isso é doentio! — disse, irritado.

— Ela está de olho na gente — insisti. — Sabe o que... o que *eu* andei aprontando. Ela sempre sabe.

Estava começando a aprender que, quanto mais me agitava, mais calmo Luke ia ficando.

— Você está chateada, chocada e provavelmente reagindo muito além do necessário.

Fiquei de pé com as mãos na cintura.

— Como é que você, de todas as pessoas, pode dizer uma coisa dessas?

— Sei que você gosta de... eventos inexplicáveis — começou ele, com muito tato —, mas tudo tem uma explicação razoável. Não dá para aceitar essa coisa telepática entre vocês duas.

— Ela está se tornando perigosa demais, Luke.

— Era por isso que você estava tão desesperada para voltar para casa ontem? — perguntou.

Tirei uma mecha de cabelos da boca.

— Estava totalmente chocada... preocupada que ninguém estivesse a salvo dela.

— Deveríamos voltar ao presbitério — sugeriu. — Falar com a mulher do pastor e persuadi-la a prestar queixa na polícia.

Balancei a cabeça com violência.

— Ela não vai fazer isso. Está na matéria. Ela culpa uns encrenqueiros que brincavam com fogos de artifício... uma brincadeira que fugiu ao controle. "Não desejo o mal deles", citaram-na dizendo, o que sinaliza para Genevieve que não vai fazer nada para denunciá-la.

— Isso não faz sentido.

— Ela sabe do que Genevieve é capaz — respondi, revoltada. — Acreditava que a menina era a encarnação do mal, e é por isso que não poderia viver em um lugar sagrado.

Luke me lançou um olhar exasperado.

Inspirei profundamente e decidi que não poderia mais me segurar.

— Sei que você curte esse lance de lógica, Luke, e que detesta superstições e magia, mas... Genevieve não é como a gente. Tem algo nela que a diferencia...

— Ela pode ser uma sociopata — respondeu —, alguém totalmente amoral, sem consciência, mas, ainda assim, ela é deste planeta, sem tirar nem pôr.

Luke olhou para o horizonte, e tive que resistir ao impulso de me aconchegar nele para me proteger do vento. Desde que havia visto nossa fotografia juntos, passei a tomar mais cuidado com meu comportamento e com a impressão que outras pessoas poderiam ter de nós dois. O chá que nos venderam tinha gosto de plástico e água quente, mas sorvi com gratidão.

— Foi tão esquisito encontrar o Merlin ontem.

— Foi, é?

— É... quase como se estivéssemos juntos.

— E você não quer voltar? — Meu capuz caíra e Luke o puxou para cima de novo, amarrando as tiras e empurrando os cabelos que voavam no meu rosto de volta para dentro. — Acho que tem muita coisa acontecendo com você neste momento, Kat.

— Ele era o namorado dos meus sonhos, sabe? O tipo que nunca imaginei que um dia fosse reparar em mim, e quando reparou foi tudo maravilhoso.

— Talvez você fosse apaixonada pela ideia que fazia dele, e não pela pessoa de verdade — respondeu Luke, com um sorriso peculiar.

Fiquei surpresa com o quanto Luke era perceptivo, porque, de um jeito estranho, eu já chegara à mesma conclusão. Tentei justificar.

— A primeira vez que eu fui até a casa de Merlin, havia um arco-íris incrível atrás da mansão e, mesmo sabendo que nunca conseguiria alcançá-lo, ainda assim tentei. Namorar Merlin foi um pouco parecido...

Luke pigarreou e pareceu levemente desconcertado.

— Deve ser difícil voltar a confiar em alguém agora, mas quando tudo estiver terminado...

— Nunca poderíamos voltar ao que era — disse com muita segurança.

— Nunca diga nunca, Kat.

Eu estava batendo meus tênis contra o concreto, tentando me livrar da areia molhada, quando Luke me ofereceu cachorro-quente. Balancei a cabeça, recusando de maneira educada, evitando fazer drama sobre minha aversão à carne, e o observei devorar um cachorro-quente com todos os recheios possíveis, o que era duas vezes mais nojento de se ver considerando-se que era de manhã. Mudei de assunto.

— E você e Laura? Juntos há três anos... parabéns!

Ele não respondeu, e fiquei preocupada que fosse algo muito íntimo e pessoal, mas ele ergueu o olhar enquanto as gaivotas revoavam sobre a gente, desesperadas pelas sobras.

— É tudo muito confortável.

— Como um par de sapatos velhos — brinquei.

Luke sorriu, mas parecia triste ao mesmo tempo. Demorou um tempão até falar alguma coisa.

— Não acho que vamos continuar juntos, Kat, queremos coisas muito diferentes. Laura me deu uma espécie de ultimato.

— Puxa, sinto muito...

Abandonei o assunto por ali, sem saber o que dizer e chocada por ter ficado contente com a notícia. Não entendi o motivo, pois não sentia nada pelo Luke. Não poderia sentir nada por ele.

— Está tudo bem — respondeu, com tranquilidade. — Nós dois mudamos muito... acontece.

Eu apertei sua mão, e ficamos examinando as águas turbulentas batendo contra os dormentes de madeira no paredão da praia. Enquanto observava as águas turvas com sua espuma amarelada, senti um formigamento de medo me percorrer a espinha, um pre-núncio de que algo estava para acontecer.

— Sinto como se estivesse me afogando — foi o que eu disse —, e Genevieve está comigo, mas ela não quer ser salva, ela quer que eu afunde junto.

Luke enterrou as mãos nos bolsos.

— É apenas uma projeção dos seus medos...

De repente, começou a chover. Luke me puxou e corremos juntos para o carro, ofegantes. Ele ligou o limpador de para-brisas e permanecemos alguns minutos assistindo ao poder fabuloso das ondas do mar, o horizonte como uma névoa cinza de água e céu convergindo.

— As coisas foram longe demais — retruquei com um tom resoluto incomum para mim. — O incêndio do prédio muda tudo. Preciso fazer Genevieve parar. Acabar com o mistério de uma vez por todas.

Luke levantou as sobrancelhas.

— Você parece bastante determinada.

Assenti, impiedosamente.

— Venho adiando por tempo demais, Luke. Sei exatamente a próxima coisa que deve ser feita.

— Mãe?

Ela saíra da cama, mas continuava de camisola. Andei me iludindo, achando que minha mãe estava melhor, mas as provas em contrário estavam bem na minha cara: os olhos fundos, novas rugas de preocupação que apareceram da noite para o dia e uma expressão permanente de agonia. Ela estava num estado de nervos constante, e o menor ruído a fazia saltar para fora de sua pele.

— Mãe, precisamos conversar. Você precisa me contar o que está acontecendo.

CAPÍTULO
TRINTA E QUATRO

Duas xícaras de café seguiam intocadas sobre a mesa; estávamos sentadas junto ao fogo, o vento uivava lá fora e a chuva chicoteava a janela. A impaciência estava me deixando irritada, mas sabia que era importante deixá-la fazer tudo no seu tempo. Levou séculos para começar, e pensei que ela fosse dar no pé, mas por fim inspirou profundamente.

— Eu estava morando perto de York quando você nasceu.

Eu não deveria saber disso, então fingi uma surpresa apropriada.

— Quer dizer que eu não nasci aqui?

— Não... eu era estudante quando engravidei e escondi de todo mundo, tanto quanto foi possível. Nunca contei para você porque... bem... na verdade não sei.

Ela me olhou melancólica, e me perguntei se estaria se lembrando de meu pai, de quem ela nunca falou nada.

— Por que escondeu?

Minha mãe cerrou os punhos até que os nós dos dedos ficassem brancos.

— Meus pais... sua avó e seu avô eram bastante rígidos e ficaram tão contentes por eu ter ido para a universidade; não suportava a ideia de desapontá-los.

— Você estava morando nos alojamentos? — perguntei, inocente.

— Não... todas as vagas iam para os calouros. A única acomodação que consegui foi fora da cidade, um quartinho sujo numa casa velha e grande com outros cinco ou mais quartos... úmida, com ratos, papel de parede descascando...

Minha mãe pegou sua xícara e tomou um gole, derramando um pouco na camisola, mas não chegou a perceber. Ela parou, e me dei conta de que precisaria persuadi-la; era fundamental escolher as palavras com cuidado.

— Esse lugar... digo... é possível que esse lugar tenha alguma ligação com Grace... ou Genevieve, que é como ela se chama agora?

— Não tenho como saber com certeza — respondeu com uma pitada de esperança desesperada. — Pode ser uma terrível coincidência. Quer dizer, não temos provas... apenas um nome.

Sua voz dizia uma coisa, mas seus olhos diziam outra. Havia um jeito de descobrir a identidade de Genevieve de uma vez por todas. Procurei me controlar, sentindo que estava à beira de algo gigantesco.

— Você saberia dizer a data de nascimento de Grace?

Minha mãe mencionou a data imediatamente, o que me pegou de surpresa, mas raciocinei que era apenas quatro dias antes do meu, então deve ter ficado gravado na memória dela.

— Então não há dúvidas — respondi, sem rodeios. — A faculdade confirmou a data de nascimento de Genevieve pelos registros no computador. Genevieve e Grace são a mesma pessoa.

Minha mãe quase não esboçou reação, e imaginei que, no fundo, não fora um choque para ela. Mas meu estômago se revirou, e pensamentos enlouquecidos percorriam minha mente ao me lembrar da fotografia do bebê desconhecido: minha mãe teve depressão pós-parto e não sabia o que estava acontecendo; a mãe de Genevieve a enganou para pegar o bebê menor e doentinho e ela ficar com o mais forte; ou as duas fizeram alguma estranha experiência de criar a filha uma da outra e ver como seria o resultado. Aquilo era de uma maluquice atroz e eu estava impaciente por respostas, mas era importante não assustar minha mãe. Inspirei algumas vezes e me recompus.

— Você conhecia bem a mãe de Genevieve?

— Tinha ouvido *falar* dela — reforçou, dando a entender que não eram elogios. Sua testa franziu ao se esforçar para recordar. — As pessoas sabiam que ela usava drogas, mas todo mundo fazia vista grossa... Passávamos por ela, mas não queríamos nos envolver, era mais fácil assim.

— Então... o que mudou?

Suas pálpebras se fecharam devagar, a voz foi se extinguindo. Tive de inclinar o ouvido para poder captar as palavras.

— Ela deu à luz... e então não era apenas a si mesma que estava destruindo.

Eu já sabia a resposta, mas precisei ainda assim perguntar.

— Eu estava lá... ao mesmo tempo que Genevieve?

Ela não negou. Deixou o queixo bater no peito e limpou a garganta com dificuldade.

— A noite que você foi do hospital para casa, você dormiu como um anjo, perfeita e bem calminha, e pela manhã... estava tão em paz.

Ela parou, uma lágrima rolou pela face e caiu sobre a perna.

— Então escutei de novo o choro... frenético... inconsolável... e fui até lá embaixo para ver.

Dei um salto quando Gemma entrou na sala como se fosse dona do lugar. Ela se enroscou nos meus pés, e escovei seu pelo, apreciando a distração.

— O que você viu?

Minha mãe olhou para a frente e falou sem emoção.

— Estávamos sofrendo com uma onda de calor e, às nove da manhã, o dia já estava escaldante. Havia um carrinho de bebê ao lado dos sacos de lixo... pude ver um rosto... estava imunda e havia sujado a fralda... abanando os braços agitados no ar, com uma vespa caminhando em cima dela. Chorava havia tanto tempo que estava com a carinha vermelha, e o choro já era rouco...

Senti o formigamento de novo e desejei poder poupá-la dessa dor. As palavras da minha avó me vieram de repente; ela mencionou uma morte por overdose que havia afetado minha mãe profundamente.

— A mãe dela estava... bem? — perguntei, com muito jeito.

Ela balançou a cabeça negativamente e limpou o rosto depressa.

— Não havia nada que eu pudesse fazer, nada que ninguém pudesse fazer... fiquei paralisada em estado de choque...

— Não foi culpa sua — disse eu em seguida, mas ela me ignorou e continuou a história no mesmo tom monótono.

— Mas foi então que eu soube... eu estava naquele local, naquele exato minuto... eu também era mãe, e era minha obrigação. Foi tão forte que nada poderia ter me segurado.

Aquilo soou um pouco estranho.

— Você telefonou para a polícia?

Ela não respondeu.

— Telefonou para a polícia? — insisti.

— Eles vieram — respondeu. — Lembro que vieram.

— E o que aconteceu com Genevieve?

Sua boca se contraiu de angústia.

— Não sei ao certo. Eu estava bem longe, voltei para casa com a vovó e o vovô. Era um lugar tão remoto e tão alheio a tudo, mas era o que eu precisava.

Um calor de alívio me engoliu. Aquelas eram as respostas que eu buscava. Minha mãe somente fora culpada de agir como uma pessoa que se importa. Se não tivesse decidido investigar naquela manhã, poderia ter sido bem pior. Genevieve poderia ter morrido também. Senti como se eu fosse um balão que murchava aos poucos e, mais uma vez, podia voltar a respirar com tranquilidade. Eu fora tão tola, inventando situações bizarras quando a explicação era tão simples; triste, porém simples.

— Você nunca contou para ninguém?

— Não até este momento.

Fiquei de pé, de costas para o fogo esquentando minhas pernas. Agora eu podia enxergar Genevieve como uma pessoa com problemas psicológicos e parar de ficar obcecada com a ideia de ela possuir algum poder sobrenatural sobre mim.

— Já sou quase adulta, e é óbvio para mim que você não poderia ter salvado a mãe de Genevieve. Qualquer um podia ver que você não fez nada de errado.

— Qualquer um, menos *Genevieve* — corrigiu.

Aquilo era bastante provável, mas era importante dar segurança a minha mãe.

— Ela vai entender.

De repente, ela deu um salto e sentou ereta na poltrona.

— Aquela garota, Genevieve... não acho que seja muito estável.

Aquele não parecia o melhor momento para descrever o quanto Genevieve era perturbada. Eu ainda não sabia como ela conseguira nos encontrar, mas deve ter distorcido tudo na cabeça para tornar minha mãe culpada de alguma forma. E era fácil ver por que ela me odiava: eu ainda tinha mãe, e ela não, o que provavelmente era o motivo pelo qual ela ameaçara se apoderar de minha vida.

Sentamos em silêncio, escutando a tempestade. Era gostoso estarmos juntinhas num casulo daquela forma, sem nenhuma distância entre nós. Tentei beber meu café, mas estava frio, e havia uma película de leite flutuando em cima. Minha mãe ainda estava remoendo algo, e esperei para que continuasse.

Finalmente, disse:

— E... a infância de Genevieve? Foi muito infeliz?

Eu revirei os olhos.

— É o que tudo indica... mas... ela foi uma criança-problema. Não importava quantas pessoas tentassem ajudar, ela sempre acabava sozinha.

O efeito daquelas palavras foi alarmante. Minha mãe parecia arrasada e enfiou o punho na boca. Começou a soluçar; uns soluços imensos, ruidosos, que estremeciam o corpo inteiro.

— Eu deveria ter interferido, Katy. Nós duas éramos jovens mães, mas eu tinha seu avô e sua avó para me ajudarem; ela não tinha ninguém. Alguns minutos antes, e eu poderia ter chegado a tempo...

— Você tinha seus próprios problemas — consolei-a.

— Eu arruinei duas vidas...

Ajoelhei-me no chão ao lado da poltrona.

— A mãe de Genevieve morreu porque não queria abandonar as drogas, nem mesmo por sua filha. Ela não assumiu a responsabilidade e pagou o preço.

Seus lábios se moldaram em um pequeno "O" de desespero. Parecia uma criança assustada.

— Não tenho o direito de julgar ninguém; *eu* fui uma mãe terrível...

— Não foi nada — argumentei. — Eu nunca fui infeliz nem negligenciada.

Ela permanecia angustiada, e me culpei por não estar ajudando.

— Essa história sempre me perseguiu — choramingou. — É impossível fugir do passado, não importa o quanto se tente.

— Vou conversar com Genevieve — anunciei. — Fazer com que ela veja que você não fez nada de errado.

Minha mãe balançou a cabeça, com teimosia, e projetou o lábio inferior.

— Fique longe daquela garota. Ela está determinada a me fazer pagar pelo que fiz... ela quer me atingir através de você.

— Agora não mais — insisti. — Ela não vai mais poder me ferir agora que sei a verdade.

De repente, ela se deixou escorregar na poltrona.

— A verdade não é sempre o que parece ser — respondeu com dificuldade.

Não fazia sentido dizer mais nada. Ela parecia ter desaparecido para algum lugar em meio a suas memórias, para aquele ponto no qual eu nunca poderia segui-la. Ajudei-a a voltar para a cama; ela atendeu de maneira mecânica e adormeceu em menos de cinco minutos. Estudei seu rosto por um momento. Tive esperanças de que a confissão fosse tirar um peso de sua consciência, mas não foi o que aconteceu. Mesmo dormindo, sua testa apresentava sulcos profundos, e sua boca se contraía como se fosse perseguida por memórias ruins. Mas ela abrira as comportas e quem sabe agora poderia se curar.

Enviei uma longa mensagem para Luke contando tudo que acontecera e como o mistério fora finalmente resolvido, e também agradecendo por toda a sua ajuda. De certa forma era triste, pois a gente formava um time e tanto. No fim, ele tinha razão: o mistério não era algo aterrorizante nem inexplicável, era apenas a história triste de uma mulher que não conseguiu se adaptar e as consequências disso. Minha mãe foi uma espectadora que acabou se envolvendo, e a repercussão ainda podia ser sentida. Ninguém sabia como Genevieve descobrira a verdade, mas isso não era o mais importante. Restava apenas convencê-la de que minha mãe estava agindo da melhor forma possível e implorar para que nos deixasse em paz. Desfecho: era disso que estávamos precisando.

CAPÍTULO
TRINTA E CINCO

O tecido do vestido era tão fino que escapava das minhas mãos como grãos de areia. Exigiria toda a minha paciência e perseverança para poder costurá-lo, e a cor era impossível de igualar, pois variava dependendo da luz. Assim que tinha um pedaço de linha em mãos, a cor parecia mudar de novo. Trabalhei pelo avesso, fazendo uma espécie de cama de gato para segurar as camadas de linha e, com toda a delicadeza, unir as bordas desfiadas. Se o tecido fosse mais claro, não teria conseguido disfarçar, mas no fim o rasgo ficou praticamente imperceptível.

Combinamos de nos encontrar na casa de Hannah por volta das sete. Minha mãe queria ver o que eu havia comprado, então desci as escadas flutuando, dando uma voltinha ao chegar lá embaixo.

— Uau... que transformação. Você está espetacular.

— Estamos fazendo uma espécie de ensaio para o baile.

A expressão dela ainda estava contraída, mas fez um esforço para parecer feliz por mim.

— Vai ser divertido... estou certa de que tenho um par de luvas longas em algum lugar.

Bati palmas de tanta excitação.

— Você consegue desencavá-las? E, por favor, me ensine a fazer uma trança embutida, algo que pareça elegante e sofisticado, em vez de arrepiado e indomado?

Minha mãe encontrou com facilidade as luvas e um sapato de saltinho com tiras atrás todo em cetim preto, além de um ótimo colar de pérolas falsas e brincos grandes para combinar. Vesti de novo minha calça jeans e pus o vestido em uma sacola, pronta para levá-lo comigo. Ela subiu as escadas e voltou com uma bolsa cheia de grampos, passadores, pentes, laquê; passou horas moldando meus cabelos grossos e ondulados em um penteado que lembrava vagamente Audrey Hepburn em *Bonequinha de luxo*, um de seus filmes favoritos.

— Sabe... desde que essa moça, Genevieve, apareceu — começou ela, hesitante — as coisas mudaram, não foi?

— Suponho que sim — grunhi, fazendo careta enquanto minha cabeça era puxada para a esquerda.

— Você está mais confiante... se comportando menos como...

— Um capacho?

— Não, não era essa a palavra que eu queria — ralhou. — Você está mais senhora de si.

— Talvez — concordei.

— As coisas mudaram para mim também.

— Mudaram?

Os dedos ágeis de minha mãe passaram no meu pescoço.

— Compreendi que você é quase maior de idade e logo vai viver sua vida. Quem sabe indo estudar em outro lugar.

— Eu já pensei sobre o assunto. Os melhores cursos na minha área estão provavelmente em Londres.

— Bem, Katy, tive você só para mim durante tanto tempo, é hora de deixar você partir.

Disse sem qualquer vestígio de autopiedade, o que não era normal. Uma gaivota grasnou no céu e me deu um susto. Pela janela, vi quando abriu as asas e ganhou altura no branco céu de inverno. Parecia quase um sinal de que minha mãe estava pronta para me conceder a liberdade de seguir minha vida.

— Você não é mais uma criança, e eu preciso cuidar da minha vida, portanto... a influência de Genevieve não foi de *todo* ruim.

— Eu não tenho tanta certeza — respondi, azeda. — Se nunca mais precisasse topar com ela na vida, ia achar que já vai tarde.

Ela passou laquê com cuidado, ajeitando aqui e ali, como uma obra de arte.

— Você tem tanto horror assim dela?

Meus olhos se incendiaram.

— Com certeza. Sei que ela teve uma vida difícil, mas é convencida, traiçoeira, astuta e manipuladora...

— Minha nossa! — riu, nervosa.

Minha raiva se intensificou.

— Espero que ela decida se mudar para o outro lado do planeta.

— Como assim?

— Hã... nada.

Era melhor não dizer nada ainda sobre Genevieve ir embora antes que fosse definitivo, sob pena de minha mãe se sentir culpada de novo.

Porque Genevieve não estaria lá, fui buscar meu casaco favorito, e foi uma delícia usá-lo novamente, como se estivesse sendo abraçada por um velho amigo. Minha mãe acenou para se despedir e disse para eu prestar atenção onde pisasse, pois o chão estava escorregadio e a previsão era de neve para os próximos dias. Eu estava bem, caminhando de tênis, mas um monte de gente estava despreparada, e vi uma senhora de saltos bem finos se agarrar a um muro, e um senhor ficar preso em um trecho de gelo, incapaz de se mover para a frente ou para trás, seus braços abertos como um equilibrista sobre a corda bamba. As crianças estavam se divertindo, escorregando na calçada e deixando tudo ainda mais perigoso. Pisei sobre um trecho de água congelada que vazara de um cano velho e meu pé patinou, mas consegui não cair.

Na casa de Hannah, as luzes estavam acesas e a cortina, aberta. Hannah e Nat correram para a porta e me puxaram para dentro. As duas já estavam vestidas: Hannah em um longo bem justo de cetim cor de marfim, que fora o vestido de casamento de sua avó, e Nat em um traje de tafetá rosa-shocking, para combinar com os cabelos, e tênis All Star. Uma onda de animação percorreu meu corpo porque aquilo era tão bom quanto brincar de se vestir de gente grande quando a gente era criança, experimentando as roupas e as maquiagens da mãe. Não queria admitir que eu nunca tivera companhia para brincar disso.

— Amei seu cabelo — entoaram as duas em uníssono, arrastando-me para a sala de estar, em vez de para a mesa da cozinha, onde normalmente costumávamos ficar de papo.

— Agora ponha o vestido, Katy.

— Por que a pressa? — perguntei, fechando as cortinas e me contorcendo, sem graça, para tirar a calça jeans. — Temos a noite toda.

— A gente não aguenta mais esperar para fazer sua maquiagem — respondeu Hannah, e pude sentir a impaciência dela.

Eu estava prestes a desfilar para lá e para cá quando um braço me empurrou para cima de uma cadeira e inclinou meu rosto contra a luz.

— Base — bradou Nat, e Hannah remexeu na bolsinha de maquiagem, trazendo um estojo de pó compacto. Era impossível conversar enquanto ela mexia no meu rosto e passava instruções. — Primeiro o blush e depois a sombra.

— Isso está parecendo uma operação — brinquei, enquanto ela trabalhava os meus olhos. Examinei Nat de perto e depois espiei Hannah. — Ei, como é que a maquiagem de vocês duas já está pronta?

— Estávamos entediadas — respondeu Nat, atacando-me com o pincel do rímel e me forçando a piscar um milhão de vezes. Ela deu um passo para trás para inspecionar a obra e pareceu aliviada por estar concluída.

— Aí está, Katy... você está linda.

Olhei para meu rosto no espelho e tive de admitir que ela fizera um belo trabalho. Minha pele reluzia, meus olhos exibiam um cinza esfumaçado, e as maçãs do rosto estavam bem-marcadas, com lábios exagerados como um arco de cupido. Peguei meus acessórios para terminar de compor o visual, tentando conter a sensação de anticlímax, porque não eram nem oito horas.

— Bem... estou pronta. E o que vamos fazer o resto da noite?

Nat consultou o relógio e, depois, Hannah. Fiquei com a nítida impressão de que havia algo que elas não estavam me dizendo. A campainha tocou e Hannah deu um salto, anunciando com uma voz alta e ensaiada:

— Quem poderia ser?

Eu a segui para atender a porta, e meu queixo caiu.

— Não fique aí parada de boca aberta — riu Hannah. — Acompanhe os meninos até a sala de jantar.

Merlin estava no degrau de entrada, vestido com calça risca de giz, cartola, casaca e um colete amarelo-canário. Adam, ao lado dele, estava de smoking preto e uma camisa branca de babados, enquanto um terceiro amigo, Harvey, vestia um tipo de paletó estranho e acolchoado e um lenço amarrado feito gravata. Os três pareciam ter saído de um romance pomposo e elegante dos anos 1940, e não pude acreditar que andaram pela rua vestidos daquela maneira, mesmo já sendo noite. Espiei atrás deles, esperando ver Genevieve fazer sua entrada triunfal, mas não a vi em lugar nenhum.

Merlin se adiantou, tomou minha mão, encoberta pela luva negra, e beijou-a antes de cruzar a soleira. Aquele gesto introduzia um elemento teatral, e colei atrás de Hannah no corredor, levando todos até a sala de jantar. Havia cálices de vinho e guardanapos de tecido, com um candelabro rebuscado de prata no centro da mesa. Meu olhar continuou até o jardim de inverno, que fora decorado com balões e cordões de lâmpadas. Um globo espelhado pendia do teto de vidro, e vários enfeites de lantejoulas estavam pendurados nas janelas.

— Está tudo bem entre você e Merlin? — cochichou Hannah.
— Ele disse que sim, mas...
— Está tudo bem — cochichei de volta.
— Pena que você perdeu a festa. — Nat sorriu. — Esta não é exatamente uma tenda.
— É melhor — disse eu, engasgada de emoção, e estava sendo sincera. — É um luxo.

A mesa estava posta para seis pessoas, e eu não podia acreditar que Genevieve me deixaria curtir uma noite assim sem tentar arruinar tudo. Hannah bateu com a colher em uma das taças.

— Sentem-se todos e, por gentileza, confirem se o nome de vocês está no cartão. Foi feito um mapa de lugares que é preciso seguir à risca. — Hannah piscou para mim, porque era óbvio que Adam seria colocado estrategicamente ao lado de Nat. — Minha mãe preparou todo o jantar, então a comida não será um horror. Não temos ninguém para nos servir, mas Nat dará o melhor de si.

Nat emitiu um gemido alto, mas foi ajudar de bom grado. Não me deixaram levantar um dedo ou sair da mesa, e passei o tempo sorrindo feito boba com toda a movimentação e absorvendo a decoração do ambiente. Os pratos eram leves e vegetarianos: lasanha cremosa de vegetais, diferentes saladas, batatas sautée e ciabatta para passar no molho. Sentamos todos para comer fazendo algazarra, e Nat propôs um brinde a mim e à nossa amizade, o que de fato fez com que uma lágrima escorresse do meu olho, embora eu, mais que depressa, tivesse piscado para reprimir. Genevieve podia ficar com a sua festa cheia de ostentações; a nossa era pequena, íntima e muito mais especial.

O pai de Hannah tinha um toca-discos antigo com um prato que tocava 78 rotações, e, durante todo o jantar, escutamos uma coletânea de músicas da década de 1920, rindo com os arranhões no vinil e com a agulha que não parava de travar. Lá pela segunda taça de espumante, aquilo parecia ainda mais engraçado, e me convenci de que Hannah batizara a bebida com algo mais forte. Minhas bochechas estavam pegando fogo, apesar do frio, porque tudo parecia tão bonito, e todos haviam se esforçado tanto por minha causa. Merlin estava sentado do outro lado da mesa; eu falava e brincava com todo mundo desviando de seu olhar, porque ele estava com uma expressão que era difícil resistir. Se estivéssemos apenas nós dois, temia que eu fosse me deixar envolver.

Hannah assustou todo mundo quando de repente deu um salto e gritou:

— Aimeudeus, está nevando!

Todos correram para as janelas do jardim de inverno e ficaram assistindo aos primeiros flocos macios e delicados caírem. Era muita loucura, mas tive um desejo irreprimível de ir lá para fora. Escancarei as portas do hall e fui saltitando até a grama sem casaco nenhum, com a neve se acomodando delicadamente nos meus ombros, cabelos e rosto enquanto eu contemplava maravilhada a sua beleza misturada às milhares de estrelas no céu. Joguei a cabeça para trás e rodopiei no jardim, esfregando os flocos na pele. Eu era a bailarina, o balão fugidio, a folha ao vento, dando voltas e piruetas naquela cobertura branca. Ouvi risos enquanto todos chamavam meu nome, porém continuei até chegar a uma fileira de coníferas no fundo do jardim, alinhadas como soldados em um desfile. Foram necessárias duas pessoas para me levar de volta para dentro, molhada e escorregadia como um peixe que acaba de saltar do rio. Nat me jogou uma toalha, e sequei meus braços e o pescoço, arrepiada com o frio cortante.

— Parece confete nos seus cabelos — sussurrou Merlin, e senti sua mão tocar minha pele pelo decote das costas.

Foi então que eu soube que me fora concedida uma segunda chance, e aquela era a noite com que eu tanto sonhara. Naquele momento eu brilhava e não faria nada errado; naquela noite eu não era mais a Katy invisível. Havia apenas uma única explicação: Genevieve havia largado o osso. Não havia como eu estar me sentindo tão confiante e livre a não ser ela tendo enfraquecido de alguma forma. Deve ter encerrado comigo. Merlin me olhou como se estivesse me vendo pela primeira vez, e o presenteei com meu sorriso mais radiante antes de voltar para a festa.

Meu estado de espírito era contagiante. A mesa logo foi limpa, com todos se apressando em ajudar, e a pista de dança foi aberta. Trocamos todos de par e arriscamos charleston, tango, foxtrote e, ao final, Merlin me tomou nos braços para dançar uma valsa.

— Imagine se vivêssemos naquela época, Katy — disse, arriscando a me inclinar para trás e me levantando logo antes de eu bater no chão.

— Será que você teria reparado em mim... você, com seu casarão? — tentei manter o tom despreocupado. — Você seria o filho do fidalgo, e eu seria a empregada que lustra a prataria ou as suas botas.

— Parece bom — riu de esguelha. — Eu poderia tirar vantagem da nossa criadinha.

Fiz uma reverência de mentira, embora soubesse o que estava acontecendo e que eu o estava encorajando.

— Eu estou mesmo perdoado? — perguntou ele, com franqueza.

— Não há o que perdoar.

— E agora?

— Estamos dançando — disse eu, ironizando.

— E agora, Katy? — insistiu.

Ele parou no meio da dança e, ainda segurando uma das minhas mãos, conduziu-me pelo corredor de Hannah. Eu não respondera à pergunta, e ele aproximou o rosto do meu. Eu não recuei. Merlin começou, bem devagarinho, a beijar meu pescoço, subindo até chegar na ponta da orelha. A sensação de termos esse tempo juntos era inacreditável, e afastei qualquer outro pensamento da cabeça. A qualquer momento ele alcançaria meus lábios, e seria como se nunca tivéssemos terminado. E o melhor de tudo era que Genevieve merecia isso, merecia mesmo. Era a minha vingança suprema.

De repente, vi meu reflexo de relance em um pequeno espelho próximo do cabideiro e me recolhi. Meu aspecto era tão duro e cruel, meus olhos cintilavam de um jeito horrível. Mal me reconhecia e, do nada, o entendimento me atingiu como uma marretada. Se Merlin podia tão facilmente fazer uma coisa dessas pelas costas de Genevieve, o que aquilo revelava sobre ele? Ou sobre mim? Eu me afastei e arrumei o vestido, lívida com meu comportamento. Genevieve merecia aquilo, sim, mas, se para dar o troco eu precisava me rebaixar ao nível dela, isso eu não faria.

— Não somos intercambiáveis, Merlin — disparei. — Você não pode simplesmente agarrar uma de nós duas quando a outra não está por perto.

Ele levou a mão à testa.

— Não sei o que deu em mim... me desculpe.

— Está bem, mas não podemos chegar a este ponto de novo. Você namora a Genevieve agora.

Não conseguíamos nos encarar.

— Eu praticamente esqueci que você não era mais minha — resmungou ele, e saiu de perto de mim.

CAPÍTULO
TRINTA E SEIS

Um táxi me deixou bem em frente à minha porta. Estava difícil sair do carro porque o vestido era tão apertado e eu não podia esticar muito a perna sem voltar a rasgá-lo. Fiquei na festa até a meia-noite, agradeci profundamente a todos e consegui escapar, recusando a oferta de Merlin de me acompanhar até em casa usando a neve como desculpa. Havíamos nos aproximado demais, e eu precisava me certificar de que aquilo não voltaria a acontecer. A casa estava às escuras e revirei a bolsa tentando encontrar a chave sem acender a luz de fora, com medo de acordar minha mãe. Dei um pulo de meio metro quando uma voz, surgida da escuridão, falou atrás de mim.

— Eu sabia que você voltaria para buscar o vestido.

— Quê...? Você me deu um susto e tanto. O que está fazendo aqui a esta hora da noite?

— Esperando por você, Katy.

Genevieve saiu das sombras, os cabelos presos para trás e o rosto de uma palidez medonha. Fiquei tão amedrontada que fiz três tentativas até acertar a chave na fechadura.

— Você sentiu minha falta?

— Na verdade, não — sussurrei e apontei para cima, indicando que ela deveria falar baixo. Genevieve não estava usando casaco, apenas um suéter grosso sobre uma camiseta. Dava para ver como sentia frio porque seu corpo estava encolhido, e as mãos, vermelhas.

Não pude acreditar que ela ficara esperando do lado de fora em uma noite gélida de dezembro apenas para me provocar.

— O que você quer, Genevieve? — perguntei, altiva.

— Temos assuntos a tratar.

— Temos?

— Sabe que sim. Você deveria me convidar para entrar.

A porta estava aberta, e vi sua respiração subindo no ar gelado.

— Está tarde, podemos conversar amanhã.

Genevieve deu uma risada cínica.

— Nunca ouviu a frase... o amanhã nunca chega? — Olhou para o relógio. — De qualquer maneira, é meia-noite e meia, portanto já é amanhã.

Senti um pavor enorme de que ela fosse fazer uma cena e acordar minha mãe, então deixei que passasse por mim e entrasse em casa. Fui logo atrás e fechei a porta, indicando com o queixo a direção da sala. Cruzei os braços e assisti enquanto ela examinava a sala como se fosse uma compradora interessada. Chegou até a passar a mão pelo revestimento da parede, como se testasse a qualidade.

— Não é o que eu esperava — disse de forma arrastada.

Eu estava exausta, mas tentei acompanhar o sarcasmo desinteressado dela.

— E você esperava o quê?

Ela suspirou alto.

— Não sei... algo diferente... original e especial... que fizesse valer a pena. Mas arriscar tudo só por esse... esse inferno suburbano?

— Não acho que seja um inferno. É a minha casa.

Ela fez uma careta de desgosto.

— Você não conhece outra coisa, Katy.

— Genevieve... estou cansada... cansada demais para fazer seus joguinhos.

— Quem sabe você queira que eu grite? Precisamos de mais companhia.

Ela sabia exatamente quais botões pressionar para me deixar nervosa.

— Não, não faça isso. Estou bem, e podemos conversar. Venha até a cozinha e vou preparar uma bebida para nós duas.

O desdém dela continuou.

— Que ótima essa cozinha em madeira com umas florezinhas na parede, o armário para o cereal e uma prateleira para guardar os pratos. Garanto que vocês têm um jogo de louça especial e algumas xícaras de porcelana guardadas para as visitas.

Ela estava certa. Minha mãe tinha as duas coisas, mas prossegui fervendo o leite na panela e não mordi a isca. Entreguei-lhe a xícara fumegante, e ela cheirou, identificou que era chocolate quente e ergueu os olhos aos céus.

— É tudo de um tédio tão mortal! É isso que deseja para a sua vida?

— Não sei o que eu quero para a minha vida — foi minha resposta. — Alguém da nossa idade sabe?

— Talvez não — concordou com frieza —, mas deveria saber que isso você não quer. Precisa desejar algo melhor.

— Eu nunca esperei nada melhor — disse, tomando um gole da minha xícara.

Ela me examinou de cima a baixo com olhar crítico.

— Então o vestido não teve nenhum efeito mágico?

— Em que sentido?

Ela deu um sorriso felino.

— Você e Merlin?

— Já lhe disse antes, Genevieve, eu não o quero.

— Ele é apenas uma miragem, Katy. Descobri logo.

— Você só o quis enquanto eu o queria — retruquei. — É óbvio.

Ela deu de ombros e emitiu um grunhido que podia significar qualquer coisa.

— Estou indo embora... mas isso você já sabe.

— Sim, ouvi dizer.

Genevieve bocejou e levantou os braços acima da cabeça.

— É muito triste que sua vida não valha a pena ser roubada. Se fosse eu, se esta vida fosse a minha, com a louca da sua mãe, seus amigos chatos e namorado de plástico, não sei o que eu teria feito.

— É por isso que você está indo embora? — perguntei sem alterar a voz.

Ela assentiu.

— Tive bastante tempo para pensar, e talvez tenha sido melhor assim.

Era um golpe baixo, eu sabia, mas não consegui evitar.

— Com certeza *não* vou sentir sua falta...

Ela ficou de pé e começou a estudar nossos retratos de família.

— Fiz um favor para você, Katy. Você era toda bagunçada quando eu cheguei, desleixada e uma completa ratinha medrosa. Agora está bem... atraente e está aprendendo a se defender.

Senti que estava em desvantagem, sentada, enquanto ela parecia ficar maior perto de mim. Levantei, desajeitada com o vestido que nós duas havíamos desejado, e feliz por ter ficado de casaco. Puxei-o apertado contra o corpo. Nossa casa estava muito fria; o vento entrava assobiando pelas frestas e buracos do telhado, das janelas e até dos rodapés. Estava em mau estado, negligenciada, e era horrível de repente enxergar as coisas pelos olhos de Genevieve. Era como se ela fosse uma ladra saqueando nossos bens mais pessoais.

Tentei deixar a voz firme com uma nota de finalização.

— Então... estamos felizes por seguirmos cada uma o seu caminho.

— É. A louca da sua mãe escapou dessa.

Era a segunda vez que ela chamava minha mãe de louca em questão de minutos.

— Ela nunca fez mal para ninguém na vida — devolvi.

Sua expressão ficou sombria.

— Então você ainda não sabe...

Encarei-a de frente, tentando soar mais confiante do que me sentia.

— Eu sei. Ela me contou a verdade.

Seus olhos verdes brilhavam de um jeito perigoso.

— E que verdade foi essa?

— Que a sua mãe era viciada em drogas. Minha mãe morava na mesma casa e precisou chamar a polícia no dia em que ela... — eu não conseguia pronunciar a palavra *morreu*, mas Genevieve fechou os olhos de dor. — Então ela na verdade resgatou você, Genevieve, que tinha apenas poucos dias de vida e estava chorando, inconsolável.

Seus lábios se moveram em silêncio enquanto ela digeria minhas palavras. Então, disse:

— Isso foi o que ela lhe contou... e você acredita?

— É claro.

— Mas isso não explica o mais importante.

— Que é?

— Nós duas.

— Isso é tudo coisa da sua cabeça — insisti, mas meu estômago voltou a revirar.

Genevieve examinou as unhas com aparente desprendimento ao falar.

— Sua cor favorita é índigo, você gosta de estudar as nuvens e em geral enxerga rostos nelas, o cheiro de carne lhe dá enjoo, sempre se sentiu como uma estranha no ninho, tem medo de água e detesta seus dedos dos pés porque eles têm protuberâncias... ah, e prefere o inverno ao verão, mas fica preocupada de que isso não seja normal...

Genevieve parou e eu sentei de novo.

— Qualquer um poderia ter lhe contado essas coisas.

— Por que você não encara os fatos? — bocejou.

— Está enganada... iludida...

Ela me encarou do outro lado da mesa.

— Você tem o sonho? — sorriu de novo, mostrando todos os dentes. — Quando eu era pequena, sonhava com você o tempo todo, sentada em frente ao espelho me espiando. Imaginava que fosse igual a Nárnia, mas neste caso havia apenas um espelho nos separando.

Suas palavras me cortaram como uma lâmina. Eu jamais contara aquele sonho para ninguém.

— É demais para processar, Katy, a informação de que somos a mesma pessoa? — Debruçou-se na mesa e segurou minha mão direita. Nossos dedos eram um espelho uns dos outros, igual àquele dia no ônibus. — Sua... *mãe* insiste em seguir rejeitando — disse com suavidade. — Ela tenta reescrever o passado até que consiga acreditar... convencida de que sua versão dos acontecimentos foi o que de fato ocorreu, porque o que ela fez é difícil demais de aceitar.

Todas as partes do meu corpo congelaram. Eu tremia de forma incontrolável e minha voz falhava.

— Não quero saber de mais nada... vá embora como você prometeu.

Ela balançou a cabeça devagar e intencionalmente.

— Não posso partir ainda. Essa mulher tornou isso impossível para mim. Continua contando mentiras, continua se esquivando do que fez. Preciso libertar você. Está pronta, Katy? Está preparada para saber a verdade?

CAPÍTULO
TRINTA E SETE

Foi a noite mais longa da minha vida. Cada minuto parecia durar um ano inteiro. Minha mãe me encontrou na manhã seguinte sentada na poltrona dela. Eu havia permanecido no mesmo lugar desde que Genevieve fora embora. Minha expressão devia estar horrível, porque ela correu para mim, agachou-se e me tocou, mas eu não conseguia sentir nada. Acho que me transformara em pedra. Ela apalpou minha bochecha, depois pôs a mão no vestido e apertou-o.

— O que há de errado, Katy? Você está paralisada e parece não ter ido para a cama. Oh, meu Deus, alguém machucou você? Ou sofreu algum ataque?

Virei para ela com dificuldade, meus olhos injetados e a voz rouca.

— Genevieve esteve aqui na noite passada. Ela estava me esperando voltar para casa.

Minha mãe estremeceu como se tivesse sido atingida por algo.

— O que ela queria?

Não respondi. Ela deu um passo para trás, e então mais outro. Seguiu fazendo isso, como se quisesse fugir de mim, até que alcançou a porta e resmungou alguma coisa sobre ir até a cozinha. Poucos minutos depois, voltou com uma xícara, o calor subindo, fumegante.

Até tomou minhas mãos e envolveu-as ao redor da xícara, temendo que eu fosse derrubar. Não protestei porque meus dedos estavam anestesiados.

Dei um bom gole e imediatamente me engasguei com o chá escaldante.

— Ela estava indo embora — disse, engasgada. — Estava decidida porque era chato demais ficar por aqui, e a minha vida nem valia a pena ser roubada; mas então algo mudou.

— O quê?

Estudei minha mãe como se não a visse havia muito tempo.

— Você. Falamos de você, e isso mudou tudo.

— Você deveria ter deixado que ela fosse, Katy... para longe das nossas vidas.

— Precisei defender você — respondi, esquentada. — Ela precisava saber que você apenas estava protegendo-a.

Minha mãe se agarrou na cadeira para se apoiar.

— E o que foi que ela disse?

A tremedeira recomeçou, e meus dentes bateram na borda da xícara.

— Ela disse que havia um motivo para que a gente possuísse tanta coisa em comum...

Os seus olhos se moviam muito rápido de um lado para o outro da sala, as pupilas estavam aumentadas. Eu não sabia se poderia continuar com isso. Sentia uma ânsia esmagadora de parar, fingir que a noite anterior jamais acontecera e que tudo voltaria a ser como antes. No entanto, não poderia mais ser assim; não com o que eu descobrira. A única forma de fazer isso era fechando meus olhos bem apertado e cuspindo a terrível verdade.

— Genevieve me contou que somos parentes... não apenas irmãs, mas... irmãs gêmeas... bivitelinas.

— E você acreditou nela? — sussurrou.

Depositei minha xícara na mesa de canto e apoiei o rosto nas mãos.

— É tão estúpido e tão inacreditavelmente horripilante e doentio, mas...

— Mas?

— Não existe outra explicação. Por que pensamos igual e imitamos uma à outra sem saber, e por que temos o mesmo sonho recorrente desde pequenas?

Pensei que minha mãe fosse ter um colapso, mas ela se sentou e, no mesmo instante, pareceu envelhecer vinte anos. Vi diferentes emoções percorrerem seu rosto enquanto os minutos passavam, e o silêncio da sala foi se amplificando até soar como um trovão.

Por fim, ela disse quase numa atitude de derrota:

— É verdade.

— Você nos separou! — acusei-a, meus dentes cerrados tão apertados que chegavam a doer. — Não me admira que Genevieve a despreze!

— Ela tem todos os motivos — respondeu, com estranha calma.

Meu tom de voz aumentou em volume e incredulidade.

— Você fez cara ou coroa? Deixou para trás a que chorava menos? Como é que uma mãe pode fazer uma coisa dessas?

— Fiz pensando no melhor para vocês.

— Não repita mais isso...

— Eu achei que estava fazendo o bem — repetiu.

Minha mãe ficou sentada inerte, com a cabeça baixa e as mãos unidas sem vida. Tive vontade de ir até lá e chacoalhá-la.

— Você não pode simplesmente esperar que ela vá embora. Ela é parte das nossas vidas, goste ou não.

— É tarde demais para mudar as coisas, Katy. Você sabe o que ela é. Ela vai nos destruir.

— Você está pensando apenas em si mesma.

— Não... estou pensando em você e nas coisas que ela fez.

Era inacreditável, mas eu estava defendendo Genevieve.

— Talvez ela não consiga se segurar sozinha. Você nunca deu nenhuma chance para ela...

Minha mãe não protestou.

— Tem razão, Katy. Era você ou ela, foi uma escolha terrível para se fazer.

— Não espere que eu lhe agradeça por ter escolhido a *mim* — respondi, com desdém.

Ela me fitou por um segundo e então baixou o olhar.

— Não espero nenhum agradecimento, mas... quando você souber de todos os fatos...

— Não quero saber — vociferei.

Ela se encolheu toda, mas a ânsia de puni-la era mais forte.

— E você inventou aquela história toda sobre a viciada em drogas que morava no quarto de baixo. Isso foi muita maldade.

Seu rosto estava com uma coloração terrível — um cinza-esbranquiçado com uma expressão que parecia uma mistura de choque, humilhação e vergonha, mas meu coração permaneceu firme e endurecido de verdade.

— Eu não menti — foi o que ela conseguiu dizer.

— Claro que mentiu, você está mentindo até agora. Minha vida inteira é uma mentira. — Fiquei de pé, desesperada para sair de perto dela.

— Não vá. Não é o que você está pensando — implorou. — Vou contar a verdade, Katy. A verdade toda.

Bati a porta da sala de jantar e saí furiosa de casa. Pensei que ela fosse me seguir e espiei por cima do ombro diversas vezes, mas não me seguiu. Já eram sete horas da manhã, e o único carro na rua principal era do leiteiro. Ele olhou duas vezes quando me viu com vestido de festa, mas apenas sorriu e seguiu adiante. Havia somente um lugar aonde eu poderia ir. Logo soube disso. O celeiro convertido ficava no limite da cidade e ocupava meio acre de terra. Subi uma escadaria e peguei um atalho, cortando caminho por um campo que estava cheio de neve. A barra do meu vestido logo se encharcou e rasgou. Os delicados sapatos de cetim estavam arruinados, e meus pés escorregavam de maneira perigosa quando encheram d'água e um dos saltos quebrou. Logo estava caminhando toda torta, o que era cansativo, e fiquei feliz ao avistar a casa. As portas originais do celeiro eram agora imensas vidraças que iam do chão ao teto, e ao me aproximar enxerguei Genevieve sentada à mesa. Ela me viu e acenou.

— Eu sabia que viria. — Foi tudo o que disse.

— E eu sabia que você sabia que eu viria.

Nós duas rimos, e pela primeira vez parecia ter acontecido algo sincero entre nós, não mais como se estivéssemos competindo uma com a outra.

— Entre — convidou. — Você pode se trocar e vestir alguma roupa minha.

O andar de baixo era completamente aberto, sem divisórias, com uma área social preenchida por um sofá confortável em formato de L, uma mesa de jantar moderna para oito pessoas e um escritório escondido atrás de um biombo. Até a cozinha vermelha, toda descolada, ficava à mostra, embora fosse tão limpa e brilhante que me perguntei se alguém de fato cozinhava ali. Em toda parte, havia uma estranha mistura do antigo com o novo, mas tudo se complementava. Havia um mezanino, tingido de carvalho claro, que podia ser acessado por uma escada em caracol que dava quatro meias-voltas.

Segui **Genevieve** quando ela subiu, o tempo todo olhando para cima e escutando nossos passos ecoarem no espaço cavernoso. O quarto dela não era enorme, mas tinha vista para o campo todo. Naquele dia, a paisagem parecia perfeita, com telhados cobertos de branco, a torre da igreja salpicada de neve, árvores e arbustos com galhos nevados. Ela me entregou uma calça jeans e um suéter tirados do guarda-roupa, e me despi sem ficar encabulada, sem perder de vista o quão irônico era o fato de Genevieve agora parecer uma extensão de mim mesma. Suas roupas e até os tênis me serviam como uma luva.

Ela ofereceu uma escova e, quando me olhei no espelho, percebi que meus cabelos ainda estavam presos na firme trança embutida, que não combinava com a roupa mais casual. Com cuidado, tirei os grampos e a soltei.

—Você era meio moleca? — perguntou ela, curiosa. — Quando era pequena?

Eu assenti.

— É... estava sempre tentando brincar com Luke e a turma dos meninos.

Ela fez uma careta.

— Eu também, mas fui obrigada a usar vestidos rosa-chiclete, enfeitados com corações e fitas, e blusas de babadinhos.

Uma lembrança me ocorreu naquele momento; algo que eu lera em uma revista.

—Alguns gêmeos têm uma linguagem própria e demoram anos para falar... mas neste caso... não somos idênticas, então...

— Isso não faz diferença — interrompeu de modo feroz. — Os gêmeos sempre compartilham tudo. O certo é estarmos juntas, você não acha?

Havia algo na intensidade do seu olhar que me fez contorcer.

— É incrível que estejamos aqui... juntas.

— Eu não posso abandonar você agora, Katy. Sabe disso, não é?

Concordei, com a sensação familiar de pavor me inundando, mesmo que ela estivesse agindo de forma mais normal pela primeira vez.

— Você não vai mais embora... então... vamos nos ver bastante — murmurei.

— Eu não quero apenas ver você — respondeu com desprezo. — Estávamos juntas na mesma barriga por nove meses; é isso que acontece com gêmeos. Eles pertencem um ao outro, e você me pertence, Katy.

Subitamente, relembrei as palavras dela: "O melhor seria se você jamais tivesse nascido." Ainda não compreendia o que ela quis dizer com aquilo, mas me deu um arrepio.

Genevieve inspecionou as ruínas do vestido de cauda de sereia.

— Você dormiu?

— Não... nem por um segundo.

— Nem eu — confessou. — Vamos tomar café.

A cozinha era um sonho de design; junto com as portas brilhantes em vermelho havia bancadas de granito negro, um fogão e uma pia de aço escovado. Era óbvio que os donos do celeiro viviam bem. Tinham uma geladeira estilo americano e uma cafeteira italiana com opção de cinco tipos de grão de café, além de uma centrífuga para sucos e outros aparelhos que eu nem conseguia identificar. Genevieve preparou ovos mexidos para nós duas, exatamente como eu gostava, moles, mas não escorrendo, com pão integral, granola e suco de laranja fresco. Ela parecia tão à vontade ali que fiquei imaginando como poderia abandonar tudo aquilo por uma vida de incertezas.

— As... pessoas com quem está morando... sabem alguma coisa sobre a gente? — perguntei, meu estômago agradecido pela primeira refeição do dia.

Ela balançou a cabeça.

— Eles me apoiam e são legais comigo, mas não deixo as pessoas se aproximarem muito... não confio nelas. Não mais.

Genevieve não precisou explicar. Passei minha vida toda tentando não me aproximar das pessoas. Sempre achei que elas mantinham distância de mim, mas agora compreendia que provavelmente era a minha energia meio retraída que agia como uma barreira.

— É melhor não contar com mais ninguém — acrescentou. — Assim não podem nos fazer mal.

Era incrível que tivéssemos vidas tão diferentes, mas permanecêssemos tão parecidas. Não precisei contar a ela que tive problemas para fazer amizade; ela me apontou isso de maneira cruel quando nos conhecemos. Fingi não observar enquanto Genevieve moía pimenta sobre os ovos, mas não pôs sal, e comeu o cereal crocante com apenas poucas colheres de sopa de leite. Eu fazia exatamente a mesma coisa; uma imagem espelhada com perfeição. E chegara a hora da pergunta que valia um milhão de dólares. Senti que era o momento certo para perguntar. Baixei a faca e o garfo e sorvi a última gota de café.

— Quando foi que você soube?

Ela correu o dedo pelos lábios, mergulhada em pensamentos.

— Desde sempre, acho. Não me lembro de nenhum momento em que não soubesse de sua existência, mas achava que era culpa minha você não estar lá.

— Por quê?

— Meus pais adotivos me diziam que eu era completamente má — respondeu, quase com alegria —, então eu devia ser a responsável por nossa separação.

— E como me encontrou?

Seus olhos verdes fitaram bem dentro dos meus; estavam molhados, como vitórias-régias flutuando sobre a água.

— Foi coincidência... destino... como você quiser chamar.

Inspirei profundamente.

— Sério?

— Sério — enfatizou. — Morei em tantos lugares do interior, então quais as chances de vir parar na mesma cidadezinha que você? Aquele dia no ônibus foi certeiro... você deve ter sentido alguma coisa também.

Então foi pura sorte nos encontrarmos. Eu não tinha certeza se isso era mais difícil de acreditar do que a ideia de ela descobrir de alguma forma onde eu estava e ir atrás de mim. Ela achava que era a divina Providência, e ficava difícil discordar.

— Senti algo, sim — precisei confessar —, mas não sabia o que era. Apenas senti umas ondas de... sua emoção. Achei que fosse ódio.

Genevieve inclinou a cabeça de lado como um cachorro pidão.

— Eu senti ódio. Você parecia tão feliz, e eu queria apagar aquele sorriso do seu rosto, ou talvez eu quisesse colocá-la para fora do seu mundinho complacente.

— Você me culpa pelo que aconteceu?

— Culpo — declarou com plena segurança. Esperei que ela fosse explicar a resposta, mas não o fez, somente me hipnotizava com aquele olhar. Ninguém nunca havia me olhado daquela forma antes, e ela conseguia ler meus pensamentos mais profundos, o que tornava tudo duplamente incômodo.

— Foi por isso que você fez todas aquelas coisas horríveis para mim?

Genevieve deu de ombros, displicente.

— Você nunca passou pela dor... nem sabia da minha existência. Quer saber como eu me senti quando a vi pela primeira vez naquele dia... rindo sem nenhuma preocupação no mundo?

— Mas não foi culpa minha...

— Tentei me ligar a você — insistiu, tocando a lateral da cabeça. — Você deveria ter sido capaz de sentir isso. Deveria ter sido receptiva. Eu a amei tanto, mas... conforme os anos foram passando, comecei a desprezá-la e me ressentir de você.

— Eu não fiz nada de errado — repeti. — Você não deveria me culpar.

Genevieve abriu as mãos, as palmas voltadas para cima, falando quase sozinha.

— Primeiro eu queria fazê-la sofrer... depois queria que você sumisse... mas então compreendi... esta é uma segunda chance para nós duas. Agora tudo pode ser consertado.

Emiti um comentário explosivo e descrente.

— Simples assim. Você espera que eu a perdoe e esqueça tudo.

Ela parecia perplexa por eu não ceder. A situação era evidentemente clara como o dia para Genevieve.

— Precisa entender como foi para mim, Katy. Eu não tive nada; você teve tudo. Mas não tinha cabimento odiá-la ou forçá-la a ir embora... agora entendo que jamais vamos escapar uma da outra e não vamos mais nos separar.

Aquilo não estava indo muito bem, e suas palavras estavam de fato me assustando. Nada do que ela fizera ou dissera até então me permitia acreditar que ela fosse capaz de uma transformação. Havia passado do desejo de me aniquilar para uma possessão sufocante que me enervava do mesmo modo. E havia a questão da minha mãe e de como ela sobreviveria a isso tudo.

— A mamãe tinha só 21 anos — tentei explicar. — Não sabia o que estava fazendo. Ninguém mais sabia da gravidez, e ela provavelmente estava deprimida...

— Por que você continua defendendo essa mulher?

— É estranho — resmunguei. — A pessoa que você mais conhece e em quem mais confia no mundo se revela outra coisa... alguém capaz de algo tão inimaginável.

— E alguém é o que parece ser, Katy? Todos usamos máscaras para os outros, porque achamos que, se enxergassem quem somos de verdade, não gostariam de nós.

Eu me preparei para fazer a pergunta que precisava ser feita.

— Seus pais adotivos... você de fato... não fez mal a eles?

Não tive certeza se ela sorriu ou se foi uma ilusão causada pela luz.

— Eram as pessoas mais detestáveis do mundo... presunçosas e donas da verdade, sem nenhum amor ou alegria; havia apenas sofrimento, obediência e punição. Eles me deixaram diante do meu *altar* caseiro para rezar, pedindo para eu ser uma criança melhor... ao lado de duas velas acesas. Abri a janela e a cortina pegou fogo... se espalhou muito rápido.

Fechei os olhos e disse uma prece silenciosa em agradecimento, porque aquilo não fora proposital, mas havia ainda o segundo incêndio, no presbitério.

— E você nunca mais voltou, desde que isso aconteceu?

— Nunca.

Queria desesperadamente acreditar nela, porque a outra alternativa era terrível demais para ser considerada.

— Eu acho que *era* para isso acontecer — comecei, baixinho, apesar dos meus medos. — Era nosso destino encontrarmos uma à outra e à nossa mãe para que pudéssemos ter uma segunda chance.

— Temos a mesma mãe — concordou, mas sua voz estava estranha, como se houvesse ensaiado. — Isso não se discute.

— Então... o que faremos agora?

— Acho que chegou a hora de fazermos uma visita, Katy... juntas.

CAPÍTULO
TRINTA E OITO

Genevieve e eu sentamos no banco de trás, lado a lado. De vez em quando, a cabeça dela encostava no meu ombro, caindo de sono. Eu a deixava ficar. Observava o rosto da minha mãe pelo retrovisor, seus olhos estavam arregalados e assustados, mas ela nunca olhava de volta para mim. Eu sentia que, no instante em que tudo se tornava mais claro, a história mais uma vez me escapava, como um barco de brinquedo que entra sacudindo mar adentro. Fomos até a minha casa, e achei que assistiria a algum tipo de confronto, mas isso não aconteceu. Minha mãe não parecia cheia de amor nem de remorso pela filha que abandonou, muito menos se lançou em alguma explicação sobre por que só poderia ter ficado com um de seus bebês; ela apenas demonstrou medo e apreensão. As duas trocaram palavras sussurradas, o que induziu minha mãe a tomar uma atitude, e, em poucos minutos, ela preparou uma sacola com comida, bebida, cobertores e uma lanterna por causa do mau tempo. Mandaram que eu vestisse meu casaco mais pesado, meias grossas e botas, e entrasse no carro sem saber por quê.

Minha mãe arrancou com o carro como se fosse um piloto de Grand Prix, apesar dos avisos da TV e do rádio dizendo para as pessoas não fazerem viagens desnecessárias. Normalmente ela era supercuidadosa, porém pude constatar pelas placas que estávamos nos dirigindo para a rodovia, embora a visibilidade fosse de apenas poucos metros. O que quer que precisasse ser feito, não poderia esperar. Devo ter pegado no sono de tão exausta; quilômetro após quilômetro, velozes flocos brancos gradualmente me hipnotizaram, e foi um alívio apagar; minha mente finalmente parara de resistir. Minhas pálpebras estavam pesadas como chumbo e se fecharam em um sono pesado e sem sonhos.

Voltei pouco a pouco, sem fazer ideia de quanto tempo havia se passado. Meu cérebro me mandava acordar de uma vez, mas meu corpo se recusava a cooperar. Era uma sensação de paz ficar pairando em meu crepúsculo particular. Escutei vozes falando baixinho e não consegui identificá-las. Nem sequer tinha certeza se eram reais ou imaginárias.

— É este mesmo o lugar?

— Sem dúvida.

— Você tem certeza? Pode ter mudado alguma coisa.

— Já voltei outras vezes... várias, para visitá-la.

— Katy ainda não sabe?

— Não faz ideia. Não consigo imaginar o que está passando pela cabeça dela.

— Como vamos contar?

— Não vamos precisar dizer nada. Vai ficar claro assim que chegarmos lá.

Pisquei os olhos, e as vozes cessaram. Eu me endireitei e dei um bocejo alto, as pálpebras ainda relutantes em se abrirem. O relógio indicava que eu saíra de órbita por quase duas horas.

— Onde estamos?

— Paramos apenas para descansar — respondeu minha mãe, e vi quando trocou olhares com Genevieve pelo retrovisor.

Esfreguei a mão no vidro embaçado e espiei para fora. A neve estava ainda mais densa ali, e o céu, completamente branco, sem nenhum vestígio de azul por entre as nuvens. Era o início da tarde, mas a luz já estava diminuindo. Estávamos estacionadas diante de um prédio alto, que um dia fora grandioso, com degraus na frente e uma porta de entrada maciça e preta com sete ou oito sinos do lado. Ninguém disse nada.

— Era aqui que você morava, não era? — perguntei.

— Era — respondeu minha mãe, sem explicar por que passamos horas na estrada apenas para esperar do lado de fora do prédio.

— Podemos entrar?

Ela fez que não.

— São apartamentos particulares, Katy, com porteiro eletrônico e tudo. Não nos deixariam entrar.

— De qualquer modo, não há nada para ver — acrescentou Genevieve.

— Não, nada para ver — concordou minha mãe.

— E precisamos chegar a um local específico — declarou Genevieve com ar determinado, e aquele aparentemente era o sinal que minha mãe esperava. Ela tirou as chaves da ignição e vestiu as luvas antes de abrir a porta do carro. Genevieve saiu pela porta do passageiro, fechando o casaco e colocando um gorro para cobrir as orelhas. Eu sabia que estavam esperando por mim. As duas estavam em uma expedição, e eu as seguia sem questionar.

Apesar da neve, Genevieve parecia ter asas nos pés, e logo entendi que o comando era dela, minha mãe se rendera à situação. Olhei ao redor. O lugar onde eu nascera não exercia nenhum fascínio e não despertou nenhuma sensação de déjà-vu. A área parecia constituída de pequenas vielas escuras com fileiras de varandas coladas, que nem mesmo a neve conseguia embelezar. As lâmpadas dos postes da rua já haviam acendido, tingindo a pureza branca da paisagem com uma luminosidade amarela. Não vimos quase ninguém enquanto caminhávamos com dificuldade em fila indiana e com a visão turva por causa dos flocos de neve que rodopiavam na nossa frente. Eles se prendiam nos cílios, e eu piscava furiosamente para expulsá-los. A sensação era de estarmos de cabeça para baixo dentro de um globo de neve.

— É um atalho — indicou Genevieve ao nos guiar por uma série de becos estreitos. Precisei me certificar de que estivesse pisando bem no meio do caminho para evitar que meus pés escorregassem nas valas de drenagem junto de um muro alto todo pichado. Li de relance alguns nomes, dizeres e declarações de amor, e pensei em todas aquelas pessoas que passaram por ali antes de nós.

Fiquei imaginando se minha mãe percorrera aquele atalho quando era apenas um pouco mais velha do que eu naquele momento, cheia de esperança e vida. Meu pai pode ter parado ali, beijado minha mãe e prometido amá-la para sempre antes de sumir de sua vida. Lancei-lhe um olhar furtivo, mas ela olhava adiante, sem nenhum sinal visível de reconhecimento, nem ao menos de interesse. Passamos por uma abertura e entramos em outra rua, cheia de casas vitorianas, com os pinheiros de Natal em destaque nas janelas. Quase achei que fôssemos encontrar meninas e meninos com roupas antigas, brincando com trenós de madeira e correndo atrás de argolas. Genevieve parou do lado de fora do portão de uma antiga igreja: St. Jude's.

Ela soltou uma gargalhada amargurada.

— O santo das causas perdidas.

Olhei para minha mãe procurando uma reação, mas ela parecia distante e magoada ao mesmo tempo. Esperei em silêncio. Genevieve empurrou o pesado portão de madeira e percorreu o caminho em direção à igreja. Fiquei imaginando se era algum teste. Será que nossa mãe seria julgada pelo que havia feito em uma igreja que tinha algum significado para Genevieve? Esse tipo de dramaticidade fazia bem o estilo dela, e a piada sobre São Judas Tadeu faria sentido. Era o local perfeito para uma confissão. Mas Genevieve não entrou na igreja. Em vez disso, seguiu o contorno à direita, para onde havia um anjo de pedra mais alto do que as outras lápides.

Não me pareceu particularmente esquisito passear em um cemitério durante uma nevasca congelante a quilômetros de casa, pelo menos não era pior do que tudo que acontecera nos últimos dias. Com todo o cuidado, percorri o caminho entre os túmulos, tentando seguir os passos de Genevieve. Estorninhos desciam em revoada, as asas batendo unidas, preparando-se para o cair da noite. Lembravam diminutas cruzes negras atravessando o céu.

Genevieve parou de repente, e olhei para baixo. Até mesmo coberta de neve, a lápide parecia abandonada, com ervas daninhas crescendo por todo lado. Ela se abaixou, bateu a neve de um buquê de flores artificiais e, depois, com todo o cuidado, recolocou-as no lugar; sua expressão era animada, porém obscura. Em geral seus sentimentos eram tão nítidos que eu podia lê-la como a um livro. Os lábios de minha mãe se moviam em silêncio, como se estivesse rezando, e compreendi que ela devia ter conhecido aquela pessoa. Eu era a única que ainda não tinha um papel definido ali. Li o nome no túmulo, procurando por pistas:

JESSICA MYERS.

— Quem é ela? — perguntei com delicadeza.

Os olhos de Genevieve focalizavam algo distante.

— Jessica Myers nunca teve uma chance na vida. Não teve pais que a ajeitassem na cama para dormir e colassem seus desenhos capengas na parede. Entrava e saía de abrigos, chutada de um lado para o outro como um cão sarnento, até que acabou engravidando quando ainda era adolescente, vivendo em um apartamento vazio...

— Não estou entendendo.

— Pode ser que ela tenha tido esperanças de dar uma reviravolta em sua vida. Enfim teria alguém para amar e para retribuir esse amor... mas isso não foi suficiente para salvá-la.

— Quem era ela, Genevieve?

— Era apenas uma pessoa solitária, enjeitada quando viva e tratada como um monstro depois da morte. No entanto, ela se tornara interessante para *todo mundo*... naquele dia fatídico...

Lágrimas silenciosas escorriam pelas bochechas da minha mãe e brilhavam como gelo.

— Que dia? — questionei.

— O dia em que ela morreu e seu bebê sumiu. Veja bem, não havia sinais de arrombamento. O carrinho estava dentro do apartamento, e a única pessoa que poderia ter entrado seria alguém que conhecesse o lugar. Mas essa possibilidade nunca foi investigada, porque todos preferiram acreditar no pior. Disseram que ela tirara a própria vida para acobertar sua negligência.

Virei para minha mãe em busca de respostas, mas ela estava paralisada, como uma das estátuas. A narrativa de Genevieve prosseguiu como se estivesse lendo um script.

— Ela nunca teve o direito de escapar de seu passado, foi julgada e condenada por todos... e a pessoa que sabia da verdade jamais se manifestou.

— Quem era ela? Quem era essa criança? — gritei de frustração.

— Era eu — respondeu Genevieve por fim, a voz embargada de emoção.

Perdi o equilíbrio e quase caí sobre o túmulo.

— Mas... como pode ser? Se somos irmãs... gêmeas.

— Eu sei.

Ela tirou uma das luvas e raspou a neve para mostrar mais da lápide. Li três palavras: "Mãe de Grace."

Olhei para Genevieve, que me fitava com a expressão de um mágico que não tem certeza se o truque vai dar certo. Seus dedos se moveram mais uma vez, e meus olhos seguiram o movimento enquanto a neve se desintegrava para revelar mais letras. Li as palavras finais: "e Hope. Descanse em paz por toda a eternidade."

— Mãe de Grace e Hope? — disse eu, em voz alta. — Quem é Hope?

—Você — sussurrou Genevieve.

CAPÍTULO
TRINTA E NOVE

O frio penetrara meu corpo inteiro, e remexi os dedos dos pés para voltar a senti-los. Estava vazia por dentro, como se o sopro da vida houvesse sido sugado de mim, e tudo que restasse fosse apenas uma casca. Genevieve estava dizendo a verdade. Tive certeza disso. Olhei para a mulher que fingira ser minha mãe por dezesseis anos.

— Você... me sequestrou?

— Não tive a intenção — sussurrou. — Queria apenas confortá-la.

— Como foi que você saiu ilesa disso? — gritei. — Como foi capaz de... ficar comigo dessa maneira?

— Ninguém desconfiou — respondeu ela, com uma honestidade surpreendente. — Eu chegara do hospital com minha própria filha, e uma parteira nos visitara para ver se estava tudo bem... por que alguém pensaria que eu estava envolvida?

— Você era tão respeitável — disse Genevieve com menosprezo. — Ao contrário de nossa mãe, que era conhecida da assistência social. Ela era problemática, um mau exemplo, alguém que precisava ser espionada e documentada.

— E você me levou para longe — acrescentei.

Ela fechou os olhos.

— Eu não poderia ter ficado ali.

Aquilo tinha todos os elementos de um sonho. Eu estava estupefata.

— E como eu devo chamá-la agora?

— Ainda sou sua...

— Você não é minha mãe — interrompi-a com veemência e notei o sorriso de Genevieve. — Não sei se conseguiria voltar a chamá-la assim.

Ela assentiu com dificuldade.

— Tem razão, eu mereço isso. Talvez... você possa me chamar pelo meu nome de batismo... Rebecca.

Fiquei contemplando-a em um estado de confusão terrível e tentei reconhecer algo familiar, mas num segundo ela se transformara em uma estranha. Acovardou-se diante de meu escrutínio, como se meus olhos lhe atirassem dardos que furavam a carne.

— Por favor, não me olhe desse jeito — disse, por fim. — Não sou o que você pensa.

— E... o que eu devo pensar?

— Foi um momento de loucura, completamente fora do meu normal. Eu estava arrasada por causa da... e depois, quando encontrei Jessica daquela forma, e mais tarde... fiquei envergonhada e aterrorizada pelo que eu havia feito...

Ela não completava as frases e eu tentava entender o sentido daquelas palavras. Ela se convencera de que fora apenas um instante em que perdera o controle, mas eu não poderia perdoar o fato de que ela teve dezesseis anos para tomar a atitude correta. Mas também não poderia ignorar que ela me amara durante esse tempo todo. Eu não sabia mais o que sentir e minha cabeça doía... muito.

— Você pensou apenas em si mesma — disse Genevieve, em tom de acusação.

A voz de Rebecca falhou.

— Não, não é verdade. Pensei que poderia dar um lar para uma de vocês, mas nunca deixei de me arrepender por vocês terem sido separadas. Vivi esse pesadelo cada dia da minha vida... consumida pela culpa...

Genevieve franziu o rosto e puxou meu braço. Fomos nos resguardar debaixo de uma arcada da igreja, onde havia bancos de pedra e um piso de laje antiga. Ela sentou-se perto de mim, e Rebecca permaneceu de pé, bebendo de seu cantil. Toquei seu ombro.

— O que de fato aconteceu naquele dia?

Ela procurou um lenço de papel nos bolsos e levou algum tempo para falar.

— Foi como contei para você, exceto por uma coisa. Usei uma cópia da chave para entrar no apartamento de Jessica. Eu sabia onde estava escondida e achei que ela estivesse doente... o barulho do choro era insuportável.

Senti Genevieve enrijecer do meu lado, mas ela não interrompeu.

— Jessica ainda estava quente, mas os olhos estavam sem vida... tão completamente sem vida e, no entanto... pareciam implorar para que eu fizesse alguma coisa. O carrinho estava lá, mas havia apenas um bebê. A outra deveria estar na cama. Eu a apanhei e disse a mim mesma que era apenas para confortá-la. A fralda estava suja, então levei-a para o andar de cima...

— Onde estava o seu bebê? — bufou Genevieve. — Onde ela estava?

Rebecca inclinou a cabeça para fora do vão de concreto para ver a neve caindo. Quando se virou, seu rosto estava brilhante e seus cabelos colados na cabeça.

— A minha adorada Katy estava fria e mole — conseguiu sussurrar. — Quando adormeci, ela estava quentinha, depois de tomar leite, mas... de alguma forma... durante a noite... parou de respirar.

Era difícil conciliar o fato de que a Katy sobre a qual ela falava não era eu. Eu perdera minha identidade e sentia como se não existisse mais de verdade. Nem meu aniversário era no dia em que eu celebrara nos últimos dezesseis anos.

— Quem sabe foi uma morte súbita no berço — sugeri, compelida a facilitar as coisas para ela.

Rebecca assentiu e engoliu em seco, o nariz começando a escorrer.

— Acho que sim, espero que não tenha sido nada que eu tenha feito ou deixado de fazer.

— Ninguém jamais vai saber a resposta — rosnou Genevieve.

Os olhos dela se umedeceram.

— Mas nunca me esqueci da minha amada Katy, nem por um segundo. Carrego a lembrança dela sempre comigo.

Então compreendi de onde vinha toda aquela tristeza; essa mulher que me roubara para substituir sua filha nunca conseguira esquecer-se disso.

— Você achou que era certo se aproveitar do bebê alheio — disse Genevieve com amargura.

— Vou ter que responder pelo que fiz — retrucou Rebecca com a dignidade de que foi capaz, e me perguntei o que ela pretendia fazer. Será que se entregaria para a polícia? Mas aquilo não compensaria a infância perdida de Genevieve.

— Meus pais adotivos me diziam que fomos separadas porque eu era má — começou Genevieve, feroz. — E, quando fiquei mais velha, descobri que todos pensavam que minha mãe fora... *responsável* pela morte de minha irmã, de minha irmã gêmea.

Rebecca fungou, e Genevieve lançou-lhe um olhar de fúria antes de prosseguir.

— E então vi você, Katy, naquele dia do ônibus, e soube na hora quem você era... Não demorou muito para eu entender o que havia acontecido de fato.

Rebecca desmoronou e virou o rosto, apoiando o corpo contra as pesadas portas de madeira da igreja. Parte de mim queria ir até lá consolá-la, mas não consegui fazer isso.

— Você tem todos os motivos para me odiar — soluçou. — O que fiz foi totalmente errado e nada justifica... nada mesmo. Vou tentar consertar as coisas.

Genevieve ficou de pé, seu rosto transformado pela raiva.

— Nada do que fizer poderá consertar isso.

Assisti a Rebecca morder os lábios com força e apertá-los como se tivesse medo do que mais poderia dizer. Olhei para fora e senti um medo crescente. Os flocos de neve estavam agora do tamanho de moedas de cinquenta centavos e se acumulavam com uma velocidade incrível. Nossas pegadas no caminho já estavam encobertas.

— Seria melhor irmos embora — instiguei. — Voltarmos para o carro e decidirmos o que fazer.

Rebecca concordou e nós duas olhamos para Genevieve, para que indicasse o caminho. Por um instante, uma expressão travessa lhe surgiu no rosto, e tentei imaginar no que ela estaria pensando, mas ela puxou o gorro e arrumou as luvas antes de nos convocar a seguir o caminho com um único movimento da cabeça. Levamos o dobro do tempo para voltar, e Genevieve deveria ter um ótimo senso de direção, porque todas as ruas vazias me pareciam iguais. Havia pouquíssimas pegadas recentes, o que significava que as pessoas estavam seguindo o conselho de ficarem em suas casas. Quando enfim conseguimos chegar ao carro, estávamos enlameadas e exaustas, com o nariz vermelho e o rosto franzido.

Rebecca afundou no banco do motorista.

— Seria melhor ligarmos o rádio — disse eu. — A estrada pode estar interditada ou algo parecido.

Rebecca afastou minhas preocupações com um gesto e, de novo, fiquei perplexa com sua súbita bravata. Já era quase noite, e desde que saímos caíram mais alguns centímetros de neve; mesmo assim ela estava disposta a enfrentar o gelo e a pouca visibilidade em um carro que já tinha 15 anos de idade. Senti um horrível aperto no estômago só de pensar na jornada que tínhamos pela frente. Indaguei se Genevieve também sentira a mesma coisa, mas ela havia tombado em um silêncio profundo, fitando, impassível, algo pela janela.

— Vamos encontrar uma pousada perto daqui — sugeri, mas minha voz saiu com uma estranha estridência.

Uma das mãos de Rebecca alcançou o banco traseiro e tocou minha perna, reconfortante.

— Vou dirigir bem devagar o caminho todo e não vou ultrapassar ninguém. Vai dar tudo certo... confie em mim.

Tentei apoiar as costas no banco e relaxar, mas o sentimento de apreensão crescia a cada minuto. Não podia acreditar que Genevieve conseguisse ficar tão calma. O cenário lá fora me lembrava de um estranho filme apocalíptico, com carros abandonados em ângulos esquisitos e a cidade vazia sem seus habitantes. Nenhuma das vias laterais fora preparada com areia, e o carro parecia totalmente vulnerável. Emitia um ruído estranho e, a cada momento, os pneus patinavam ao enfrentarmos uma rajada de vento ou ao nos aproximarmos muito do acostamento.

— A estrada vai estar limpa — anunciou Rebecca, animada.

O velocímetro não passara dos 15 km/h e não chegaríamos logo a lugar algum. Reparei em uma placa apontando a biblioteca e me preocupei por achar que já havíamos passado por ali cinco minutos antes.

— Não acho uma boa ideia — disse eu, mas quase sem som. Minha garganta estava espremida como se estivesse sendo estrangulada devagar. Havia uma inevitabilidade na ordem dos acontecimentos que eu não conseguia compreender.

— Acho que foi por aqui que entramos, meninas. Esse caminho deve levar até a rodovia e depois até a autoestrada principal.

— Não me lembro desta ponte — cochichei, quando o carro começou a subir.

O riso de Rebecca pareceu forçado.

— Nem eu, mas vamos ver onde ela dá.

Genevieve não havia se movido ou falado nada desde que partimos, e tive vontade de gritar e sacudi-la daquela inércia. Era como se ela tivesse se fechado por completo e nos deixado sozinhas. Voltei minha atenção para a estrada. Não havia como negar o fato de que estávamos nos afastando da cidade e nos embrenhando cada vez mais no interior. Não havia iluminação pública, e era como se estivéssemos rumando para o inferno. Algo estava terrivelmente errado. Eu sabia disso com certeza, mas não podia fazer nada. Até quando Rebecca, por fim, admitiu que aquilo fora um erro, a sensação não se desfez. Ela tentou dar meia-volta com o carro, mas a estrada era estreita e a neve tornava o movimento impossível. Então, apoiou a cabeça na direção.

— E se der marcha a ré? — sugeri.

— Não dá. Vamos ter que continuar até encontrar uma fazenda ou alguma casa.

Ela pisou no acelerador várias vezes e o carro balançou um pouco, mas recusou-se a andar. Engatou para a frente e para trás, e os pneus fizeram um rangido horrível. Fiquei preocupada que o carro fosse disparar e cair em uma vala, mas ele ficou no lugar, na diagonal, bloqueando a estrada.

— Meninas, estamos atoladas.

Tentei focalizar:

— Podemos ficar no carro e esperar a primeira luz da manhã. Você trouxe comida e cobertores.

Rebecca esfregou o queixo e olhou para fora.

— Não podemos ficar aqui. Sem o farol é um perigo.

Lembrei o que Luke dissera quando ficamos de tocaia no presbitério.

— Temos que apagar a luz e o aquecimento ou vão arriar a bateria... certo?

— Certo — respondeu ela.

— Então... o que podemos fazer?

—Vamos nos desatolar — declarou confiante. — Eu trouxe uma pá, porque recomendaram no rádio: "Para qualquer viagem inadiável, leve lanterna, comida, água, cobertores, telefone e também uma pá."

Ninguém *precisava* ter ido àquele lugar naquele dia, era o que eu gostaria de observar, mas senti que ela fora incapaz de impedir o desenrolar dos acontecimentos. Ela negara tanto à Genevieve, que não poderia recusar mais essa viagem. Olhei de novo para Genevieve. Parecia estar cochilando, embora eu não estivesse convencida de que não fosse fingimento. Rebecca e eu descemos juntas do carro. Ela não me deixava cavar, mas segurei uma lanterna poderosa para que ela pudesse enxergar direito. Os únicos ruídos em todo o entorno eram de sua respiração laboriosa e de meus esforços para me manter aquecida. Deveríamos ter tanto a dizer, mas acho que estávamos muito além de qualquer explicação.

— Você me odeia? — perguntou em dado momento, e a vi olhar de relance para o carro como se não quisesse que Genevieve nos ouvisse.

— Não odeio — respondi sem rodeios. Mesmo em meu estado de confusão, precisei confessar a verdade que estava clara para mim.

— Não posso perdoar o que você fez, mas acho que... posso entender o motivo.

Aquilo pareceu ser um alívio para ela, e vi lágrimas brilharem em seus olhos. Continuou cavando com energia renovada e então se deu por satisfeita. A neve ainda estava leve e macia, e levou apenas quinze minutos. Ela abriu o porta-malas e jogou a pá lá dentro, batendo a neve das botas. A única coisa que disse foi:

— Um dia... espero que seja capaz de me perdoar.

Ela deu a partida no carro e começamos a nos mover devagar. Conseguiu tirar o carro do atoleiro, mas, de volta à estrada, ele derrapava de modo muito perigoso.

— Precisamos achar uma área de descanso ou algum lugar para encostar — disse ela, e pude detectar medo de verdade na sua voz.

As mãos estavam coladas ao volante, tentando ganhar o controle, mas o carro tinha vida própria. Eu sabia que era inútil, e ela também. Só conseguia pensar em duas opções: parar e chamar o serviço de emergência, porém não fazíamos a menor ideia de nossa localização, ou ficar ali e montar guarda caso uma retroescavadeira de neve ou trator conseguisse passar. Estava prestes a anunciar isso quando ela gritou.

— Estou vendo algum tipo de sinalização... lá adiante, à esquerda.

Com dificuldade, levou o carro pela estrada de terra e então encostou junto a uma clareira, perto das árvores. A placa anunciava um lago de pesque e pague, com horários de abertura e fechamento e os preços por hora. Rebecca desligou o motor e pude ver a tensão sair de seu corpo.

— Vou pegar os cobertores e o lanche daqui a pouco. Vamos estar seguras aqui — suspirou. — Pelo menos até de manhã.

CAPÍTULO
QUARENTA

Pensei que estivesse sonhando. Um facho de luz surgiu em algum ponto da minha consciência, alguém me chacoalhava enquanto uma voz murmurava: "Katy? Vem comigo? Estou com muito medo de ir sozinha."

— Genevieve? Algum problema? — Com rapidez tirei a lanterna do meu rosto, porque a luz estava entrando nos meus olhos.

— Preciso fazer xixi — riu baixinho, e apontou para a frente do carro. Pude identificar uma figura adormecida, atravessada entre os dois bancos, com um cobertor cobrindo até o queixo.

— Que horas são? — gemi.

— Por volta das três.

Abri a porta do carro e desci cambaleando, desorientada e rija. Meus pés afundaram na neve virgem que chegava até os joelhos, embora o céu agora estivesse limpo e não caíssem mais novos flocos de neve. O cantil de café surtira efeito e eu me contorcia de um jeito incômodo.

— Há algo que preciso lhe entregar — sussurrou. Genevieve pôs a mão no bolso e tirou algo. Não compreendi do que se tratava até ela chegar mais perto e eu sentir suas mãos acariciando o meu pescoço.

— O pingente, Katy. Você nunca usou.

Tateei a maciez da pedra e sorri nervosa, sabendo que não poderia tirar na frente dela. Enfiei-o dentro do casaco.

— Escolha um arbusto, Genevieve, vou procurar outro.

Eu tinha esse bloqueio patético de não conseguir fazer xixi a menos que não houvesse ninguém por perto. Eu não podia suportar a ideia de abaixar a calça e me agachar na neve, mas não tive escolha. Genevieve fez uma piadinha sobre desejar que fôssemos meninos. Nós nos separamos, e levei muito tempo para achar um lugar e criar coragem de expor minha pele à temperatura abaixo de zero. Genevieve levara a lanterna, e eu não conseguia enxergar nem ela nem um facho de luz. Sabia em que direção estava o carro, mas não queria retornar sozinha. Dei um pulo ao escutar um ruído nas plantas e pensei que fosse ela armando alguma gracinha.

— Genevieve? Genevieve? — chamei no escuro.

Ouvi sons, mas pensei que a minha imaginação estava me pregando uma peça, porque pareciam muito distantes. Eu me esforcei para escutar, e havia, com certeza, uma voz que planava pelas árvores.

— Venha ver isto aqui, Katy, é incrível. Katy, vem aqui comigo.

Desajeitada, segui adiante, parando vez ou outra para escutar. Genevieve falava em um tom que eu nunca ouvira antes: cheio de admiração e espanto. Parecia uma criança. Lembrei-me daquele dia da feira de artesanatos, quando ela trapaceou para que eu a seguisse, mas fui adiante, tropeçando e parando um segundo para questionar o motivo pelo qual aonde quer que ela fosse eu estava logo atrás.

— Genevieve? Não consigo enxergar direito e estou congelando.

— Você não está longe — gritou. — Escuto você perfeitamente.

— É melhor mesmo que esteja por perto — respondi gritando, irritada.

A neve disfarçava as imperfeições do solo. Caí em buracos na grama e tropecei em pedras e raízes de árvores. Era bem aterrorizante estar ali sozinha, e tentei me concentrar nas árvores em busca de conforto, incerta se minhas favoritas eram os esguios e graciosos pinheiros, aprumados como dançarinos aguardando o início da música, ou o vigor dos carvalhos antigos, com seus troncos nodosos e falhados. Imaginei que estavam ali havia tanto tempo e tinham visto tanta coisa que não haveria nada que pudesse surpreendê-los; de fato, depois de poucos minutos, pude enxergar um rosto velho e sábio no cepo de um galho podado. Um raio de luz entre os galhos sinalizou de repente que Genevieve estava lá, e fiquei pensando em por que ela não fizera isso antes. Impaciente, continuei firme, até que o chão se uniformizou e a vegetação rasteira desapareceu.

— Que inferno... Genevieve, não se mova.

Levei a mão à boca, de terror. Chegara ao lago congelado e Genevieve estava deslizando no gelo, com a cabeça jogada para trás, rindo.

— Nunca patinei no gelo antes, Katy. É ótimo, até mesmo sem as botas. Venha, você pode ser meu par.

Não queria assustá-la, então me esforcei para soar desinteressada.

— Estou cansada e com frio, não quero patinar. Vamos voltar para o carro.

— Não — protestou, deslizando para a frente e estendendo uma das pernas para trás. Quase antecipei que ela fosse dar uma pirueta. — Você precisa fazer isso. São três da manhã, estamos perdidas no meio do nada e o lago está tão lindo...

Dei uma risada alta e forçada.

— Talvez não seja seguro... Lembra todos os avisos sobre patinar no gelo fino?... Volte para a margem.

Os braços dela agora rodopiavam como hélices de helicóptero e parecia tomada de tamanho enlevo que, por um instante, senti inveja.

— O céu está totalmente negro — cantou —, como uma pedra ônix cravejada de brilhantes. Amanhã pode não haver mais nada.

— O lago vai continuar aqui — garanti —, e vamos patinar com a luz do dia, quando pudermos enxergar direito.

— Não — respondeu, petulante. — Estou farta de sempre ter que esperar o dia de amanhã. De agora em diante, vou fazer o que quiser quando eu quiser. E o lago nunca mais será assim tão mágico.

Em um momento de loucura, concordei com ela. Estava tão convidativo ao luar, e ela parecia totalmente livre. Fui sensata e sem graça durante tanto tempo, e ela chamava por mim.

— Katy, pense em todas as coisas que nunca fizemos juntas. Ela roubou tudo de nós. Você sabe que deveria estar comigo. *Precisa* estar do meu lado.

Com todo o cuidado, dei um passo no gelo e percebi imediatamente que não estava muito grosso. Dava para sentir o movimento, um rangido sinistro, e talvez fosse imaginação, mas sentia a água se agitando por baixo. Era inacreditável que Genevieve houvesse conseguido chegar tão longe.

— Não vá além de onde você está — chamei. — Estou chegando, mas comece a recuar e nos encontramos no meio do caminho.

— Acabo de ter uma grande ideia — exclamou ela, ignorando meu aviso. — Você pode mudar de nome... como eu fiz.

Avancei alguns centímetros, relutante em abandonar a segurança da beirada rasa.

— E por que eu mudaria de nome?

— Porque você não é quem pensava ser. Katy morreu, e Hope não existe há mais de dezesseis anos.

Avancei mais alguns centímetros, e meu corpo tremia de medo.

— Mas ainda me sinto a Katy.

— Esqueça Katy. Você pode ser quem você quiser.

Era chegada a hora da pergunta que eu queria fazer desde o dia em que ela entrara na minha vida.

— Quem é Genevieve Paradis?

— Ela não existe — quase gritou, de júbilo. — Tirei o nome de um livro. Quando vi, sabia que queria ser ela. Me *sentia* como ela. Você pode ser quem você quiser... Não deixe que ninguém diga o contrário.

Estava a quase três metros da margem e aquilo parecia surreal: a lua refletindo no gelo congelado, as árvores sombrias estendendo os galhos negros e retorcidos na nossa direção, a figura fantasmagórica de Genevieve deslizando no gelo e sua voz ecoando no silêncio. A única maneira que encontrei para me mexer era repetindo que aquilo *não* era real. Eu continuava sendo Katy Rivers, a antiga bandeirante que sabia de cor todas as regras de segurança do livro e jamais, jamais caminharia sobre um lago congelado.

Um ruído súbito e perigoso em meio ao silêncio carregado de mistério lembrava um chicote sendo açoitado.

— Genevieve — avisei —, o gelo está se partindo. Deite-se e tente distribuir seu peso.

Eu não tinha sequer certeza se aquele era o conselho certo, mas foi o que catei das profundezas de minha memória.

— Vou encontrá-la no meio do caminho — gritou. — Queria tanto ficar com você. Passei a vida inteira procurando por você. Somos diferentes das outras pessoas, Katy, e você me deve isso.

Procurei sinais de pânico na expressão dela, mas não havia nenhum.

— Também senti sua falta — disse eu, tentando reassegurá-la. — Só que eu não sabia o que era aquele sentimento.

— Não tenha medo. Não é o fim para nós... tenho certeza disso.

E então escutei outra voz familiar chamando, mas não ousei me virar.

— Volte, Katy. Devagar, deslize seus pés para trás. Não precisa andar muito.

Não hesitei, mas respondi com convicção:

— Não, não posso abandoná-la.

Aquelas foram as últimas palavras que falei antes de Genevieve ser tragada pelo gelo com um estalo derradeiro e brutal, como uma rachadura que se abre durante um terremoto. Hesitei por poucos segundos, ignorando os gritos frenéticos ao fundo. Eu permanecia de pé. Era uma escolha simples: retroceder para a terra firme enquanto era possível ou tentar salvar Genevieve.

Nada poderia ter me preparado para o frio. Era bruto, limpo, agudo e cortava meu corpo inteiro com toda a sua crueldade. Não interrompeu apenas minha respiração, mas fechou cada nervo e função do meu corpo. Minhas roupas estavam pesadas e encharcadas como chumbo, puxando-me para o fundo. Lembrei a história do velho do mar que convence os viajantes a levarem-no para o outro lado do rio. Eles concordam em carregá-lo, e ele enrosca as pernas em torno deles com muita força e vai ficando mais e mais pesado, até afogá-los. Provavelmente eu lutei por um minuto apenas. Nunca fora uma exímia nadadora, e Genevieve também não era. Desistir foi um alívio.

Era surpreendente, mas a água estava livre de plantas e detritos, e foi fácil achar Genevieve, com seus cabelos espalhados ao redor da cabeça como uma sereia. Ela estava esperando por mim, como sempre estivera, e pus meus braços ao redor de seu pescoço sem vida. Achei que seria difícil morrer, mas a sensação era de uma facilidade inesperada; a luz me chamava, bem ao longe, mas me puxando para perto. Eu estava indo ao seu encontro com gratidão, guiada por uma mão invisível, quando a tranquilidade da água foi perturbada. Um braço me agarrou. Fui puxada para cima, arrancada do lago em um renascimento brutal, e arrastada sobre o gelo. A distância parecia imensa e continuei esperando escutar aquele estalo repugnante de novo. Tudo aquilo de que eu tentara fugir continuava lá naquela margem — o frio, a incerteza, a mágoa, a perda e a dor. Tive espasmos para vomitar e cuspir, convencida de que meus pulmões haviam arrebentado. Fui rolada de lado e tossi água.

Rebecca titubeou, e pressenti o que ela pretendia fazer. Minha mão segurou seu braço com firmeza.

— Você não pode voltar lá. — Vi a determinação no seu rosto, e, quando ela começou a querer se soltar de mim, usei de toda a minha força para segurá-la. — Ela já se foi... não vai adiantar nada.

— Preciso tentar, Katy. Eu preciso fazer isso.

Balancei a cabeça, meus dentes batendo de forma incontrolável.

— Não arrisque a sua vida. Fique comigo... mãe.

Quando a última palavra deixou meus lábios, ela pareceu desmanchar em meu abraço, e nos agarramos uma à outra em busca de apoio. Acho que nunca me segurei em ninguém com tanta força na vida.

Passados mais alguns minutos, não se via sequer uma ondulação na água; era como se nada houvesse perturbado sua placidez em nenhum momento. Fitei as profundezas brilhantes do lago. Algo flutuava na superfície, próximo à margem: um pedaço de vidro verde, que na escuridão era quase da mesma cor do lago. Flutuou à deriva por alguns momentos e então afundou sem deixar rastro.

EPÍLOGO

— "Se a rosa... tivesse outro nome, ainda assim teria o mesmo perfume."

Luke dependurou os braços ao longo do encosto do banco de madeira e esperou por minha reação.

— Romeu e Julieta?

Ele fez que sim com os polegares.

— Não estou incomodada com meu nome — respondi, consciente de estar mexendo no meu brinco. — Continuo me sentindo como Katy Rivers. Enfim... tenho mesmo cara de Hope?

Ele balançou a cabeça.

— Uma garota que se chama Hope deve ser acanhada e tocar harpa ou violino.

— Eu não tenho ouvido musical.

Luke apertou os olhos sob o brilho do sol de dezembro.

—Você foi muito corajosa hoje. Estou orgulhoso.

Não respondi porque as lágrimas ainda estavam próximas à superfície, e eu decidira parar de chorar. Luke me entregou os óculos de sol, e percebi o quanto meus olhos deveriam estar inchados. Mudei de posição, o traje preto engomado era desconfortável, mas não sentia nenhuma pressa para sair de St. Jude's. Muita gente considera os cemitérios mórbidos, mas me sinto bastante à vontade entre os mortos. Havia mais visitantes ali do que eu esperava, mas estávamos quase no Natal, e guirlandas especiais feitas de azevinho e pinheiros em miniatura adornavam vários túmulos.

— É correto serem enterradas juntas — disse, observando dois pardais brigarem por um pedaço de pão.

Luke estava cantarolando constrangido ao meu lado. Eu sabia que estava cismado com algo e que, se eu esperasse o tempo certo, ele acabaria me contando.

— Sei que não cabe a mim dizer, Kat, mas talvez você devesse conversar com alguém.

— Sobre o quê?

— Sobre tudo... Você acha que está tudo acabado, mas coisas assim podem... hã... ressurgir mais tarde e causar problemas.

Olhei para ele horrorizada.

— Você acha que preciso de um psiquiatra?

— Um conselheiro, quem sabe — respondeu com delicadeza.

— Não era o que você achava — protestei. — Eu estava vivendo uma vida que não me pertencia...

Luke piscou enlouquecido e afrouxou o colarinho.

— Você ainda gostaria de jamais ter conhecido Genevieve?

— Não mais — respondi com cautela. — De um modo estranho... ela meio que me libertou.

Ele pôs o dedo sobre o lábio.

— Ela tentou matar você, Kat. Ela a enxergava como inimiga, lembra?

— Ela mesma era sua pior inimiga — assinalei baixinho. — Mas você tinha razão sobre uma coisa... ela era *somente* de carne e osso.

Luke pareceu confuso com minha súbita compaixão.

— Será que você poderia salvá-la? — perguntou cheio de dúvida. — De si mesma?

Ponderei por um momento.

— Não tenho certeza. Genevieve era tão obsessiva. Ela me odiava, tentou liquidar a minha vida e, depois, no fim, queria que ficássemos juntas.

— Juntas *para sempre* — acrescentou ele, soturno.

Dei uma risadinha fraca.

— Às vezes... a escuto chamar meu nome.

— Isso continua não fazendo sentido — suspirou.

Tentei explicar, porque era importante que ao menos Luke entendesse.

— Quando saímos naquele dia... acho que ela sabia que terminaria mal, e ela estava preparada para isso.

Luke mexeu a cabeça de leve, como se entendesse parcialmente.

— E você, Kat? O que vai fazer da vida depois disso?

Prendi meus braços por trás da cabeça e dei um sorriso pesaroso. Eu não sabia o que responder.

— Você não mudou nada — insistiu Luke.

— Eu não — repeti —, mas tudo ao meu redor, sim.

A mão dele tocou meu ombro.

— Você ainda é a mesma por dentro, e não precisa de outras pessoas lhe dizendo quem você é.

— E... posso ser quem eu quiser. — Um pequeno arrepio percorreu meu corpo ao repetir as palavras de Genevieve. Mordi meu lábio. — Genevieve me disse algo... bem no final. Que usamos várias máscaras diferentes para o mundo e nunca revelamos nossa verdadeira natureza.

— O que ela quis dizer com isso?

— Acho que estava tentando me dizer que ninguém sabe do que realmente é capaz até que seja testado.

Luke pôs os óculos escuros e sorriu para mim.

— Ela pode ter razão. De qualquer modo, você sempre terá a mim. Formamos um belo time, não é?

— Não somos exatamente Starsky e Hutch. — Ri.

— Rivers e Cassidy? Soa mais como uma dupla de assaltantes de banco.

Nossos olhares se cruzaram, inclinei-me para a frente e beijei-o na boca, algo que queria fazer de novo havia muito tempo. Pensei em como era engraçado que a gente apenas se beijasse em cemitérios. Ele sorriu com ternura e secou os últimos resquícios de lágrimas da minha bochecha. Olhar no fundo de seus olhos era como voltar para casa e me dizia tudo que eu precisava saber sobre o que ele sentia por mim. Naquele momento, não precisávamos conversar sobre o que mudara entre a gente; estarmos juntos era o suficiente.

Havia uma mulher de pé no cemitério, segurando uma rosa. Ela se transformara no decorrer da última semana, o rosto estava mais magro, os olhos arroxeados, mas havia uma expressão de paz que eu nunca vira antes. Dei alguns passos na sua direção até que nos encontramos na bifurcação do caminho. Não compartilhávamos do mesmo sangue, mas era a única pessoa a quem eu chamaria de mãe. Caminhamos num silêncio confortável. Tudo estava calmo e era de uma rara beleza. As veredas bem-cuidadas, os túmulos novos e antigos falavam de uma dor que faz parte de um ciclo interminável. Flores mortas e esmagadas eram descartadas em um latão de lixo junto a botões frescos ainda molhados de lágrimas. Os mortos sempre estariam ali, próximos dos vivos, e eu começava a compreender que a divisão não era tão drástica quanto as pessoas achavam. Luke chegou ao meu lado. Segurou minha mão, e fomos embora juntos.

AGRADECIMENTOS

Um imenso e estupendo agradecimento a todos da Darley Anderson, pelo apoio, orientação e encorajamento, em especial à maravilhosa Madeleine Buston, por seu convite para me representar. Chegou por e-mail, de um trem que viajava para Dorchester no dia 2 de abril de 2010. Fiquei tonta de choque e júbilo na hora e continuo me sentindo assim até hoje. Obrigada por tornar meus sonhos realidade.

Outro enorme obrigada a todos na Quercus, especialmente Roisin Heycock, uma editora esplêndida que me ensinou muitas coisas (em particular, sobre finais felizes), e Talya Baker, uma diretora de projetos fantástica. Sinto que é um privilégio que *Coração envenenado* tenha encontrado um lar com a Quercus — quando vi a capa pela primeira vez fiquei sem palavras.

Tenho também profunda gratidão por minhas editoras no exterior, pela dádiva da tradução e por levarem meu livro para o mundo.

Para toda a minha família e meus amigos que tiveram de aguentar minhas tentativas de me tornar escritora — eu não teria conseguido se vocês não tivessem me dado ouvidos.

E, por fim, a Princy, o gato de rua que deu um jeito de entrar na minha casa e no meu coração, obrigada pela inspiração de seus lindos olhos verdes.

Impresso no Brasil pelo
Sistema Cameron da Divisão Gráfica da
DISTRIBUIDORA RECORD DE SERVIÇOS DE IMPRENSA S.A.
Rua Argentina 171 – Rio de Janeiro, RJ – 20921-380 – Tel.: 2585-2000